痴愚百科

マタイス・ファン・ボクセル
Matthijs van Boxsel

谷口伊兵衛 訳
Taniguchi Ihei

DE ENCYCLOPEDIE VAN
DE DOMHEID

而立書房

目　次

プロローグ　7

第1章　黒　旗　9
　　　　痴愚アカデミー　9　　発見　13　　痴愚の輪郭　16
　　　　陸生動物飼育場　21　　前提　22　　設計書　22　　あら皮　23
　　　　のぞき見世物　24　　消え失せてゆくハンカチ　25
　　　　よく踏みなれた道　26

第2章　失敗屋たちのクラブ　27
　　　　沼地の騎士　27　　痴愚の地誌　27　　道路標識　28
　　　　宿命的な結びつき　28　　窮地に陥ったきこりの原理　29
　　　　へまクラブ　30　　アムステルダム人　31　　無知の卵の殻　32
　　　　苦しみのない楽しみはない　33　　偶然　34　　逆境と知恵　35
　　　　遡及効果　35　　後知恵　36　　エピメテウス　36　　生産的な眩惑　38
　　　　われわれの生存の神秘な根底としての痴愚　39　　自動機械　39
　　　　痴愚の信条　41　　逆転　42　　目に見えない宝　42
　　　　裁かれた裁判官　43　　私は分からない　43
　　　　心の貧しき者は幸いなり　44　　ラ・ボエシーとボイオティア譚　45
　　　　愚人町（ゴータム）の知恵　47　　二重の痴愚の論理　48　　滑稽な隙き間　49
　　　　第七天　49　　揺れ動く生活の秘密　51　　知性の痴愚　52
　　　　スペイク村の富　53　　塩をまく　54　　痴愚に入り込む　55
　　　　方法論としての痴愚　56

第3章　アクロバット飛行士ファロル　58
　　　　信条　58　　ファロルとは誰か？　58　　厭世家のための祝祭　59
　　　　耳たぶ　59　　個人消息欄　59　　痴愚の美学に向けて　59
　　　　痴愚の美学へのさらなる寄与　60　　同種療法的な痴愚　61
　　　　崇高なるものから滑稽なるものへ　61　　前代未聞の研究　62
　　　　痴愚学　62　　休日のファロル　63

第4章　隠れ垣　64
　　　　三枚の愚かな地図　64　　フランス庭園の愚かさ　65
　　　　隠れ垣（ああっ）　67　　英国庭園の愚かさ　69　　隠れ垣（ははっ）　71
　　　　第二の自然　73　　自然のオーケストラ席　74
　　　　エロティックな経験論　76　　ジグザグの形而上学　77　　モラル　79
　　　　エピローグ　80

第5章　地獄の馬鹿者たち　83
　　　　愚者たちの地獄　83　　不動心　84　　ボイオティアの地獄　84
　　　　地獄の門　86　　究極の変形　89　　お化け屋敷　90　　識別の才　91

　　　　　地獄の辺境(リンボ)　92　　　汚点　93　　　愚者の楽園　95　　　痴愚の天井　96
　　　　　愚かならんとする意志　99　　　付録・ブヨの神格化　101

第6章　低能たちの系譜　103

　　　　　緩和剤の力　104　　　言葉が人類を作った　105
　　　　　へたな口実の勝利　106　　　みんなの時限　108　　　ゼロ時限　110
　　　　　陽気な仕草　111　　　対立物の一致　112

第7章　立憲君主政体に内在する痴愚について　115

　プロローグ：王を欲しがった蛙たち　115
　第1節　文明の基盤としての痴愚　116
　　　　　最初の愚行（寓話）　116　　　野蛮と粗野　117　　　サソリと亀　118
　　　　　逆転　118
　第2節　人はブドウなり　121
　　　　　エクスタシー　121　　　自愛と自惚れ　121　　　策略　122
　　　　　白痴化　123　　　偽善　123　　　悪意の中の善行　125　　　蜂の寓話　126
　　　　　社会契約の寓話　128　　　パンチの一杯　130
　第3節　取るに足らない相違　131
　　　　　真理の真理　131　　　人は善良だし，愚かではない　131　　　立法者　133
　　　　　第四の法　134　　　杖と蛇　134　　　空しい素振りの美学　137
　　　　　神聖なる民主主義者　137　　　羊の衣を着た狼　138　　　民主政の力　139
　第4節　選挙熱　140
　　　　　民主政の逆説　140　　　選挙　140　　　選挙マシーン　142
　　　　　選挙狂い　145　　　権力の中枢　146　　　恐怖　147　　　茫然自失　149
　第5節　蛙，丸太，蛇，仮面　150
　　　　　Ⅰ．湖の中の丸太　150　　　Ⅱ．聖化された空間　151
　　　　　Ⅲ．遊戯室　152　　　Ⅳ．民主政の国民　153　　　Ⅴ．国家　153
　　　　　Ⅵ．"君主の鏡"　154　　　Ⅶ．ピノッキオ　156
　　　　　Ⅷ．認識理由としての失敗　156　　　Ⅸ．朕は欲する　158
　　　　　Ⅹ．愚の骨頂　159　　　Ⅺ．「朕は国家なり」　159
　　　　　Ⅻ．世界の驚異　160
　第6節　皇帝の新調　162
　　　　　「存在するということは知覚されないということである」　162
　　　　　ティル・オイレンシュピーゲルはヘッセン伯をどのように描いたか　162
　　　　　君主の二つの本体　164　　　自発的隷従　165　　　正当化　167
　　　　　皇帝の新調　167　　　仮想愚者　170　　　知らなかったのは誰か　171

痴愚の三期　173　　名声機械（当局の保証なし）　177
現代の儀礼　179　　最後のコメント――笑いのかん詰　180

第8章　ダーウィン賞　182
第1節　エクスタシー　182
推薦権　182　　文明の基盤としての痴愚　184
一触即発の混合物　184　　悪賢い痴愚　186
第2節　失われた環（ミッシング・リンク）　189
過失　189　　禁断の木の実　190　　ビュリダンのロバ　190
空中楼閣　191　　門番　193　　私は誰か？　193
ボイオティアのスフィンクス　193　　人の存在　195　　過（あやま）つは人　196
どじ　196　　第二の天性〔習性〕　199
仮説痴愚とトイレットペーパー　199　　問題の難点　200
争いの石　201　　呪われた楽園　201
第3節　聖なる狂気　203
ナスレッディン　203　　Ⅰ．百科事典　204　　Ⅱ．最大の愚か者　204
Ⅲ．幸福は愚か者たちに味方する　205　　Ⅳ．18番目のラクダ　205
Ⅴ．聖なるロバ　206　　Ⅵ．君の頭を離さないように　207
Ⅶ．50回のむち打ちの刑　207　　啓蒙的な愚者　208
学のある痴愚　208
第4節　傾　斜　209
破局　209　　神話　209　　無言の運勢　211　　白痴性　211
複製物　213　　自然，機会，人為　214　　運命的な決断の瞬間　215
第5節　パタフィジック〔超形而上学〕　216
想像上の解決の科学　216
第6節　各種百科事典の痴愚　221
リンゴの両面　221　　絶望の勇気　221　　百科事典の亡霊　224
風刺の亡霊　225　　百科事典（複）の痴愚百科　225　　シロップ　226
知識と道徳の振付け　227

訳者あとがき　229
索　引　231

装幀・神田昇和

痴愚百科

De Encyclopedie van de Domheid
by
Matthijs van Boxsel

Copyright ©1999 Matthijs van Boxsel
Em. Querido's Uitgeverij B. V., Singel 262,
1016 A C, Amsterdam

Japanese translaton rights arranged with Em. Querido's
Uitgeverij B. V., Amsterdam through Tuttle-Mori Agency,
Inc., Tokyo

プロローグ

　表紙には背の高い角ばった筆跡で《愚劣》とあった。この文字にまず目をやった。やおら頁を繰る。すでに半分以上に記載があった。忘れたいことがらは何事もここに書きこんだ。日付，時間，場所で始まる。次に人間の愚劣を露呈する事象を記す。さらに引用の利用。常に新たな引用が締めくくった。ここに蒐集した愚劣をペーター・キーンは決して再読しない。表紙を一瞥するだけで事は足りる。後年，これを『中国学者の散歩』と題して出版することを彼は考えていた。

エリアス・カネッティ（池内紀訳）『眩暈(めまい)』
（法政大学出版局，1972年，20頁）

　本書『痴愚百科』は1980年に開始されたとてつもなく大規模な一つの企てである。読者諸賢が手にされている本のオランダ語版は1999年に発刊された。主題としての痴愚を，風刺漫画やおとぎ話や凱旋門や庭園設計図やバロック風天井やオレンジ王家〔1815年以降オランダを支配したヨーロッパの一王家〕やナンセンスおよびＳＦの断片を借りて楽しく切開する企てへの総括的序説に当てられていた。

　2001年にはオランダで第二巻が刊行された。『愚智学』（*Morosofie*）という表題で，20世紀オランダ思想家たちのもっとも不条理な100の所説が収められていた。（デルフォイはデルフトだったのか？　抽象的な思考がスタートしたのは，クリトリスが内部から外部へと移動した後なのか？　痴愚がわれらの文明の原動力なのか？　どれほど多くの牧羊犬の粒子が，一匹の牧羊犬を作り上げようと没頭しているのか？　アトム（原子）は宇宙船なのか？）

　第三巻『痴愚地誌』では，痴愚で有名になっているヨーロッパの町々や地方のすべての目録がのせられるはずだが，これもそのうちに刊行されよう。準備中のその後の巻では，痴愚の神学は言うまでもなく，痴愚と性交，痴愚と性欲，痴愚と芸術が取り扱われよう。

　痴愚はあらゆる時代のすべての人間のそれぞれの生活分野であらわれる。結果として，どんな痴愚研究でもひとりでに百科事典の規模を帯びてくるのである。

真の百科事典執筆者なら，対象のサイズを切り詰め，矛盾を取り除き，話題を冷酷に体系化する。その仕事は精神の乏しい者たちに役立つ。ところが反対に，この『痴愚百科』では，矛盾した情報や批判のためにたっぷりとスペースが割かれているのである。

　一方では，この百科は痴愚の語源分析，現象研究，理論を含むが，他方では，われわれの愚かな思考を暴露するための一つの方法を展開しようとしている。その目的は一個人の理論をでっち上げて，うまくいけば，自明の現象への独創的なアプローチを供することにある。

　『痴愚百科』の中に私自身の企てを一番目に記入するのは，見えすいた手段だったかもしれない。しかし，主題が気まぐれなものだから，私としては『ジョゼフ・プルードムが収集し混乱させた，他国の風変わりな百科』（*Encyclopédie pittoresque du calembour, recueillie et mise en désordre par Joseph Prudhomme*）を踏襲するほうがより有用なことを発見した次第である。

　これら試論は繰り返されるテーマについてのさまざまな異形をなしている。本書を通読した後では，読者諸賢がそらでこの調べをハミングできるようになられるはずだ，と期待することにしよう。

第1章　黒　旗

痴愚アカデミー

　語られていることに注意を払い理解するならば，あなたは賢く幸福になるだろう。他方，そうしなければ，あなたは愚かで，不幸で，不機嫌で，馬鹿となり，そして人生においてひどい目に遭うだろう。なぜなら，その説明はスフィンクスがよく人々に課していた謎に似ているからだ。つまり，誰かがそれを理解すれば，その人は助けられたが，理解しなければ，スフィンクスにより殺されたのだ。この説明の場合もまったく同じなのだ。見てのように，人類にとり痴愚はスフィンクスなのだ。痴愚は以下のものごとについて謎の形で語るのである——人生において良いこと，悪いこと，そして良くも悪くもないことについて。だから，誰かがこれらのものごとを理解しなければ，スフィンクスによってむさぼり食われた人が死んだように一瞬にというわけではないが，痴愚によって滅ぼされるのである。むしろ，その者は生涯全体を通じて少しずつ滅ぼされる。さながら，天罰へと引き渡された人びとと同然に。けれども誰かが理解するならば，そのときには痴愚は滅ぼされて，その人自身は救われるし，祝福され，幸福になる。だから，あなたとしては注意されたい。誤解しないことだ。

　　　　　　『ケベスの銘板』（*Tabula Cebetis*, 2世紀）

　踏み車が星の見えない平原で回っている。石鹸の泡が風に吹かれて散っている。蛙が王冠印のついた棍棒に向かってうやうやしく鳴き声を上げている。草原が微笑している。

　百科事典執筆者がいつもはっと驚かせる痴愚風景の中を，落ち着いて徘徊している。その細心の目は冷静かつ無感傷だ。あるラバの通り道に導かれて，彼は牧草地の隠れ垣の曲がり道に沿って，理性なき水差しを通り過ぎ，塀なき門口を通り過ぎて行く。彼の標本箱には黒チューリップ，水仙，ルリハコベが入っている。淡青い薊（アザミ）に刺されてから，彼は聖トゥンボの名を呼んで出血を止めてもらう。僻遠の山村を通って旅し，奥まった地方を彷徨し，そして愚者の楽園を夢見ている。

　やがて痴愚アカデミーに到着。その屋根の上にはためく黒旗は，光をすべて

マタナシウスの肖像
(「ある無名画家の傑作」(*Chef d'œuvre d'un inconnu.* ハーグ, 1714年)

吸収し何も反映しない。雲に包まれながらも，聖なる痴愚は自身の来歴をドームの周囲のフリーズに示している。にやにや笑って男たちが穴を掘り，掘り起こされた土を埋めている。

　アカデミーの陳列室には，大理石の立像が台座の上に立っており，そのなかには，魚のうろこの外套を羽織った人物，片手に運命の車を持ち斜面に腰を下ろしている目隠しされた一人の婦人，そして豚の頭を持つ一人の男がいる。

　出入口の上には痴愚の紋章がかかっている。その盾は取手2個つきふいごの紋章で飾られており，そして一羽の孔雀と一頭の驢馬で支えられている。王冠には一羽の鸚鵡が巣を作っている。ステンドグラスにはスフィンクスが描かれていて，その下にはこんな質問が刻まれている。

　　自分の愚かさを見抜けるほど賢い者は誰か？

　玄関の広間の壁の上には，馬蠅と地蜂に追われてはためく旗へと突進する，名もなき庶民の姿が描かれている。賢明（Prudentia）が鏡の中をのぞき込んでいる，広大な階段吹抜けを通って，痴愚視察官が円形ホールに入って行く。その巨大アーチを支えているのは，神話上の愚者たち——若干の巨人族（ギガス），一つ目巨人（キュクロプス），エピメテウス，ミダス王，そして小石を口にした一人の男——である。痴愚の神格化のようすが高い天井に描かれてるために，まるで屋根が突進してくるかのように見える。

　壁に掛かった世界地図には，ゴータム，シルダ，カンペンといった，愚かさで知られた町々を明示する幾百もの小旗が掲げられている。アメルスフォールト（とっぴな丸石）の次に置かれたアイルランド製筒形カップには，内側に取手があり，ゆるんだねじが1本ついている。

　カレンダーの4月1日と11月11日は円で囲まれていたし，すべての水曜日，2月のフォルナカリア〔古代ローマの穀物祭。パン焼きの女神フォルナクスを祝って2月に催された〕，聖ポリュカポス〔(69?–155)スミルナの司教。殉教者〕の聖名祝日，聖マタイの聖名祝日，人が熱狂してかまわない閏日もそうなっていた。余白には黄道十二宮が走り書きされていた。誰でも獅子座の16度，つまり5月生まれの者は愚者になるよう運命づけられているのである。

　床には頭蓋骨測定の道具や，中空の地球の模型や，アトランティス島・ユートピア・レムーリアの地図が散らかっている。どこのレッテルにも，解　説（キャプション）や

第1章　黒　旗

日付や図表が載っている。

　通路から訪問者は痴愚の動植物を見て通り過ぎる——檻に入れられた鵞鳥，枝に止まった梟，水槽の中の魚を。蝙蝠が1羽，部屋の中を飛び過ぎて行く。頭のない鶏が1羽走り回っている。豚の尻が金糸で刺繡された王冠入りの赤カーテンの下から突き出ているのが見える。豚や他の家畜たち（そのほとんどは食用であり，飼育されている）が痴愚の動物園（bestiarium stupidum）に住んでいる。さらに歩いて行くと，ひなげしの群や，黒いちごや，楓や，鉢植えのゼラニウムや，小さな巴旦杏の木を収めた入れ物を通り過ぎる。道中，訪問者は啞の金髪女がソファーの上で男らしい男に秋波を送っている傍を通り過ぎる。背景では小さな聖歌隊が礼拝堂で「愚かなキューピッド」を歌っている。とうとう訪問者は痴愚図書館に到達する。木製のかつら作り人の頭が，以下のような痴愚に関する標準的な若干の著書の本立てとして役立っている。すなわち，

Von der Wollust der Dummheit（『痴愚の快楽について』）

The Anatomy of Error（『誤謬の解剖』）

Der Begriff der Dummheit bei Thomas von Aquin und seine Spiegelung in Sprache und Kultur（『トマス・アクイナスにおける痴愚概念と言語・文化におけるその反映』）

La folie dans la raison pure（『純粋理性における狂気』）

Über die Dummheit, Eine Umschau im Gebiete menschlicher Unzulänglichkeit. Mit einem Anhange: Die menschliche Intelligenz in Vergangenheit und Zukunft（『痴愚について。人間の不完全さの領域への展望。付録——過去および未来における人間知性』）

Le leggi fondamentali della stupidità umana（『人間の愚かさの根本法則』）

Die Onomasiologie der Dummheit（『痴愚の名称論』）

　別の木箱には，他人の会話を軽率にまねる行為についての博学な本『鸚鵡返し』（*Psittacisme*）が入っている。この本が寄りかかっているのは，愚かな言葉が記録されている一連の参考書——愚言集（ソテイジエ），珍言集（ベテイジエ）といった，歪曲された文章，軽口な意見や決まり文句で充満したもの——である。浩瀚な或る本の背文

字は，新聞界 (Press) と放送界 (Broadcasting) とある。これらのページを
めくると，以下のような意見表明が見つかる。

　──「フライ・エッグなしにオムレツは作れない」
　──「これはわれらの福祉国家の徽章だ」
　──「その見通しは私には楽観的に過ぎるように思われる」
　──「私たちには一人しか咎めるべき人はいないし，それはお互いさまだ」
　──「汽車にぶつかると青年は二つの病院に突進するものだ」
　──「外国の投資家たちはみんなパイの一片を求めて，さながら蜂蜜壺の上
　　の蜂みたいに，香港で降りている」

　整理箱の高くそびえる書棚の上には，教師たちが手に負えない生徒たちに情
報を詰め込ませるのに用いた，ニュルンベルクの漏斗や，鉛製の帽子や，子
供たちのつめ切りの小箱が横たわっている。貼り札は箱詰めインデックス・カ
ードの陣笠に軍人みたいな命令を課している。ひとたび何かが痴愚の公文書に収
められるや，再びそれを取り出すのは容易ではない……。
　さらにそこには，ルー・リード（「愚者」），ドリー・パートン（「啞の金髪女」），
フランク・ザッパ（「いたるところ啞だらけ」），グラハム・パーカー（「痴愚博
物館」），そして「ローマよ今夜はふざけないで」(*Roma, non fa la stupida
stasera*) で忘れがたいアルヴァロ・アミーチといった音楽家による，蓄音機
のレコード・コレクションがある。愚智者がそのハープシコードの傍に坐して，
ラモーの「ソローニュの愚か者」を演奏している。ホールの真ん中に置かれた
ＴＶが世界の眺めを映し出している。笑いの録音機が全速力で回転している。

発　見

　　健康診断の間，徴募兵が見つかる紙片をすべて入手して，幾度も幾度も繰
　　り返す──「違う，違う」。この兵士は精神異常だと精神病医は判定し，免
　　除証明書を彼に手渡す。すると徴募兵がこの証明書を見て言う──「その
　　とおり！」と。

私が全力で精神集中できるような主題，しかも私にもっとも極端な要求をするような主題を求める一方で，私は誰かも知らずに恋に陥っている人みたいに，出くわしたあらゆることを認知した。私は鶉に関する面白い蒐集（揚抑抑格に鳴く鶉 Coturnix dactylisonans）や，凱旋門，アルダリオ（絶えず舞台を上下するのが役目の役者）に関しての蒐集を行った。自分の生涯にいくらか秩序をもたらそうとの空しい企ての例証として，私は赤線の隠喩を用いた新聞切り抜きの目録作りをして，多年を過ごしさえした。幾千もの引用のうちから以下に，手当たり次第に選んでみよう。

――ココアの豆を赤線として，彼はガーナにおける南北関係についての報告書を書こうとしている。
――ウィンブルドンでは雨がオランダいちご，鮭のサンドイッチ，ジンや強壮剤，チケット客引き，芝生コート，またここ数十年間では爆撃の脅威さながらに，襲ってくる。赤線みたいに，悪天候が世界の一流テニス・トーナメントの歴史を通して見受けられる。
――プロダクションはわれわれが10日間を論争で失ったせいで，危険な状況に陥った。目下これを何とか償おうとしているところだ。われわれはいつでも結局はこういうことになる。なにしろ，われわれの仕事を貫通している赤線は，すべての技芸（アート）の特徴なのだからだ。ちょっとスタートさせれば，何かが起きることになる。けれども，われわれはクライマックスに向かい，最後の記念碑的な視覚像に向かって進んでいるところだ。
――モザイクみたいな日常の出来事のうちから，筆者は昨年のもっとも重大ニュースを赤線のように扱った。ベルリンの壁の倒壊，ルーマニア革命，ネルソン・マンデラの釈放，といったものを。
――成功は会議全体に貫通している赤線だ。純粋に成功しようとする意志，集団を支持する他の道教信者たちの"無条件の支持"を得ようとする意志に，成功は由来しているのだ。秘密は何もしないことである。「何かしたいという気がすれば，座って，深呼吸し，衝動が通り過ぎるのを待ちなさい。」
――教会という織物の歴史は，赤線みたいにキリスト教に貫通している。

そうこうするうち，私はオーストリアの作家ロベルト・ムージルの作品を発見した。『特性のない男』（*Der Mann ohne Eigenschaften*）を読んでから，私は彼の残りの全集に夢中で没頭した。1980年に私は『痴愚について』（*Über die Dummheit*）という，生涯で出版された最後のテクスト——ムージルがドイツに併合（Anschluss）される１年前の1937年にウィーンで行った演説の筆写——を読んだ。その考えは，知恵，真理，美のほかに，痴愚もまた真摯な研究対象となりうるというもので，これは私にとって驚異のように見えた。ムージルが痴愚を知性の欠如としてではなく，感情の欠如と規定しただけに，ますます私は魅せられたのである。

　当時まで私が取りつかれたように没頭してきたのは，メランコリー，デカデンス，不気味なもの（Unheimliche）といった，崇高な主題の探求だった。突如，私は締まりのないもの，キッチュ，迷信といった，通常，私が敬遠している主題にぶつかることとなったのだ。けれども，よく検討してみると，これらは私の強迫観念の陳腐な裏面であることが分かってきた。はなはだ真摯なもの，高い理想，神秘への渇望が，突如，ユーモア，虚偽，逆説でもって訂正されたのだ。痴愚が思いがけなく，しかもまるで命令するかのように，現われたのである。

　しかもこの主題は比肩するものがないくらい，流行の学問研究を差異，境界，他者で相対化するのに適していた。子供っぽい歓びをもって，私が若干の語を"痴愚"で置き換えると，これにより，もっとも退屈なテクストが突然，霊感の源泉に一変したのだ。しかもこうすることにより，多くの論証の詭弁性が明るみにだされたのである。

　かくて，私の挫折した探求はそれ自体の失敗への研究になった。回顧してみて，私の蒐集癖，私の衒学や，どんなことがあろうともっとも利口になろうという頑固な要求が，痴愚に降参する企ての数々だったことを，私は理解するに至ったのである。自分自身の愚かさや他人のそれに茫然自失の憤りとしびれるような恥辱を感じたし，そしてこれらは私の生存の主要動機として露呈されたのだ。私が驢馬の両耳を摑む好機となったのである。

痴愚の輪郭

「自分自身にも他人にも無用ならば，人は誰でもない。人たる者は一つの働きを果たさねばならない。」
「一つの働きなら，俺は果たしている」，とジャックが応じた。
「どんな働きを？」
「人の愚行の検閲官さ。俺ほど没頭している者を知らない。」
　　　　　　　　ユージェーヌ・ニュス『われらの愚行』(Nos Bêtises, 1882)

　ムージルが引き寄せた典拠を探し求めて，私が偶然見つけたのは神学者，哲学者，社会学者，医者によって書かれた，痴愚についての真摯な，しばしば無意識ながら滑稽な一連の研究である。関連書はまたたく間に一つの小さな図書館へと増大した。痴愚についてのあらゆる定義を整理したり目録に載せたりして分かったことは，驚いたことに，痴愚が概して欠点としてではなく，強さとして記述されている点である。
　この見解を確証しているのが，中世およびルネサンスにおける版画に見られる多数の寓意画であって，ここでは痴愚(Stultitia)にほかのあらゆる性質の中でも特別な地位が割り当てられているのである。たとえば，胸を露出させ，水仙の花冠を織り込んだ帽子をかぶり，柊(eryngo)なんかを嚙んでいる山羊にもたれかかった女性が見られる。水仙はギリシャ語の νάρκη（無感覚，昏睡状態 narcosis 参照）に関係がある。プリニウスによると，山羊は柊をかんだ後では，頑として動こうとしなかったという。露出した胸は無恥を示唆する。タイトル・ページの寓意画はH・K・ポートの「大自然界・道徳界劇場」(Het Groot Natuur—en Zedekundigh Werelttoneel, 1743)から採ったものだが，この中では痴愚の三相——鈍さ，強情，無恥——が簡明に訴えかけられている。
　ヤーコプ・カッツのエンブレム書『愛の寓意と描写』(Zinne—en minnebeelden, 1665)は上記の作品への一つの付録なのである。ここでは一人の女性が1冊の本と棕櫚の枝を持ち，鷲の翼と梟の頭をした或る人物を従えている。この愚人の鈴は両腕と両脚からぶらさがっており，この人物は"打棒"を振り回している。えんどう豆の小袋が巻きついた愚人のこの筋は人びとの頭を打つためのものである。西欧の大部分では，梟は痴愚の象徴なのだが，そのわけは梟は日中

痴愚の寓意画
(Jacob Cats, *Zinne—en minnebeelden*, Amsterdam, 1665より)

清純にして不純な鳥たち（エアハルト・シェーン，木版画，1534年頃）
「日中の大木葉木菟は目が見えない，また神の御言葉に目隠しされて，真っ暗闇の中をさすらい，とぼとぼ歩く全人類も同じこと。」
マックス・ガイスベルク／ヴァルター・レオポルト・シュトラウス「ドイツの単葉木版画」(1500-1550)（1975年）

二人の愚者（J・C・ラファテール『人相学について』(*Over de physiognomie*, Amsterdam, 1784)より）

「二つの前例と規模では異なるが，額からして生来の愚鈍さの徴候を帯びている，もう二つの愚かな顔。二つとも頑固さの度合いを見せている。前者の額はひどく高く，しかもひどく狭い。これに対して後者のそれはひどく厚く，しかもひどく広い。——顔の下半分に関しては，一方は情深いように見えるが，他方は悪意があるように見える。二人ともその筋肉の弛緩(しかん)からしてすでに愚人だと同定されうるかも知れない。」

Wederom twee zotten-gezigten, die ook in het voorhoofd reeds den ſtempel van natuurlyke domheid hebben. Doch niet in dien trap, als de beide voorgaande. Beiden bezitten eene zekere ſtyfzinnigheid. Het voorhoofd des eenen 1 is te hoog en te ſmal, des anderen 2 te dik en te breed. — Naar beneden ſchynt de een goedaartig, boosaartig de ander. Beiden zouden reeds door de atonie hunner ſpieren als zotten te erkennen zyn.

ある愚人のシルエット（J・C・ラファテール『人相学について』(*Over de physiognomie*, Amsterdam, 1784より)）

は目が見えず，無力だからである。オランダ語 *uilskuiken* はまぬけも，梟の子も意味することとか，また「梟が鳴くと小夜啼鳥は沈黙する」という諺を参考にされたい。この版画では，痴愚を特徴づけているのはぐずではなくて，性急な行動なのだ。反対に，知恵は回り道をするのである〔ラテンの諺（ゆっくり急げ）'festina lente' を参照〕。

　要するに，痴愚は極端と結びつけられているのだ。つまり，あまりにも鈍いか，あまりにも速いかのいずれかなのだ。18世紀末以来，平凡さと結びついているような類いの痴愚に力点がだんだんと移行してきた。愚かな市民が彫版においてばかりか，文学においても前面に出ている。クリュソストムス・マタナシウス，プルードム氏，トリビュラ・ボノメ，ブヴァール，ペキュシェ，バタヴス・ドロークストッペルのことを考えるだけでよい。

　中世風刺詩の愚人たちが自らの周囲に充満している悪徳の範例となっていたのとは違って，都市市民は大衆の頑固な正直を象徴しているのである。こういう俗物は，罪を犯さないことで罪を犯すのだ。彼の不安に苦しめられる日和見主義に比べて，痴愚を熟慮の上で採用するのには，倫理的次元が前提になる。常態は突如，病んでいるように見えだすのだ。

第1章　黒　旗

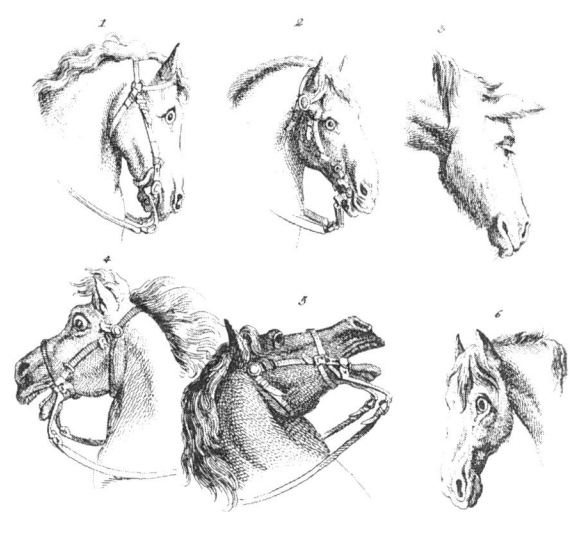

動物の補遺（J・C・ラファテール『人相学について』（アムステルダム、1784年）より）

1．高貴で，傲慢，勇敢，大胆である。
2．もっとも高貴な種類には属さないが，かなり高貴である。
3．貪欲，不誠実，下劣，強情，無精である。
4．無精でも従順でもない，並みの性格——とはいえ，高貴でも偉大でもなく，高貴というよりも短気だし，偉大というよりも乱暴である。
5．同じ性格をしているが，もっと弱い。
6．不忠実で不誠実である。

　18世紀になって，知能は規則とコンパスで測れると主張した骨相学者や頭蓋骨測定学者によっても痴愚が発見されたのは偶然ではない。彼らは偏執狂のように熱中して，ごく普通の外見さえも歪んだ心の表現と見なした。彼らの探究には，グロテスクな形が前提になっていた。だから，彼らは愚人は薄暗がりでも……その男が禿であれば，シルエットで同定可能だと主張したのである。科学によって素描された横顔の輪郭は，風刺漫画のように疑わしく見える。さらなるもう一歩は，痴愚と聡明の見かけ上の特徴を基にした，馬の分類である。
　『痴愚百科』は，痴愚の科学が科学の痴愚ともはや見分けられなくなる時点から始まるのである。

陸生動物飼育場

　突如私の前に痴愚の世界，この地球の大半を占める領域が開かれた。その座標はわれわれの日常生活のそれと交差している。だが，これはそれ自体の動植物界，それ自体の言語，それ自体の地誌と，独立した生活原理とを有する独立した世界なのである。私はこの陸生動物飼育場を見渡す神のような感じがした。私がそう望みさえすれば，小型版「人類の堕罪」を設計することもできるであろう。

　まだ不足していたのは，痴愚の論理，倫理と美学である。『痴愚百科』初版では，ためしのスタートがなされた。私は定まった出発点を選ぶのを差し控えたし，その代わりに，部分的解決だけに限定した。「われわれを駆り立てるのは，いかなる思考であれ，それが考えられるや供してくれる秘かな楽しみである。われわれは注文しても注文を達成することはない」。冒頭から私が主張したのは，試論だけが痴愚の予言不能な気まぐれにかなうことができるということである。「痴愚の王国では，好機，不安定，そして不充分なる理性の原理，が絶大な支配力を発揮しているから，そこに危険を冒して入り込むのに必要な，しばしば恣意的な論証，特殊なアプローチを主体的に選択することも，試論では正当化される」。

　これらの探究についての中間報告は三巻本として刊行された。1986年には，ムージルの『痴愚について』オランダ語訳ならびに「序説」が出た。1988年刊行の第三巻では，フローベールの書簡に基づく痴愚についての体系的研究を繰り広げる企てがなされた。

　第四巻は「痴愚の地誌」を網羅することが意図されていた。これは痴愚で知られるオランダのあらゆる町々や，それとともにこれらに帰せられた数々の痴愚をも一緒にカタログ化した，たんなる報告書として計画されたものである。だがそのとき，私は初めてややナイーヴな自問をしたのだった——なぜいったいこれらの町々は愚かだと見なされているのか，と。私は当分閉ざされたままにしておくほうが最善だっただろうような扉を開けつつあったのだ。私が文献の中で見いだした答では満足がゆかなかったので，自分自身の解決を探し求めたのであり，このことで私は10年間ずっと没頭させられたのである。外界との

接触をなくすることを恐れて、私は婦人科医、危機管理人、特許代理人、といったような門外漢に幾多の講演を行って、私の研究の暫定的な結果を試そうとしてきた。究極の目的は、痴愚について蒐集されたすべての定義が適合しうるような理論——独創的で、正真正銘の、一つの自称哲学——にあった。

　本書はこうした探究の成果なのである。

前　提

　私の出発点は皮肉なしゃれ、つまり、何ぴとも自分自身の痴愚を把握するほどには賢明ではない、ということにある。これは「コリント人への手紙　第一」（3：19）——「なぜなら、この世の知恵は、神の御前では愚かだからです」（新改訳『新約聖書』、日本聖書刊行会、1975年、258頁）——を想起させる。反対に、人は狂人にならずには、自らの知性の愚かさを理解できないのだ。エラスムスによると、洞察は自分自身の外に抜け出せる人びと——キリストや恍惚状態の神秘家たちに見られる愚人たち——にだけに留保されているという。

　唯一の実り多い解決法は、視座の逆転にある。つまり、聡明さとは、痴愚と取っ組み合おうとした、多かれ少なかれ一連の不首尾な企ての結果にほかならないのだ。たぶん痴愚とは、われわれが聡明さを規定しようとした不首尾な数々の企ての具体化したものにほかならないのであろう……。

設計書

　『痴愚百科』は決まった計画に従った証拠を提示しようとする体系的な企てなのではない。逆に、それぞれの試論が残りのそれに光を投げかけるように意図されたものから成っている。本書の主要な前提によれば、文化とは痴愚と取っ組み合おうとする一連の多かれ少なかれ不首尾な企ての結果なのであって、異なる脈絡の中で突如現われ続けるものなのである。アプローチは線状的というよりも循環的（周期的）である。この試論はさまざまな視覚から、この前提に光を投げかけている。絶えず発展してゆくものからは建設は仕上がらないから、それの論証も結論には行き着かずに、ただ中断するだけとなる。こういうことは、本書自体がその論証となっている。『痴愚百科』は痴愚を理解しようとし

た，多かれ少なかれ不首尾な一連の企ての産物なのだ。できるだけ生き生きと失敗するようにするため，この試論は分析的だったり，風刺的だったり，攻撃的だったり，と鉾先(ほこさき)を転じている。

　いかなる誤解も回避するために。(到達できない) 本質があるかのようになおもこれを信じている遠近法主義信奉者とは違って，私は痴愚がこれに陥れようとする空しい努力の外に存在するなどと，愚かにも考えたりはしていない。

　あらゆる百科事典同様，本書にも多数の写真，その他のイラストが含まれている。最善の場合には，論証とイラストが互いに補足し合って，まれに見る面白い視座を供することもあろう。付随している説明書きについても同じである。われわれの文化的な実績はすべて成功した大失策なのだ，との信念から，私は実例を哲学ばかりでなく，漫画映画からも集めた。この試論は誰かほかの人の発見で実験するのには理想的な媒体である。私は世界を解釈することに着手したのではない。むしろ，私のアプローチの例証として，庭や書物や王子や交通事故のある世界を用いたのである。創造されたものすべてが，そこでは，たとえ私が間違っていても，正しいことを私に証明してくれているのだ。

　一方では，私はロバート・バートンの『憂鬱の解剖』(*The Anatomy of Melancholy*)，バルタサル・グラシアンの『神託必携』(*Oráculo Manual*)，ハンス・ファイヒンガーの『かのようにの哲学』(*Die Philosophie des Als Ob*) といった，標準的な著作から霊感を得たし，他方では私がむさぼり読んだ数点の本を挙げても，G・K・チェスタトン，J・P・ゲパン，スラヴォイ・ジジェクの著作から利益を得てきた。「獅子は消化した羊の肉からできている」(Le lion est fait de mouton digéré) のだが，はたして驢馬も同じ強靭な胃をもっているのだろうか……。

あら皮

『痴愚百科』にはそれ自体をも含めて，痴愚に関するあらゆる著作を収めるだけの十分に広いスペースがある。エルセフィールの『鳥案内』(*Vogelgids*, 1965) は表紙がつむじ曲がりにも人造蛇皮になっているが，私はこれに着想を得て，この百科事典の幾冊かを驢馬の皮で製本して，プロジェクト全体の愚さを強調したのだった。

第1章　黒　旗　23

のぞき見世物

なにしろ彼は幾何学的比率で
麦芽酒(ビール)の壜の寸法を測ることができたし,
もしパンとかバターが重量に欠けていれば,
正弦(サイン)と正接(タンジェント)できちんと解決できたし,
また時計が刻む日の時間が何時かを
賢くも代数学で告げることもできたのだから

For he Geometrick scale
Could take the size of Pots Ale;
Resolve by Sines and Tangents straight,
If Bread or Butter wanted weight;
And wisely tell what hour o' th' day
The Clock does strike, by Algebra.

サミュエル・バトラー『風刺詩』(Hudibras, 1663-1678)

　算数の問題への横風効果, 接吻の特殊な重力, 神の外面に向けて, 探究はなされてきた。そこには, くすぐりの統計とか, 無知の弁証法 (<i>Dialektik des Nichtwissens</i>) とか, 海の波への魚の尾の影響に関する研究は存在しない。日没を分類したり, 鸚鵡の鳴き声に基づいて模倣説を展開させたり, あるいは, ビタミン, ミネラル, 繊維, 色彩, 味覚の性質, かさ, 太さ, 等の点からオレンジを規定しようと企てたりしてきた専門家はほかにもいた。
　こういう研究はひどく魅力的で, 馬鹿げていると同時に, ひどく心をなごませてもくれるのはなぜなのか？　これらが科学のパロディーだからというよりも, 生活と取り組もうとするわれわれの企み全体に内在している, 愚行の忠実な模倣であるからなのだ。こういう楽しい論文はすべて, 科学的真面目さの下に埋もれた秘かな喜びや, 宇宙を一つの定式に, また世界を一つののぞき見世物に還元させるという子供っぽい快楽を暗示しているのである。
　しかもさらに, こういう偏執狂的な研究はわれわれの生活に密度を添えてく

れる。われわれの総力を挙げて，いかに馬鹿げているにせよ，生存の単一局面に精神を集中させることにより，われわれはもっとも気まぐれな知識のたくわえを蓄積したり，またこうすることを喜びとしたりすることができるのである。

『痴愚百科』はまた，弁護不能なものを弁護しているが，しかもより誇大妄想狂的な計画を有してもいる。私ののぞき見世物はひょっとして未定の世界規模を帯びるような危険もなしとしない。

もし私が天寿を全うしないで死ぬとしたら，トランク一杯の奇妙な本，奇異な絵画コレクション，畏敬を引き起こすほどの大量のインデックス・カード，を残したいものである。そういうトランクをいつか見つけることを，私は何とかしていつも夢見てきたのである。

消え失せてゆくハンカチ

> 私は一つの魔法のサークル，"謎の六名"の一員である。これはすごく内密にされているため，私はほかの五名を知らない。
>
> トミー・クーパー

英国の魔法使いトミー・クーパーは或るショーのなかで，片手の青いハンカチを消え失せさせ，これを上着の右ポケットから再び出現させようとした。プロのエチケットを忘れて，彼は「消え失せてゆくハンカチ」の秘密を観衆に漏らそうとして，このトリックをスロー・モーションで再現した。ことさら苦労しながら，彼は青いハンカチを左手の握りこぶしの中に押し込み，その上に息を吐きかけてから，少しばかり奇術を行った。その間，舞台の袖で待っていたアシスタントが，クーパーの手からそのハンカチを引き抜き，クーパーの上着の右ポケットに突っ込み再び袖へと姿を隠した。2，3歩ぎこちないステップを踏んだ後で，クーパーは例のハンカチをポケットから取り出した。観衆が拍手している間に，彼は「ササーンキューユー」と言うのだった。

クーパーがはっきり示そうとしたやり方は，痴愚がこの世界で演じている隠れた役割を露呈させようとしたのと同じなのだ。タブーを破ったわけではなくて，かかわっているごまかしをはっきりと判らせただけなのだ。

よく踏みなれた道

　痴愚を探究する人は逆に，陳腐なことを回避してはいけない。陳腐なことを新たな脈絡で呈示することがポイントなのだ。われわれはよく踏みなれた道に沿って，冒険を探し求めるのである。

第 2 章　失敗屋たちのクラブ

沼地の騎士

　ある騎士が，その特徴を誰も述べられないような怪物 "痴愚" に対して戦った。その怪物の名称と潜伏場所しか知られてはいなかった。重装備をし，剣を引き抜きながら，騎士は沼地を歩いて進んだ。巣窟に近づくにつれて，彼の両足はぬかるみにだんだん深く沈んで行った。姿が見えなくなる寸前に，仰天している騎士は沼地に抱きしめられた。

痴愚の地誌

　痴愚は測り知れない。別の性質——欠陥のような——と対比して消極的にしか規定できない。さりとて，痴愚が存在しないという意味ではない。それの影響はわれわれの周囲や内部に毎日見かけるのだが，これを突き止めるにはいつも遅すぎるのだ。痴愚はわれわれがいつも見逃がす境界なのだ——回顧して初めて，そこを横切ったことに気づくのである。われわれが見ることのできるのはせいぜい，藻抜けの殻に過ぎない。他方，痴愚そのものの居場所が特定されたためしもない。なのに，住所不定な，つまり，非局所的で，風変わりで，不条理な "生き物" をどうやって突き止めようというのか？
　痴愚は不一致にあるのに，これを規定することによって痴愚を創りだす危険があるのだ。痴愚はいつもどこかよそにある。ひとたび規定されたり名づけられたりすると，それの途方もない性質を失う。痴愚が認識されると，余分な知恵になる。
　われわれのできることはせいぜい，危険な場所を示す道路標識を掲げることぐらいなのだ。

道路標識

　住民の愚鈍さで知られたゴータム〔英国中部ノッティンガム州にある〕の村（愚か村）で最近二人の道路人夫に対して，切り開かれたばかりの森から道路標識をすべて撤去するように命令が下った。仕事が終わったとき，人夫の一人がどうやって家に帰ったものかと尋ねた。するともう一人が心配には及ばないよ，と平然と答えた。というのは，二人はあらゆる通路標識を持っていたのだった。

宿命的な結びつき

　私が痴愚のことを話題にするとき，道化とか，病人とか，無教育者のことを語っているのではない。また，群衆とは違った行動をする奇人を念頭に置いているわけでもない。まったく逆なのだ。私に関心のある痴愚は，例外よりもむしろ規則にかかわっている。私が言わんとしている痴愚は人民一般のそれ，つまり，実際上，われわれの発達の不可欠な一部としての痴愚のことなのだ。

　痴愚は美的カテゴリーである。語源からすれば，大概の言語で痴愚に対する語は五感の欠点を指す。中世オランダ語 *domp*（英語 *domb*）は，中期高地ドイツ語 *tump, tumb, tum*，ゴート語 *dumbs*，古期高地ドイツ語 *tumb*，古サクソン語 *dumb*，高地ドイツ語 *dumf* と隣接している。たぶんオランダ語 *doof*（英語 *deaf*）の語根と結びつきがあろう。元の意味は「耳が聞こえない」（*mutus*）だが，この語は今なお「発話能力を欠く」や「愚か」の類義語として用いられている。近視（*shortsighted*），ばか（*thickheaded*），頭の鈍い（dull-witted）といった複合語をも考えられたい。知力の欠如としての痴愚の定義もここに由来する。頭の欠陥は頭の中の欠陥を暗示すると信じられてきたのだ。感覚の病気は現実の知覚に影響を及ぼすと思われている。またはその逆も真なのであって，外的な欠陥は内的な弱さの徴候と見なされている。

　語源は的外れのことが多い。この語源もわれわれを誤った道に引きずり込む。なにしろ痴愚は欠陥ではないからだ。痴愚はそれ自体の論理を有する独立した一つの性質なのだ。知性の領域で痴愚を探す人びとは，自らの知力の限界について少しばかり賢くなるだけであり，他面，痴愚の広大な領域について何も学

びはしないであろう。

痴愚は知力の逆なのではない。痴愚は痴愚の欠如の逆であるが，知力は知力の欠如の逆なのだ。痴愚と知力との結びつきは，とりわけ宿命的なのだ！

窮地に陥ったきこりの原理

大思想を考える者は大いに誤る。

マルティン・ハイデッガー

　幾世紀もの間，世界は痴愚と知力との未決の関係を例証する物語に充満してきた。これらのいわゆる叙事的な茶番は，諺のように愚かな場所の住民たちに帰せられることがしばしばだ。それだから，それらは地理的背景に応じて，ボイオティア譚（愚鈍で知られた古代ギリシャの地方ボイオティアに因む）とか，ゴータムの笑話（Gothamic jests）とか，シルダ市民の愚行（Schildbürgerstreiche）とか，カンペンのジョーク（Kamper uien）とかとしてよく言及されるのである。

　古典的なジョークは窮地に陥ったきこりに関するものである。彼は座っている枝を切り落とすのだ。知力は選択の術である。この男は木から枝を切り離すという，賢明な仕事を選んだ。この手段の選択も優れている。彼ののこぎりはシャープなのだから。だから，その仕事は首尾よく成就されるのだが，しかしきこりは首を折ることになる。知力がなければ，彼の痴愚はそれほど破滅的結果にならなかったであろう。愚者が危険なのは，賢いからなのであり，やり出したことに通常成功するからにほかならない。そして賢ければそれだけ，彼の痴愚の結末はより破滅的となるのだ。

　痴愚がわれわれの期待する場所で発見されるとしても稀なことは，数年前に公表された新聞報告でも実証される。ある男が屋根瓦を壊す木の枝をのこぎりで切り離そうとして，曲がった木に登った。彼は典型的な誤りを犯すことはしないで，木の幹の近くに座った。ところが重い枝が切り離されるや，その木は上のほうへさっとしなり，男は木から放り出されてしまった。またしても，知

力は愚者にとり致命的なことを証明したのである。

　痴愚とは,最善の私欲を目指しながら,究極の結果として死を招くようにならないように,無意識に行動する才能なのだ。一方では,痴愚はわれわれの教化にとって脅威となるが,他方では,痴愚はわれわれの生存にとっての謎めいた基盤なのだ。文化とは,われわれの自己破壊的な狂気を受け入れようとする,多かれ少なかれ不首尾な一連の試みの所産にほかならない。
　このきこりは,われわれのもっとも成功したそれをも含めて,あらゆる行動の背後には痴愚が潜んでいることを悲喜劇的に露呈しているのである。

へまクラブ

　1976年に,『冒険的失敗の書』(The Book of Heroic Failures) の著者スティーヴン・パイルにより「グレートブリテンのへまクラブ」がロンドンで設立された。このクラブはとかくするうちに,その成功のせいで破産した。あまりに多くの人びとが参加したがったからだ。会員に選ばれるためには,何かのことにあまり秀でていてはいけなかった。一同が集まる夜会では,各人がそれぞれの無能さを実証するのだった。芸術家たちのためには,無能者たちのサロン (Salon des Incompétants) があった。パイルの「へまクラブ」が開かれる夜には,特別に選ばれたロンドンの二流レストランで宴会が催された。あるウエートレスが偶然スープ皿を落としたときに,主宰者がそれをキャッチした。彼は災いを回避したというので,即座にそのクラブから追放されたのだった。
　スティーヴン・パイルの本の序説はこのように終わっているのだが,私の関心もまさにここから始まる。つまり,へまを回避することが,正しい光に照らして見るとき,みんなにとっての最大のへまだったと判明したのだ。この理由からだけでも,この主宰者は名誉会長職に任ぜられ,ただちにまた免職させられ,再任される,等々のことがなされるべきだったであろう。考えてみれば,われわれのすべてのへまは見損なわれた成功だったのだ！　また考えてみれば,われわれのすべての成功は見損なわれたへまだったのだ！

アムステルダム人

> 偉大なる古都アムステルダムは
> 堆積の上に建設されている。
> この都はあまりにも大きくなり過ぎているから，
> その転落の運命をわれらは共にするであろう。

　アムステルダム人とは何か？　アムステムダム人とは，アムステルダム人と称される人のことだ。でも，これでは決してすべてを話したことにならない。アムステルダム人は，定義上，部外者には不可解な何か特別なことに絡んでいる。このことを知っている人もいれば，知らぬ人もいる。説明し難いことなのだ。要点はもちろん，この謎めいた中核が他人からの無知のおかげで存在しているということにある。だが，アムステルダム人自身でさえ，ことの何たるかについていささかも知らないのである！

　真のアムステルダム人とは何者かという質問に関して，アムステルダム人の状態は住民の間に分裂を広めている。だから，アムステルダム人の状態がアムステルダム人たちにアムステルダム人となることを妨げているわけだ。それは自己破壊的な痴愚のことである。だが同時に，この愚鈍は実存の条件なのだ。なにしろ，自らの自己同一性について論じることは真のアムステルダム人を規定することなのだからだ。だから，真のアムステルダム人は存在しない，と言ってもまったく意味がない。アムステルダム人はもっぱら誰かのように行動し損ねることにある。アムステルダム人は―アムステルダム人として自分自身を自分から切り離す空間の中でのみ活躍している。アムステルダム人は，自分を一アムステルダム人として行動するように刺激する懐疑，驚異においては，典型的なアムステルダム人である。彼は運河，旗，歌，手回しオルガン，建物，その他，自らのアムステルダム人状態を受け入れ難い，多少とも無能な途方もない徴候の点では，一アムステルダム人なのだ。彼はそのほら吹きでは，自らが一アムステルダム人だと証明しようとする，けばけばしいが失敗した，無限の一連の企てでは，一アムステルダム人なのだ。それだからこそ，最大のアムステルダム人たちは相変わらず，アムステルダム以外の地方出身者なのだ。オラ

ンダはアムステルダムの首都なのであり，フリースランド地方は郊外の近所なのだ……。

　対照的に，生まれながらのアムステルダム人は自らをそういう者として証明することがない。彼はアムステルダムの独自性に何らの寄与もしない。厳密に言えば，彼は余計者なのだ。アムステルダム人たちが集団的に地方に移住する理由である。そこでは彼らは納屋や，コクガンや，緑樹の保護に，要するに，田園地帯のくつろいだ個性に寄与する一切のものに，熱狂的に忙しく没頭するのである。

無知の卵の殻

　フリースランドには悟りに到達した僧，菩薩の坐像が置かれた寺院，仏舎利塔（卒塔婆）が存在する。彼はまさに涅槃（ニルバーナ）に入らんとしている。だが，何が彼の妨げになっているのか？　ここでわれわれは大乗仏教の道徳的逆説に出くわす。問題はその菩薩が独力では決して涅槃に入れないということだ。なぜなら，そうすることにおいて，彼は自らの利己主義を自慢していることになるであろうからだ。ところで，彼が利己主義者であれば，菩薩たり得ないし，したがって涅槃に入ることはできない。また彼が真の菩薩なのならば，涅槃に入ることはできない。なぜなら，それは利己主義的行為であろうからだ。要するに，誰も涅槃に入ることはできない。普通の人間は菩薩でないがゆえに締め出されているし，また菩薩は菩薩であるがゆえに締め出されているのである（Arthur Danto, *Mysticism and Morality*, New York, 1972）。

　菩薩の板挟みは，ときどき「小さな乗物」と卑下して呼ばれることもある，小乗仏教なる分枝の聖なる英雄，阿羅漢のそれに似ている。阿羅漢は八正道〔正見・正思惟・正語・正業・正命・正精進・正念・正定という，涅槃に達するための八徳目〕を歩み，絶対平安の入口に立っている僧である。彼は知恵をもって，「無知の卵の殻」を破壊した。"我"と"我執"への一切のきずなから解放されることが，解脱への前提条件なのである。問題は，自我からの解放への個人的探求が利己主義の一徴候だということにある。だから，阿羅漢自身も自己自身の救済への途上にあることになる。

　大乗仏教，いわゆる「大きな乗物」が試みているのは，普遍救済への努力

——したがって，「大きな」という形容詞がついている——により，この道徳的逆説を乗り越えることである。個人的救済は万人の救済のうちにのみ見いだされる。菩薩は自己自身を解き放つために，自我の無際限な拡張により，あらゆる束縛を超越しようと努める。衆生が救済されるまでは，何人も救われることがない。だがこの探求とても，失敗に終わることを運命づけられているのである。

　菩薩は人類を救済するために，善行を行うのではなくて，範例を示そうとする。菩薩像はわれわれに，透徹した内向的な一人物を示している。彼の沈着不動とわれわれの多忙な生活との驚くべき相違は，われわれに狂気じみた世界を脱出するよう鼓舞するに違いない。ところが逆に，彼はわれわれの征服し難い弱さを強く確信させているだけなのだ。

　菩薩がなすことのできる唯一のこと，それは全人類が悟りに到達してしまうまで，彼自身の救済を延期することである。しかし，こうすることにより，彼は自分自身が悟った人であることを証明しているのだ！　彼は仏陀〔悟りを開いた人〕になろうと空しい企てをしている，真の仏陀なのだ。彼は失敗を通して成功するのである。

　フリージアの風景の中の菩薩は，その冷静な現前によって，われわれの欠陥を指し示し，そしてわれわれに涅槃の想像を絶する歓喜の前触れを授けてくれている。われわれは同一の脈絡の中に両方を看取しなければならないのだ。涅槃に到達しようという愚かな多くの試みを外れては，いかなる涅槃も存在しないのである。

苦しみのない楽しみはない

> 私が最大の教訓を学んだのは
> 他人の悲しみからだ。
>
> 　　　　　　　　　　　　　メナンドロス『警句集』

　ある人がドアを閉めようとして，歩み寄り，閉める。これは成功した，意図的行動の古典的な一例だ。こういう行動は次の三つの条件を満たさなければならない。

1．その行動を成功裡に成就しようという意図が存在しなければならない
　　2．その課題は成功裡に成就されねばならない
　　3．その課題を成功裡に成就しようという意図が，それの成功した成就の原因である。

　だが，次の事例を考えられたい。ある人がドアを閉めようとして，つまずいて転び，ドアに倒れかかり，それから閉める，という場合を。意図はこの課題の成就の原因である。この意図がなければ，その人はつまずいて転ばなかっただろうし，つまずかなかったとしたら，彼は不首尾だったであろう。だが，彼がこの課題を成就したやり方は意図的とは呼ぶことができまい。彼の成功は馬鹿げた偶発事だったのだ。
　われわれはみんな有益なへま，これら失敗のゆえに成功する行動，の混乱した領野に住んでいるのである。われわれは賢明な意図とたんなる偶然（まぐれ）との間に横たわる領域において行動しているのだ。そして，このことがわれわれのあらゆる行動に何気なく滑稽な様相を帯びさせることになる。可能性の敷居を横切り，かつ語の完全な意味で実現される，いずれの行動も，根底には愚かさの要素が含まれているのである（Slavoj Žižek, *Le plus sublime des hystériques*, Paris, 1988）。

偶　然（まぐれ）

　無意識なり，知らず知らずのうちに，望んだ結果に終わる行動は，幸運の巡り合わせとか，まぐれとか呼ばれる。痴愚の法則に向けられた研究たる，痴愚学も一線を画しており，その愚かな原因が知力を超えているような偶然と，その原因が知力のうちにある偶然とを区別している。
　以下は第一の種類の偶然である。つまり，ある人が他の人を射殺しにかかる。的を外すのだが，発射は野豚の群れを驚かし，野豚たちに踏みつぶされて死に至る（Donald Davidson, *Essays on Actions and Events*, Oxford, 1980）。もう一つの適切な例は，映画『ワンダとダイヤと優しい奴ら』（*A Fish called Wanda*）であって，ここでは殺人者は一人の老婆に銃口を向けるのだが，たまたま彼女

の小犬に命中し，このことがその老婆の心を文字通りばらしてしまうのだ。
　第二の種類の偶然に関しては，ある殺人者が意図した相手の家に突進する。いらいらしながら，その殺人者は誰かを車でひくのだが，その人物が彼の意図した相手だと判明するのである。
　こういう生産的な痴愚の例は周辺的な事象なのではなくて，われわれの合理的な思考"体系"と見なされているものの中心に作動している狂気の一形態のめざましい異形なのである。世界を回転させている愚かなからくりは，へまをやらかしながら，暴かれるのである。

逆境と知恵

怪我の功名（Quae nocent docent）

　逆境が人を賢くする，とは諺が言っていることだ。この表現は一見敗者を慰めているかに見えるが，実はわれわれの知力の秘かな論理を明らかにしているのである。知恵はただ逆境によってのみ得られる。だがもちろん，これはただ無意識なレヴェルでのみ作用する。われわれは頭を壁にぶつけて考え方を無理に変えようとした農民と張り合おうとすべきではない。何か知恵を得ようとして故意にへまをやらかす人は誰であれ，愚者なのである。知恵というものは，ちょうど愚かな偶発事から生じた偶然の少々の幸運として，われわれの意図せざる副作用としてのみ，得られるだけなのだ。

遡及効果

おお，マグー，またやらかしたな！

　われわれは知恵が実際には何なのかも知らずに探し求めている。けれども，到達不能な知恵へのわれわれの探求は，われわれが賢明になる手段たる逆境に至る。あるいはむしろ，われわれが空しく探し求める知恵は，失敗行為そのものによってただ遡及的にのみ創り出されるのである。したがって，こういう結果がそれ自体の原因を生じさせているのだ。われわれが求めている知恵は，知

恵を発見しようとするわれわれの失敗した企ての結果以外の何物でもない。愚行は知恵への途上の駅なのではない。知恵とは，本質上，愚行の一形態なのだ。

後知恵

愚者は事後に悟る〔げすの後知恵〕(Factum stultus cognoscit)

　遡及効果の原理は世界を支配している。われわれは自分の失敗を理解させてくれる知識を得るためには，失敗しなくてはならないのである。経験は常にあ・ま・り・に・も・遅・く・，祭りの後に (post festum) やってくる。知恵はすべて，後知・恵 (esprit d'escalier) なのだ。祝宴の間，われわれは見当違いな質問への辛辣な答を探し求めて無駄骨を折る。階段を降りながらやっと，正しいしっぺ返しがひょっこり思い浮かぶ。だから，後知恵なのだ。機知が働くのは，われわれの建物のめまいのする階段吹き抜け——目先のきかない知恵の聖なる空間——においてなのだ。

　われわれ〔オランダ人〕の生活の遡及性にとっての適した記念碑的な建物は，愚者たちの住むオランダの都市カンペンで見つけることができる。そこの市民たちは教会を建てたのだが，塔への階段を忘れた。だから，外階段が後でくっつけられねばならなかったのである。

エピメテウス

人生は回顧して初めて把握できる，
だが先に生きられねばならないのだ。

キルケゴール

　事後に得られた知識，無意識に獲得された結果をすべて，私はプロメテウス（「先に考える人」）の双子の兄弟，テイタン神族のエピメテウス（「あとで考える人」）に敬意を表して，エピメテウス的と呼ぶことにする。

　エピメテウスは地上のすべての生き物に，生き残るのに必要な資質を授ける仕事を託された。こういうわけで，エピメテウスは或る動物には速さのない力

後知恵に照らしてみるなら、アムステルダムの演劇研究所（Theaterinstituut）の階段吹き抜けにある英知（Prudentia）の寓意的表現でさえ、新たな意味を帯びてくる。愚鈍（Stultitia）のこの大敵は、省察の鏡と、慎重の蛇とを手にしたものとして描かれているのだ。　　　　　　　　　　　　　　　　　　（写真：ルース・アルデルソフ）

を，他の動物には力のない速さを与えた。また，ある動物には鋭い爪を，他の動物には安全な翼を身に着けてやった。要するに，どの種も滅びることのないように自然なバランスをつくりだしたのである。ただし，プロメテウスは人間を忘れた。(もしもプロメテウスに真の先見があったとしたら，彼はエピメテウスが自分に割り当てられた仕事に不注意になるだろうことをきっと悟っていたであろう。)

損害を縮小するために，プロメテウスはアテナの知力とヘファイストスの職人の技能を盗んで，これらを人間に与えたのである。ヘルメスはというと，共同体精神を与えたのだった。(プラトン『プロタゴラス』，ヘシオドス『神統記』を参照。)

プロメテウスではなくて，「過ちを通して賢くなった」愚かなエピメテウスが，われわれの文明の始祖なのである。エピメテウスの不注意のせいで，人類は訓練を受け入れたり，成長を促したりせざるをえなくなったのだ。われわれの文化は，後から損害を縮小しようとして絶えず繰り返された試みの結果にほかならない。知恵は逆境に強いのだ。失敗は過小評価されているが，統計学的観点からは，われわれの生存のもっとも強力な要因なのである。

生産的な眩惑

エピネメテウスの因果性は，この悲劇的主人公を予言された悲運に導く逃避策略にも看取できる。まったく根拠のない，愚かな予言が成功するのは，それを拒否しようとするこの主人公の空しい試みのせいなのだ。

過ち ($ἁμαρτία$) は生産的なのである。予言が自己充足的となる〔結果的に予測したとおりになる〕のも，この主人公が虚構的事件を期待するからというだけで起きるものと頑固に信じ込んだり，あるいは非合理にも恐れたりするせいなのだ。想像された結果が明白な原因を引き出すのだ。結果への予言が結局は予言の結果となるのだ。予言なくしては悲しい過ちはあり得ないし，過ちなくしてはいかなる予言もあり得ない。いかなる予言も本性上エピメテウス的なのだ。たんなる表明が真の予言となるのは，もっぱら事後のことに過ぎないのである。

われわれの生存の神秘な根底としての痴愚

川一つで仕切られる滑稽な正義よ！
ピレネー山脈のこちら側での真理が，あちら側では誤謬である。

パスカル『パンセ』，294
（前田陽一／由木康訳，中央公論社，1966年，187頁）

　われわれが知識を盲目的に信じるのは，知識が本性上，賢明だとか真実だとかからなのではない。知識が賢明かつ真実とみなされるのは，大多数の人に共有されるからなのだ。われわれが規則に従うのは，機能しているからなのではない。規則はみんなが従うからこそ機能するようになるのである。われわれが交通信号で止まるのは，赤色がわれわれを止まらせるからではない。赤信号が規制力を発揮するのは，われわれがそれで止まるからなのである。要するに，規則は論拠ではなく，群衆本能にその力を負うているのだ。理性ではなくて，風俗習慣がわれわれの生活を規定しているのである。
　すべて始まりは快活なものだ。微笑しながら，われわれは当初は愚かな規則に従うのだが，間もなくそれが実際に機能するようになり，間もなくその規則に従うための十分な論拠が生じることになるのだ。有効性はもろもろの規則の自然な性質なのではなくて，われわれが服従した結果なのだ。

自動機械

われわれは精神であるのと同程度に自動機械である。

パスカル『パンセ』，252
（前田陽一／由木康訳，174頁）

　論拠は規則の知恵とか，その愚劣ささえをもわれわれに確信させるにせよ，人間に内在する自動機械は習慣の力——賛否いずれものあらゆる論拠よりも説得力がある——によって支配されている。したがって，痴愚は知見とか貧弱な知識の事柄なのではなくて，自動機械の事柄なのだ。

LABORA, ASELLE, QUOMODO EGO LABORAVI, ET PRODERIT TIBI
「驢馬よ，儂が苦労したように，苦労しなさい。そうすればお前の役に立つだろう」
（ローマ，パラティノの丘〔ローマの七丘の一つ〕の或る学校の壁に刻まれている落書き）（1世紀頃）

われわれは誰よりもよく知っていながら，無意味な儀式を我慢しているのである。習慣がわれわれを愚かな規則に慣らしてしまい，ついにはわれわれはそんな規則を信ずるようになってしまうのだ。われわれの転向は時間の問題に過ぎない。

誰でも論拠によって愚かな規則に転向させられることはあり得ない。すでに「痴愚に夢中になって」いる人びとと，愚かな規則を知恵の決定的な言葉と見なしている人びとだけが，論拠で納得させられるのだ。規則そのものに無条件に盲従するのではなくて，その規則が正しいと理性が告げるから従っているのだと主張する人は，考え違いをしているだけである。論拠は事後の合理化なのだ。思考というものは本性上，エピメテウス的なのである。

痴愚の信条

われわれが法律に従うのは，それが正しいからではなくて，それが法律だからなのだ。この同語反復は法律の非合法的基盤を反映している。つまり，法律はみんながそれに服従するやただちに正当なものと化すのである。法律のこの愚かな局面は一見，法律の効力にとって障害物であるように見えるが，実際にはそれの権威の不可解な根底なのである。法治国家は，市民たちが法律の要請に応じて暮らそうとして失敗した試みのせいで存在しているだけなのだ。法律がわれわれに支配力を維持しているのは，それがいつも不可解な要素を含んでいるからなのである。

われわれは合理的基盤にもとづいて信じているのではない。われわれはそれが不条理なるがゆえに，というよりはむしろ，テルトゥリアヌスも言っているように，それが馬鹿げており（quia ineptum est），かつ不可能であるから（quia impossibile est）こそ，信じているのである。信仰の前提条件も，行動と確信との結合を妨げている同じ愚鈍さなのだ。信仰は自分の意に反して成長するものなのである（Henning Schroër, *Die Denkform der Paradoxalität als theologisches Problem*, Göttingen, 1960）。

逆　転

　川一つで知恵は痴愚から仕切られる。土地の風俗習慣が合法的なものとそうでないものとを規定する。無思慮な行動が規則や規制を遡及的に正当化するのである。だが，われわれの社会行動の愚かな根底は隠されていなければならない，さもなくばわれわれのもろもろの規制はその効力を失うからだ。痴愚はただ気づかれないときにのみ作用する。だからこそ，われわれは馬の前に荷馬車を置き，あたかも法律が本性上正しいかのごとくに行動するのである。これが想像力の役割なのだ。

目に見えない宝

　死が近づいているのに気づいた或る金持ちの農夫がぐうたら息子たちに言った，「儂の土地を売ってはならんぞ。どこかは知らんが，そこにはたくさんの宝が埋められているのだからな」。父親が亡くなったとき，息子たちは隠された宝を探して懸命に土地全体を掘り起こしたが無駄だった。しかし，掘り起こしたおかげで，その年の収穫が息子たちに一財産をもたらした。

　回顧してみると，彼らの掘り起こしが，彼らに掘らせた宝を生じたことになる。ラ・フォンテーヌのこの寓話が示しているように，想像力が現実と化したり，想像上の宝が真の宝を生じさせたりすることがありうるのである。それどころか，彼らの想像力がなければ，この農場には将来がなかったであろう。掘り起こすためにだけ土地を掘り起こすことの馬鹿らしさが息子たちに暴露されていたとしたら，それは彼らのモラルにとって致命的となったであろうからだ。これが一つの寓話以上のものであることは，一つの司法の実例で例証されるであろう。

裁かれた裁判官

痴愚は為されよ，世界は亡びよ (Fiat stultitia, pereat mundus)
〔ドイツ皇帝フェルディナント1世の「正義
は為されよ，世界は亡びよ」をもじったもの〕

　裁判官はまるで犯人たちに一つの教訓を垂れるかのように行動する。けれども，調査が示したところによれば，犯人たちが改心することは，あったとしても稀である。厳密に言えば，裁判官という者は彼自身の正義感や，彼が代表する市民の正義感を維持するために判決を下すのである。けれども，その裁判官はそこで自ら教訓を垂れているのだと暴かれれば，法体系にとり都合の悪いことになるであろう。それだから，われわれはその裁判官がそこで犯人に教えているかのごとく行動するのである。
　われわれの組織はすべて，痴愚のおかげで働いているのだ。われわれの世界はもろもろの空想や，これら空想を信じている愚者たちをめぐって回転しているのである。痴愚は有用なのだ。

私は分からない

　有益な誤解とてもやはり，道徳を不朽にするのに大きな役割を演じることは，ヨーハン・ペーター・ヘッベルの短篇物語『私は分からない』(*Kannitverstan*〔kan niet verstaan〕) (『ラインの情夫の宝石小箱』*Schatzkästlein des rheinischen Hausfreundes,* 1811所収) も証言しているとおりである。

　その気になれば，人はアムステルダムに劣らず，エメンディンゲンやグンデルフィンゲンでも地上の万物の気まぐれさを熟考できるし，少々の僥倖が生起したとしても自分の運命に甘んじることができる。だが，はなはだ異常な遠回り道をたどって，アムステルダムにやって来た或るドイツ人労働者は間違いによって真理とそれの理解へと導かれたのだった。

　この移動労働者は「チューリップ，エゾギク，アラセイトウが咲き乱れた」

第2章　失敗屋たちのクラブ　43

素晴らしい家にやって来た。彼がその家主の名を通行人にドイツ語で尋ねると，オランダ人が 'Kannitverstan' と答えた。

港では，彼は貴重な積み荷を積んだ船を見かけた。その持ち主について尋ねると，またしても 'Kannitverstan' という返事だった。

最後に彼は葬列を見かけて，故人の名前を尋ねた。'Kannitverstan' と告げられた。

「哀れなカンニトフェルスタンよ」と彼は叫んだ。「お前さんにとってすべての富は今や何の役に立つというのかい。俺がこの赤貧状態で期待できるもの——シーツと経かたびら——だけじゃないか。お前さんの可憐な花々のうちでは，たぶんお前さんの冷たい胸の上に飾るローズマリーの小枝とか，ヘンルーダの一枝だけじゃないか」。

そして世間の富の不公平な配分に怒りをまたも感じたとしても，彼はアムステルダムのカンニトフェルスタン氏のことや，この人の大邸宅や，満載の船や，狭い墓のことを思って，自身の運命に甘んじたのである。

心の貧しき者は幸いなり

イエズス会士たちは，目的は手段を正当化するとの原理に基づいて行動していると（誤って）言われている。反対にわれわれが生活の準拠にしている規則は，目的とは手段を正当化するものであり，規則はその愚かさが理解されない限り，秩序を副作用としてもたらす，ということである。目的と手段との関係におけるこの逆転は隠されていなければならない。なにしろ，もしもそれが知られるならば，われわれがボイオティア人の行動から引きだしている至福の境地に終止符が打たれるであろうからだ。

法律の底知れない権威が，この法律を正当化しようとのわれわれの空しい試みを除いては存在しないことを悟るや否や，この至福の境地は消え失せてしまう。無知と至福とは密接に結びついているのだ。心の貧しき者は幸いなり。哀れなことに，われわれはあまりにも愚かなためにこの事実を悟らないでいるのだが，それを悟ったとしたら，われわれの至福の境地は終止符を打たれるであ

ろう。でも，われわれは自分たちの不快を楽しむことができるのである……。

ラ・ボエシーとボイオティア譚

> 卑怯と呼ばれる値打ちさえないとは，何と恐ろしい悪よ。自然が勘当し，言葉が名づけるのを拒む邪悪に対して，十分な名辞を考えつける人がいるだろうか？
>
> エチエンヌ・ラ・ボエシー『自発的隷従叙説』
> (*Discours de la servitude volontaire*, 1550頃)

(1) 農民がふるいで水を集めている。
(2) 競売人が農民の無価値な雌牛への賛辞をあまりにも熱心に唱えるものだから，その農民はその家畜を買い戻すために一財産を支払う。
(3) 一人の農民がスケートしながら，自分の影を別のスケーターと取り違えて競走している。
(4) 一人の農民がみんなを騙して，一頭の鯨が打ち上げられたと信じ込ませる。みんなが浜辺に駆けつけると，彼は自分の話を信じ始め，彼らの後を急いで走って行く。
(5) 一人の農夫が1羽の雄鶏と4羽のめんどりを一人の通行人に売る。だが，その買い手はお金を持っていないので，農民は雄鶏を担保に受け取る。

これら五つのボイオティア譚は規範の逆転なのではなくて，正常に作用している常軌の逸脱を素描しているのである。例証として，私はラ・ボエシーが『叙説』の中で述べていることと，これらとを比較することにする。彼による力の分析は痴愚の五つの局面をカヴァーしている——習慣の力，その副作用，眩惑と無知との結びつき，想像力，そして至福の境地を。

(1) 「習慣はわれわれに隷属の毒を，それが苦いことも分からずに甘んじて呑み込むことを教える——言い伝えによれば，ミトリダテスは毒を飲むのを習慣にしていたという。
(2) われわれは暴君の犠牲者なのではない。暴君の力はわれわれのおかげなのだ。われわれを襲う強盗のための受け手，われわれを殺す殺人者の共犯者

や，よりよき自我への裏切者，として行動することをわれわれが止めたとしたら，暴君はわれわれに何ができたであろうか？

(3) 暴君の権威は何か異常な力に負うているのではない。その正反対が真実なのだ。暴君はその"愚かな"性質が隠れている間だけ，その力を発揮するのである。アッシリアの王たちはできるだけ人民の前に姿を現わさないで，人民が自分らの王は凡人に過ぎないのではないかといぶかり始めないようにしていた。〔中略〕こうして王たちの謎めいた性質が人民をその隷属状態に慣らすのを助長したのであり，そして，人民は主人のことを知らず，第一に主人がいるのかどうかもさんざん苦労してしかわからなかったのだから，なおさらやすやすと暴君に奉仕させられたのである。みんなは誰も逢ったことがない誰かを，騙されて恐れていたのだ。

(4)「庶民はピュロスの足の親指が奇跡を起こしたり，脾臓の病いを治したりできると信じていた」。われわれは暴君の魔力の犠牲者なのではなくて，「人民自身が想像力の作りごとを夢想し，結局はこれを信じるにいたるのである」。

(5) 臣民がそうする気になりさえすれば，暴君の力に終止符をやすやすと打つことができるであろう。なのに，なぜ彼らは奴隷のままで残ろうとしているのか？　彼らもその隷属状態から利益を得ているからなのだ。彼らは暴君がその富を彼らと共有していると信じているのだが，実態は逆なのであって「愚者たちは実際に自分の持ち分の小部分を受け取ったに過ぎないことを理解しかねているのである」。

だがもう一つの理由があるのだ。「人類は自由を欲してはいない」。なぜか？「それはあまりにも容易に得られうるからである」。ここにこそ「言葉が名づけるのを拒む害悪」，痴愚の中核が所在するのであり，われわれは不快の中に密かな快楽を見いだしているのである。しかも，われわれはあらゆる痴愚が立証する被虐愛(マゾヒズム)に，至福の境地を見いだしている。さんざん災いを被った後で，愚者たちは失敗を運命づけられた次の仕事へと気まぐれにも飛び込むのである。

梁を持ち上げる人びとの木版画
(『シルダの住民たちの愚行の書』 *Das Schiltbürgerbuch*, 1680より)

愚人の町(ゴータム)の知恵

　痴愚はそれほど誤謬に根づいてはいない。というよりは，痴愚は往々にして，より良き判断に反して，誤謬に固執することなのだ。当初は人の手助けとなる思考パターンでさえ，結局は背くことになり，当人の痴愚から起きる急変へと化するものである。

　アンリ・ベルクソンによれば，繰り返し，ひっくり返し，取り違えの三つがこの愚かで機械的な行動形式を明らかにするために，道化芝居が用いる技巧なのである（林達夫訳『笑い』岩波文庫，1938年）。けれども，この盲目の自動現象(オトマチスム)は，ベルクソンによれば，進化の途上で障害となるにせよ，それは実際上，世界を回転させ続けるモーターなのである。ベルクソンが考えたように，われわれが笑うのはこの硬直した，機械的な，無意識の行動形式を訂正するためなのではなくて，われわれがタブー視されている真理をもてあそんでいるからなのだ。ゴータムのジョークが的中する愚かさこそ，われわれの文明の神秘な根底を成しているのである。こういうジョークが供してくれているのは，われわれの生存の悲劇的な中核，つまり，人びとは逆境を通して賢明になるのだという事実，の滑稽な数々の例証なのだ。災難は人の成功の母型なのである。

　生命の危険を犯す人びとが滑稽なわけは，彼らの行為が不合理だからなのではなくて，彼らの行為が理性の土台たる狂気を露呈するからなのだ。われわれが無意識になすことをまねる操り人形を見て，われわれは神経質に笑う。この

われわれの笑いはわれわれの不安定な意識を証言しているのである。

　ジョークは茫然自失と闘う武器である。一方では，ジョークはわれわれの生存の愚かな中核についての観念を生かし続ける。このことは幻滅を予防してくれる。他方では，ジョークはかすかな狼狽感を引き起こすが，これによりわれわれは痴愚の恐怖を一掃するのが可能となる。このことにより，われわれは完全なる当惑から救われるのである。

二重の痴愚の論理

　何人かの愚者が市庁舎を建てようと決心する。この目的のため，彼らは山の頂上に登り，必要な樹木を切り倒し始める。次に丸太を運び降ろす。その途中，一本の丸太が彼らの手から偶然滑り出し，道から転がり落ちる。このことで彼らは一つの着想を得る。つまり，山から丸太を転がすほうが，明らかにより賢明だ，と。そこで彼らはすでに運び降ろしたすべての丸太を取り上げ，元の山頂に運び戻し，それからそれらを底へ転がすのである。

　二つの矛盾した働きは，二つの愚行の論理を例証している。第一の愚かさは，丸太を山の下に運んだことだ。ある意味では，これは有用な痴愚であって，分別そのものと同じぐらい健全である。それは上昇と下降のサイクルという，思考過程の一部である。こういう痴愚は，われわれを"賢明"ならしめる艱難(かんなん)の原因である。こういう痴愚が生じさせる傷跡は寄り集まって，われわれの性格を形づくるのである。

　第二の痴愚は逆の働きのうちに見いだされる。つまり，丸太が人力で山上へ戻されることに。こういう痴愚は思考過程を破裂させる。この場合，思考の中の痴愚ではなくて，思考の痴愚にかかわっているからだ。

　第一の痴愚を理解すると，洞察へ至るし，進歩するし，われわれの発達を助ける。他方，〔第二の〕思考の痴愚を認識することは，革命的なことなのだ。その結果は，狂気または救いであって，思考はその制約的な法則から解放されて，無から（ex nihilo）新しい思考形式を創出するための道が開かれることになる。

　これら二種の痴愚はストア学派の愚鈍（stultitia）観——痴愚と狂気との両方を意味する——にも見いだされる。思考とは，われわれが何らかの知識を失

うか獲得するかするゲームなのであるが，しかしわれわれはゲームそのものも失いかねないのである。

滑稽な隙き間

　古典的な〔ワーナー・ブラザーズの〕漫画の状景では，バッグズ・バニー〔ウサギ〕が絶壁の端を越えている。足下に地面のないところで数秒間，空中を通り抜けるのだ。振り返り，自らの状況をよく調べるときに初めて，「おや，まあ」と転げ出すのである。私見では，人類はみなこういう滑稽な隙き間の中を往来している。われわれの生存は，定義上気づかぬ痴愚と，われわれの痴愚についての痛ましい認識との間の王国に局限されているのである。

　どんな知識人でも，自分自身の痴愚を十分には理解していない。そして，このことはすべて良いことなのだ。認識は痴愚にとってばかりか，それに基づく知性にとっても致命的なのである。

　愚行を演じる者は，自分が愚かなことを見損ない，しかも自分の愚行をやり通すであろう。ある意味では，彼は依然として賢明なのだ。つまり，彼は自分がたどった間違った道を追及しながらも，考え続けるのである。

　自らの痴愚に気づくことは，その痴愚に終止符を打つことばかりか，それに基づく知識にも終止符を打つことを意味する。洞察は愚かさと符合するのである。

第七天

　この領域——二つの痴愚，つまり，痴愚と，理解に由来する愚かさとの間の領域——は，滑稽なものの領野である。アニメーションでは，主人公たちが激高したり，どろどろになるまで打ち破られたり，あるいは生きたまま皮を剥がれたりするが，その後であたかも何事も起きなかったかのごとくに立ち上がる。そして，アイルランド・ジョークにおけるアイルランド人たちも，失敗したとしても別にアイルランドが破滅するわけではない。

　アニメーションの実体のない姿と，人はさして異ならない。われわれもぱったりうつ伏せに倒れては再び陽気に起き上がり続けている——まるでわれわれ

Margit Willems／P. Hermanides, *Speciale effecten* (Amsterdam, 1991) より

があらゆる愚行を切り抜けるだけでなく，われわれの過ちから学習することを何か知力が保証してでもくれるかのように。騙されてわれわれは知力がわれわれのことを思ってくれる天国に安住しているのだ。われわれは理性を盲目的に信じた結果，われわれのすべての行為が滑稽で，非現実的で，不滅の様相を，要するに，何か典型的にアイルランド的なものを帯びてくるのである。

揺れ動く生活の秘密

われわれの生活は浮遊している。どの人も空虚の中で考えたり話したり，自らの知識の幻影的な座標の上でよろめいたり，自らの存在の合理的基盤を盲目的に信用したりし続けている——ちょうど空中ぶらんこ曲芸師が安全網を頼りにしているように。ウサギが空中を歩くようなものだ。

どうしてウサギが落下しないのか？　アニメーションの中だからだ。だが，この漫画の論理をしばらく採用してみよう。ウサギが空中に浮遊したままでいられ続けるわけは，重力が一時的にスイッチを切られ，自然がそれ自体の法則を忘れたからなのだ。おとぎ話においても事態はほとんど同じである。つまり，どんなに恐ろしい巨人でも，重力が活動させられるや否や，背中が麻痺する結果になるであろう。（このことは，巨人についてのおとぎ話を書いた人びとが背中を痛めていたのではないかと疑わせるかも知れない。）

このジョークの秘密はフリッツ・フレレングのアニメーション『高飛びする／ウサギ』(*High Diving Hare*, 1949) に露呈されている。カウボーイのヨセミテ・サムが，死の危険を冒す跳躍を公示しているサーカスに出かける。サーカスの天幕の天辺から水槽の中へ飛び込むというのだ。曲芸師がやりたがらないので，サムがサーカスの演技監督バッグズ・バニーにその曲芸師の代役を無理強いする結果となる。バッグズはロープに胴をくくりつけて，梯子の天辺の壇に取り付けられた飛び込み板の上でバランスを保っている。サムは壇の上に座り，その板を切り離す。たちまち愚かなサムは壇も梯子も一切合財を倒してしまうが，賢いバッグズ・バニーは切り離された飛び込み板に乗ったまま空中で宙吊りになりながら観衆に向かって叫ぶのだ，「これが重力の法則を無視しているのは分かっているけど，でもね，俺は法則を学んだ試しがないのさ！」さながら重力が作用するのは，その効果にわれわれが精通するときだけだとでも

『高飛び込みするノウサギ』の中のバッグズ・バニー
(Joe Adamson, *Bugs Bunny*, London, 1991より)

いうかのようだ。このジョークはウサギ〔バッグズ・バニー〕が知らない何かが存在することを自分で完全に知っているということである。そして，ウサギがそれを知らない限り，ウサギは安全なのだ。

知性の痴愚

　われわれの知識が根拠のないこと，科学が規則や法則の自己規定された体系だということはみんなが知っている。そして，われわれみんなが愚かな行動をし，われわれの知恵が健全な根拠に裏づけされている振りをする限りは，万事が滞りなく進むのである。想像力が世界を回転させ続ける。けれども，明白なことを暴露すれば，致命的なことになるであろう。

　だが，誰をわれわれは馬鹿にしているのか？　心の後ろでは，われわれの知識の根拠がないことをみんなが知っているとしたら，このことを知らない人がはたして存在しうるだろうか？　あらゆる根拠を前にしても逃げ続けて，われわれの知識の固い基盤を信じ続ける人がいるだろうか？　逆説的な答えはこうだ——われわれの知力はそれを知らないし，知ることもできない，ということである。思考には生得の安全メカニズムがあるのだ。われわれの思考型はわれわれが痴愚を直接認識することを妨げるのである。知力はわれわれが痴愚を認識することを中止させるのだ。誰でも自分自身の痴愚を把握するほど十分に賢明ではないし，しかもこの事実すら人間のあらゆる理解を超えているのである。

われわれの知力の愚かさは，われわれがその愚かさを認識できないということである。けれども，この無能力ぶりはまた，われわれの知力の隠れた知恵の反映でもある。われわれの知識がことごとく痴愚に基づいてできているとの発見は，われわれから知識を奪い，それの妥当性を浸食し，そして結局のところわれわれの知識に立脚するこの洞察そのものをも無効にするであろう。

スペイク村の富

> 痴愚は汝の二重の運命なのだ——
> 友よ，汝は無知なのだ！　しかも汝はそのことを知らぬのだ！
> 　　　　　　　　　　　イェレミアス・デ・デッケル

　合理性への入口も出口も，古典的な逆説——学習は学習され得ないし，思考は思考するのをやめられない（このことは哲学者たちをして人間らしい痴愚——「私は考えると考える」——とか，聖なる愚鈍「私は私であるところの者である」——へと惑わせてきた）によって封鎖されている。

　痴愚の門ではまた，われわれは二つの困らせる怪物に出くわす。一方では，痴愚は到達できない。誰も愚かになることはできない。思考は自称愚者の意図を浸食する。いかに愚かな行為であれいずれも，その根底所在の理性を露呈する。しかし，彼の意図でさえその自称愚かなたくらみを演じているのだ。人は故意に愚者を演じることにより，自分が愚かであることを証明することはできない。

　他方では，痴愚は回避できない。愚者は「馬鹿を止せ，真剣になろう」と言うだけではすまない。彼がそう言ったとしても，彼の知力はすでに痴愚の状態になっているであろう。

　では，どうやったら痴愚への理解は得られるのか？　愚かな人は誰であれ，痴愚が何かを，ましてや自分がそうだということを知ることができない。愚かでない人は誰であれ，愚かであることが何かを知らない。

　われわれを欺くのは，無知だけでなくて，知識も欺くのである。われわれの思考は真の知恵の邪魔をする日常茶飯事なしではすまされない。痴愚と知力との対立はこれまた，われわれが痴愚を同定するのを妨げるもう一つの日常茶飯

事なのだ。われわれの理解の愚かさは，痴愚へのわれわれの理解を妨げているのである。

　逆に，理解が増大するにつれて，われわれは摑まえようとしている痴愚からますます遠去けられるのである。痴愚への知識は，知識の愚かさについてのわれわれの見方を弱めるのだ。

　要するに，痴愚は到達できないのだが，それでも回避できないのであり，そしてこのことが愚智者(モロソフアー)の板挟みなのである。われわれは自信過剰にしっかり安住しているのだ。この状況は北オランダの村スペイクのそれと同じぐらい絶望的である。この村では教会の周囲に道がみなめちゃくちゃにつけられているのだ。だから注意を払い損ねると訪問者たちは必ず出口を見失うのである。話によると，ウェストファリアからやって来た農夫がこの村を離れようとして，36回も教会の周りを歩き，あっけにとられてこう叫んだという――「スペイクとはなんてすごい所よ！　少なくても36軒の鍛冶屋が持てるに違いないぞ！」

　われわれとても，ほとんど同じように知恵が豊かだと自分で思い込んでいるのである。

塩をまく

　　　良い百科事典の中には独創的なものは皆無である。
　　　　　　　　　　　　ロレンツォ・モラレス『愚智学』（*Morosofia*, 1597）

　われわれの知力の愚かさを証明するために，この知力そのものに頼らなければならないとしたら，どうやってそれができようか？　明らかに愚かな理論を展開することによってである。自らの痴愚を露呈している体系を用いることによって初めて，われわれは半可通のわなを回避できるのである。

　出発点は，私は愚かである！　ということなのだ。これをもって，われわれは馬鹿らしさについて書いてきた著者たちの長い伝統の列に加わることになる。この言明が賢明だとしたら，それ自体の反駁なのだし，それが愚かだとしたら，この言明の知恵の証拠となる。要するに，不可解な前提が知恵と痴愚との間に割れ目を開けさせているのであり，このギャップが思想を生気づけているのである。この前提が服従しているのは，嘘つきの逆説というメガラの論理である。

メガラは古代ギリシャ都市であって，その痴愚ばかりでなく，そのアカデミー——人が間違っているときでさえ正しいとする術たる，論争術の論客になることを専門にしていた——でも有名だった。虚偽の構造と喜劇の規則とは密接に結びついている。反対に，われわれがここで採用している方法は，パロディーでも，思考の戯画なのでもなくて，われわれの心中で働いている狂気の忠実な模倣なのである。

　われわれが思考の文彩(あや)を剽窃したり結び合わせたりするのは，それら文彩(あや)から硬直化の効果を剥ぎ取ったり，それらの当惑させる反面を強調したりせんがためなのだ。両方の局面とも，語 'stupor'〔茫然自失〕に秘められているのだが，語源上この語は 'stupiditeit'〔痴愚〕と結びついている。われわれが痴愚の矯正手段を探し求めるべきなのは，知恵にではなくて，痴愚そのものに内在する弁証法に対してなのだ。

　論争術的立場が供してくれる手段は，われわれがわれわれの存在と真剣に取り組むための愚かだが有効な戦略を漏らすのに必要なのだ。どうして「愚か」かと言えば，これらの戦略が機能するのは気づかれないときだけだからである。これは嘘にも当てはまるのだが，嘘つきとは違って，愚者は自分自身のレトリックに耳を貸さないのである。

　われわれはこういう自己欺瞞を，哲学的ないし論理的な真理とではなくて，修辞的，偽推理的な真理と対置させよう。形式を通して，われわれは疑わしい内容を超越することにしたい。われわれの努力が到達を目ざしているのは，根拠のない理論，つまり，痴愚を明白ならしめ，同時にまた，間接的には仰々しく代替手段を暗示しもする理論なのである。教訓は方法にある。すなわち，痴愚を模倣することにより，われわれは知恵を生産的にするのである。

　われわれは砂を耕し，塩をまき，ヒゴタイサコ属の草類を収穫するのである。

痴愚に入り込む

　　　絶望するよりも失敗するほうがまし（Potius deficere quam desperare）
　　　　　　　　　　　　　　　　　　　アムステルダムの高校のモットー

　アムステルダムの中心に或る建物は，ずっと以前に取り壊されたのだが，か

つては痴愚ホテルを収容していた。そのマネージャーがまだカールトン・ホテルの片隅で部屋係りメードとして働いていたとき,いつか独立して事業を起こしたいという希望を表明したことがあった。でも人びとは,あんたはそんなことをするのには愚か過ぎる,と彼女に告げた。自分の評判を逃れる方法がないため,彼女は自分自身の痴愚に入り込み,それを食い物にしたのだった。

方法論としての痴愚

> 「愚行も繰り返されると真理の力を発揮する」(Bis stultitia veritatem valet) という原理に基づいて,知恵とは過去のあらゆる過ちの記憶に過ぎないと言われてきた。
>
> M・プシッタクス (Max Jacob, *Le Phanérogame*, 1907所収)

　痴愚は一つのタブーだ。われわれが他人の痴愚をあざ笑い,全力をもってわれわれ自身の痴愚を隠そうとするのには十分な理由がある。だが,われわれの痴愚といかに妥協していくか？　どうしたらわれわれ自身の狂気の犠牲となることを止められるか？

　痴愚との闘争は無意味なのだ。痴愚を攻撃することにより,知力は思考パターンのそれ自体の網の中に掴まれるようになる。予防は無用だ。誰でも愚かな行いをする者は定義上,そのことに気づくのがあまりに遅すぎる。愚かな行動は回避不能なのだ。もっとも愚かな解決策は,何か愚かなことを為すのを怖れて無口になることである。

　愚行に対する最上の策は,ただちにそれを繰り返すことだ。反復は愚行から悲劇的なとげを引き抜くし,痴愚をジョークに変える。無意識な痴愚は意識的な痴愚となる。世人はすぐにあなたを諧謔家と誤解する——われわれの社会ではこれは機知の縮図なのだ。

　方法論としての痴愚は,二つの関連した話で例証することができる。ある南アフリカの訪問者がオランダにやって来て,オランダの宮廷の礼儀作法に不慣れなものだから,〔指を洗う〕フィンガーボールの水をすっかり飲み干したとき,ウィルヘルミナ女王も礼儀上同様のことをした。この反復は訪問者の痴愚からとげを引き抜いたのだった。

　第二の話は,アフリカに行った或る中国の訪問者に関するものである。彼は

バナナを出されたのだが，この果物に不慣れだったものだから，皮ごと全部食べてしまった。この訪問者に教訓を垂れるために，無作法にも主人役の者が見せつけんばかりに自分のバナナの皮をむいた。すると，訪問者は眺めていて，もう一つのバナナを取り，またも皮ごと全部食べながら，私見ではこのほうがうまいです，と宣言したのだ。またしても，反復が愚行からとげを引き抜いたのである。

　痴愚は避け難い。あなたの痴愚を個人的な，ユニークな痴愚にしたまえ。もし失敗したなら，できるだけ最高のレヴェルで失敗したまえ。もし落ちたなら，エレガントに，心の中で歌を口ずさみながら落ちたまえ。できるだけカラフルかつ変幻自在に愚かであるようにしたまえ。こうすることにより，あなたは痴愚の危険な二面たる，味気なさと硬直さを避けられる。痴愚をあなたのもっとも取り柄のある性質たらしめたまえ。

第3章　アクロバット飛行士ファロル

> 痴愚は私の長所ではない。
> ポール・ヴァレリー『テスト氏』(*Monsieur Teste*, 1895)

信　条

　誰でも自分自身の痴愚を十分に理解するほどに賢くはない。そして，このことは良いことですらあるのだ。自分自身の痴愚と真剣に取り組もうとする空しい数々の試みが合わさってわれわれの知力となる。「私が愚かだと考えるたびごとに，私は自分自身を確認するのである」。

ファロルとは誰か？

　ファロル（Fallor「失敗者」）は国語によって異なり，衣服も食べ物もその友だちや敵たちとは異にしている。これらの相違が彼の存在をはっきりさせる。要するに，彼の独自性は外部の境界で保証されるのである。
　だが，ファロルはまた，内部の境界も持っている。では，いったい全体いつ彼は真のファロルなのか？　厳密に言えば，いつでも決して真のファロルではない。ファロルは自分が善悪すべての点を兼ね備えていることを知っていると思っているが，しかし彼はいつも自分自身の愚かさでものも言えなくなっているのだ。
　真のファロルは存在しないが，これは問題ではない。ファロルは自らを立証しようとする，多かれ少なかれ多彩だが，空しい試みのときにのみファロルなのだ。痴愚は彼の長所なのだ。失敗は彼の独自性をはっきりさせる。「そして失敗が回避できないとしても，望むらくは最高のレヴェルでそうあって欲しい」。
　ファロルはこういう考えを展開させつつも，自分のホームトレーナー〔訓練用機械〕のペダルをこいで動かしていた。ここでのみ，彼はときどき自分の限界に到達するのだった。

厭世家のための祝祭

　ファロルがその人生を生きるのは，人生がことさら真，善，美であるからなのではなくて，人生がたまたま現状のもの——つまり，馬鹿げている——からである。この洞察が彼にとって多すぎる——または少なすぎる——ものだから，彼は人生があたかも真，善，美であるかのように行動することもあれば，人生があたかも虚偽，悪，醜であるかのように行動することもある。人生は厭世家たちにとって真の祝祭なのだ。万事は予期したより，うまく転回するのである。

耳たぶ

　人の不完全さの印として，新しい建物では一個のれんがを斜めに置くのが古いユダヤの習慣である。ペルシャ人たちは神の不可謬性と張り合いたくないがゆえに，カーペットにきずを一箇所わざわざ織り込んでいる。ファロルの誕生後，母親は彼の耳たぶから小片をかみ切った。
　こういうへりくだった行為は，慢心を立証するものだが，それらはまた，不完全さの証左なのだ……。

個人消息欄

　妻と戯れながら，若い父親は準備された食卓の上に跳ね上がり，幼児を押しつぶす。

愚痴の美学に向けて

　ファロルはスーツケースをもって，ポルタ・コルネア〔角笛門〕ホテルの開いているガラス・ドアに突進した。疲れた客をテストでもするかのように「眠らないために」(per non dormire) なるモットーがステンドグラスのケシの下に刻み込まれていた。不眠によって眠る……。ファロルはこの弁証法に朦朧となりかけながら，部屋のベッドに倒れ込んだ。

何かが依然としてうまくゆかなかった。数分後，ファロルに分かり始めたのだが，壁紙の上の抽象的なモティーフにはパターンかシンメトリーかのいずれかがすっかり欠如していたのだった。

　『判断力批判』の中で，イマヌエル・カントは純粋美の3例を挙げている。行軍，ハミングする鳥たち，壁紙のパターン，を。目的なき合目的性は，悟性と想像力の調和に至るのであれば，利害抜きの満足を保証する。
　反対に，ファロルのホテルの部屋の壁や天井に描かれた混沌としたデザインは，彼に不安感を与えた。なにしろ，彼の理解力や想像力をまったく超えるものだったからだ。
　隣接している部屋の壁紙が自室の壁紙の忠実な鏡像をなすと想像したなら，ファロルはぐっすり眠れると自分で安心したかも知れない。ところが，彼は何か偉大な壁紙張り職人をでっち上げる誘惑に耐えていたのだった。彼はこの不安にさせるデザインを自己実現への助けとして喜んで迎えるほうを好んだ。ファロルは自分自身を発見するのを妨げる要素との空しい葛藤の中で，ファロルとなったのである。
　自信を抱きながら，彼は深い眠りに陥ったのだった。

痴愚の美学へのさらなる寄与

　翌朝，ファロルは洗面器の上の鏡をはっきりと目指して，約20キロメートル離れた場所へ自転車で出かけた。しばらくして，彼は新たなアクロバット飛行の発作にかかって失神した。
　戦争，星座，ローマのサン・ピエトロ大聖堂のドームが不快をかき立てるのは，これらがわれわれの想像力を超えているからである。けれども，われわれの不適格さをまさしく強調することにより，それらが与えてくれる崇高な力の間接的な前触れこそ，カントによれば，不快の中に快をつくりだすのである。
　反対に，メガラの論理はファロルをして，崇高はわれわれの愚行で規定されるとの仮説へ導いたのだ。超感覚的な領域はただわれわれの当惑のせいのみで存在するのである。「解放されたもろもろの要素は人間の痴愚を賛美する」。
　この精神的飛躍を通して，ファロルは自分自身に到達したのだ。彼は練習用

バイクを折り畳み，それを旅行かばんの中に入れ，そしてポルタ・エブルネア〔象牙門〕ホテルを後にしたのだった。

同種療法的な痴愚

　自らの失敗の悲劇を和らげようとして，ファロルは相変わらず一滴の痴愚をその行動に添加してきた。彼がわざと馬鹿なことをしでかしたというのではない。定義上，痴愚は見られず望まれないときにのみ，作動するのである。だが，いかに扱ったものか？　痴愚の滴はユートピア的で，不条理で，不可能な要素──よく選ばれたいかなる目的でもその特徴となっているもの──なのである。失敗を運命づけられており，失敗の後で初めて，われわれを逆境を通して知恵へと導くところのものなのだ。

崇高なるものから滑稽なるものへ

　ファロルの裏庭は巨大彫刻や，彼の人生に何らかの形を付与しようとする粗末な試みで溢れていた。こういう仕掛けは，シチューなべや，羽毛やペナント，終わりなき隠れ垣，オベリスクの記念碑，その他の野心的な構築物からできていた。
　厳密に言えば，これらの彫刻作品は途方もない失敗作だった。どれ一つとしてファロルの人生について適切な見解を伝えることはきっとできなかったろう。だが失敗を通して，これら彫刻は彼の人生がそうだったかも知れないものについて間接的なヒントを与えていた。それらは成功の欠如そのものに成功していたのだった。ファロルは自惚れて，数日間庭の中に立ったことだろう。
　隣人たちは彼がはたしてその彫刻なしに進めるのかどうかとよくいぶかった。自分の存在と真剣に取り組もうとするこうした望みなき企てのほかに，ファロルはいったいどんな人生を持ったのだろうか？
　ノー・プロブレム。ファロルにとって，崇高なものは滑稽なものだったのだ。莫大な量の彫刻は，彼の人生の本質そのものだった成功の欠如の，有形の表現だったのである。シチューなべ，羽毛やペナントによるこの仕掛けはゆっくりと動き出して，ファロルの失敗に喝采を送ったことだろう。

前代未聞の研究

　別の日にはファロルは後ろ向き（Tête-à-queue）レストランで食事した。常連客は長テーブルでサービスを受けていた。ファロルは彼らの隣の席に就いた。「あんたがここに座るどんな権利があるのかい？」と隣人が尋ねた。心底から興味深そうに，ファロルは相手の男が法律を研究しているのかどうかを訊くのだった。

　「当ててごらん」と学生が言った。

　「レジャー研究？　都市計画？　人間工学？」

　相手の男は彼を見て笑った。

　「心理学？　人智学？　哲学？」

　ファロルは正しく推測するために，全力を尽くした。「経済学？　天文学？　建築学？」学生は面白がって，もっと続けるように促した。ファロルはおよそ考えられるすべての科目を挙げた。「文学？　考古学？　音楽学？」微笑みがだんだんと学生の顔から消えていった。「数学？　医学？　科学？」ファロルの疑念は隣人のそれと正比例して増大した。誰が誰をおちょくっていたのか？

　ファロルがもう新しい科目を考えつけないので繰り返して言い始めたとき，隣人は自分の研究している科目が何かをファロルが正確に気づいていると確信するに至った。

　立腹して，学生は歩いて出て行ってしまった。成功した失敗のせいで，相手の男がまたも殴りかかったからだった。

痴愚学

　応用痴愚学のようなものは存在しない。痴愚の法則は実践に移され得ない。有益な副作用のために失敗を惹起させようとする企ては，自滅的だ。痴愚学の法則が働くのは，無意識に適用されるときだけなのである。

　それはマーフィーの法則と酷似している。つまり，「何かがうまくいかないことがありうるとすれば，そういう意志が働いているのだ」。だが，この法則を適用しようと試みてはいけない。なぜなら，そんなことをすると，シルバー

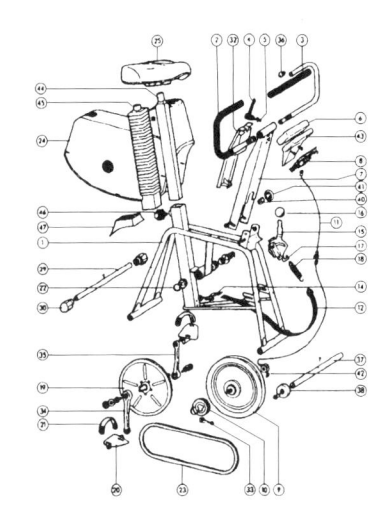

ファロルの秘密兵器——深淵ホームトレーナー〔訓練用機械〕の分解図

マンの逆説のいけにえになるだろうからだ。つまり、「マーフィーの法則がうまくいかないことがありうるとすれば、そういう意志が働いているのだ」。
(Arthur Bloch, *Murphy's Law : All the Reasons Why Everything Goes Wrong*, London, 1985)

　そうだとしても、ファロルは学校劇で失敗することにより教わったのであり、そして、つまずこうとする彼の空しいもろもろの試みは大成功だったのである。

　　　　　　　　　　休日のファロル

　途中で、ファロル氏は川が通り過ぎてしまうまで待つために立ち止まった。

第4章　隠れ垣

三枚の愚かな地図

　正確な世界地図を描きたければ，その地図自体が地図の地図の地図，といったように，無限に地図を含まざるを得ないような地図を含まざるを得ない。埋め込まれた地図の地図という逆説は，1899年にジョシアー・ロイスの『世界と個人』（*The World and the Individual*）において述べられた。

　まったく異なったタイプの無限性は，ルイス・キャロルの『シルヴィーとブルーノの完結』（*Sylvie and Bruno Concluded*, 1893）において記述された完全な地図の逆説に見いだされる。マイン・ヘア（私の主人）と呼ばれる作中人物が語っている地図は，絶えず完全にされ拡大されてゆくのだったが，とうとう「１マイル対１マイル」の縮尺に到達してしまう。けれども，農夫たちが反対した。彼らはこの地図を開くと，国土全体を覆い，日光を遮断するのではないかと恐れていたのだ。

　とうとう或る男が自分の地図として，国土自体を用いることを考えた。それでその国土はそのとき以来ずっと，住民たちには地図の役割を果たしてきたのだった。

　三種の地図は，痴愚の問題を例証している。いかなる秩序も全体主義的誘惑にとりつかれているのだ。けれども，完全さへの探求は愚かさなる一形態によって次第に損なわれるのであり，これのせいでいかなるタイプの組織も遅かれ早かれ崩壊するのである。こういうぼんやりした狂気こそは，体系全体を茶番に変えてしまう惧れがあるのだ。無限の逆行もまたわれわれに教訓，つまり，つきつめれば地図そのものが，われわれの成功する世界地図作りの邪魔になっているということを教えている。

　愚かさは秩序に脅威を引き起こす。愚かさと直接真剣に取り組もうとする試みは，当惑を招くことだろう。けれども同時に，われわれの建設はどれ一つとして，愚かさのまったき欠如の中では作動しないであろう。つまり，愚かさは妄想を予防するのだ。愚かさは人を考えさせるのである。

当惑と妄想は茫然自失の二形態だ。過度の愚かさはパニックに至る。過少の愚かさは仰天に至る。このことは完全な地図の逆説が明らかにしているとおりだ。要するに，われわれは愚かさを受け入れながらも，釘づけにしなければならないのである。

　そしてこのことは，はたして完全な世界地図を生みだすことが可能かどうかという問題へとわれわれを導く。なぜあらゆる試みが失敗したのかということの理由は，地図が描かれうるのは失敗をわれわれの出発点としたときだけだからなのだ。秩序は到達できないものだということをわれわれに想起させ続けるが，この秩序だけがパニックを妨げてくれるし，この場合に秩序から遠去かると裏面たる妄想を生じさせるのである。だから，最善の解決策は，世界をそれ自体の地図として用いることにある。なぜならこのようにして初めて，あらゆる試みの愚かしさが明るみにされるからだ。

　けれども，遅かれ早かれ，内在的な愚かさ——つまり，世界をそれ自体の地図としてそれ自体から切り離す空虚な空間——を，われわれは見逃すし，ここからして，万事が自明だと信じるに至るのだ。この点を理解するためには，われわれはフランスおよび英国の隠れ垣風景のデザインの役割りを見なければならない。

フランス庭園の愚かさ

> 「ル・ノートルは退屈をその壁の内側に閉じ込めた。」
> マルキ・ド・ルゼ゠マルネシア『風景』(*Les Paysages*, 1800)

　フランスの風景設計のもっとも重要な代表者はアンドレ・ル・ノートル (1613-1700) だった。この数学者，デザイナーにして庭師は，1640年にルイ14世によりヴェルサーユの風景庭師に任ぜられたのだった。線状的視座の幾何学法則を応用することにより，彼は自然に対して戦いを宣言したのである。

　ヴェルサーユの形式的なフランス庭園は，城から水平に直線に走る中軸の周りに設計されたのであり，各側面には，開放花壇，噴水，彫像や，空を映す装飾的な池が対称的に配置された。城に面した階段からは，訪問者は一目で全景

を凝視できる。ルイ14世のモットー「見るや勝利す」(*ut vidi, vici*) を反映して，この庭園は見る瞬間に把握されるのだ。このことはまたその主たる障害でもある。つまり，このフランス庭園は想像力に何も残さないのである。対称性はすぐさま飽きさせるのだ。

　　……肥沃な自然は
　　世界劇場を瞬間ごとに変える。
　　そしてわれわれは，不毛に飾られし境界の中で
　　自然をいつもわれらの限られし設計に閉じ込める——
　　一瞬のその秩序，対称に賛嘆するが，
　　やがてこの楽しみは一生の退屈と化すのだ。

　　... La nature féconde
　　Varie à chaque instant le théâtre du monde;
　　Et nous, dans nos enclos stérilement ornés,
　　Nous la bornons sans cesse à nos desseins bornés:
　　Là, j'admire un moment l'ordre, la symétrie;
　　Et ce plaisir d'un jour est l'ennui de la vie.

サン゠ランベール『四季』(*Les Saisons*, 1785)

　庭園における対称性は大いに美点をもつかも知れないが，その外面的利点からわれわれを待ち受けている欠陥も存在するのだ。なにしろ君主の家屋敷はいかに広大であろうとも，遅かれ早かれわれわれは壁にぶつかるに決まっているからだ。そういう壁はわれわれに幽閉という不安感を与える。しかも，それはその向こうにあるものを見つけたいという秘かな欲求をかき立てる。別の側にもっと素晴らしい眺望が見られるのでは，と思われるのだ。この不安感は庭園に対するわれわれの楽しみを損なうことになる。

　壁は囲繞する自然から文化を引き離すだけでなく，形式張った庭や，その根本的な偏狭さといった，壁で例証されるとますます明白になる固有の制約をわれわれに痛感させる。対称性には抑圧効果がある。われわれは無限定の自然から追放されて，場違いなところに居る感じがするのである。この不安を振り払

うために，フランスの多くの庭には隠れ垣が張り囲らしてあるのだ。

隠れ垣（ああっ）

> 観点や遠景への趣味は，大半の人びとが居ない場所を好むという性癖に由来しているのです。
> ジャン゠ジャック・ルソー『新エロイーズ』（*La nouvelle Héloïse*, 1761）

隠れ垣についての定義はディドロとダランベール『百科全書』（*Encyclopédie*, vol. I, 1751）の 'Ah!-Ah!' の項——A. -J. デザリエ・ダルジャンヴィル執筆——に見だされる。

AH-AH（庭園術），透けた道，またはほんの一またぎ（claire voie ou sault de loupe）。これらの言葉が指しているのは，壁の割れ目，と言っても，門はなく，大通りと同じ高さであって，その基部にはわれわれを驚かせて，ああ！　と言わせるような溝がめぐらせてあるもののことである。ルイ14世の子息，王太子殿下がムードン〔パリ南西部に広がる。森や天文台がある〕の庭園を散歩していたときに，この語（ah-ah!）を造ったとされる。

ムードンの庭園の囲いの壁はところどころに，遠方からは見られない深い堀が配置された。実際，隠れ垣（ah-ah）の起源は軍事上からなのであって，敵の騎兵隊に対する落とし穴として役立てることを意図していた。けれども，風景デザインにあっては，隠れ垣の意味には，田舎の妨げるもののない眺望をわれわれに供することにより，取り囲まれているという感じは含まれていない。同時に，それは侵入者を締め出しもする。とはいえ，隠れ垣でさえわれわれを庭園に甘受させることはできない——正反対なのだ。視線はおのずと，手元の近くにあるものに限定されるというよりもむしろ，遠方へとそれてゆく。楽園は別のところにあるのだ。哀れな芸術家だけは，われわれの直接の周囲でわれわれを満足させることができなくて，遠方の眺望に訴えざるを得なくなる。隠れ垣は芸術的失敗を立証していると同時に，挫折感をかきたてもする。われわれが自然の小断面を見るときに，真に欲すること，それは障害によって妨げら

ヴェルサーユの隠れ垣

れない,全景を楽しむことなのだ。堀の発見は,われわれに庭園の滑稽な局面に気づかせてくれる。"ああ！"は驚きの叫びであるだけではなくて,失望の叫びでもあるのだ。

　反対にヴェルサーユの庭園にあっては,目的はこの庭園が世界全体を取り巻く隠れ垣によって幻覚をつくりだすことにより,妨げられたという感じを解放することにある。壁に妨げられることなしに,さまざまな小径が中央の掘り割りから水平に走っているので,視軸は庭園の外側には何もないことを示唆する結果になっている。こういう明らかに無限の配置(レイアウト)は,君主の無限の権力を象徴しているのである。

　しかしこの絶対主義とても,失敗を運命づけられていた。それの唯一の効果は,われわれに幽閉そのものを終わりなきものと感じさせることだった。世界が壁のない牢獄と化していたのだ。

　隠れ垣の発見は制限なき空間の幻想に終止符を打ったが,しかしまた,こういう配置(レイアウト)の愚かしさを強調しもしたのだった。"ああ！"は驚きの叫びである

と同時に，解放のため息でもあるのだ。

　フランスの庭園は第二の自然だと感じられることは決してない。これらの庭園はどこでも自明というわけではない。では，それぞれの庭園に内在している愚かさをわれわれはいかに扱うべきか？　簡単だ。"ああ"を"ははっ"に変えるだけでよいのだ！

英国庭園の愚かさ

　英国の風景庭園の主要人物はランスロット・ブラウン（1715-1783）だった。"能力"（Capability）とあだ名されたのは，彼が田舎の地所の能力を素早くかつ巧みに見積もる才能を持っていたからだった。換言すると，われわれは美的同語反復に直面するのだ。彼の目的は自然を自然に似た庭へ変えることにあったのである。理想的な英国庭園は田舎の風景だったのだ。

　馬で田舎の広大な屋敷の周りを乗り回ったり，いくらか計算したりすることが，ブラウンにとって計画を練り上げるのに必要としたすべてだった。旧王宮ハンプトン・コート・パレスの庭園において，彼はハナー・モア〔(1745-1833) 英国の宗教作家〕に自分の方法を説明する際，こんな目立つ隠喩を用いたのだった――

> 　さてそこで彼は（指差しながら）言った，私は句点を置き，そしてまた，より決定的な変化がふさわしい別の地点を指し示しながら，私はコロンを置いているのです。（眺望をこわすのに妨害物が望ましい）別の地点では，括弧を――今や終止符を――置き，それから，私は別の主題を開始するのです。
> 　　　　　　　　　　　1782年12月31日，ハナー・モアが姉に宛てた手紙

　彼がなした一切のことは，自然をして自らのためによりよく語らせるための，正しい句読点を発見することにあったかのようだ。しかしながら，実際にはこの声はブラウン自身のものだったのだ――少なくとも，ウィリアム・クーパー〔(1731-1800) ホメロスの翻訳家〕の詩『仕事』（*The Task*, 1785）によれば，

> 　彼は言っている。前の湖は芝生となり，
> 　森は消失し，丘は陥没し，谷は隆起し，

第 4 章　隠れ垣

そして小川はまるで彼が使うために創られているかのように
彼の指し向ける棒の方向を追って行く……と。

He speaks. The lake in front becomes a lawn;
Woods vanish, hills subside, and valleys rise;
And streams, as if created for his use
Pursue the track of his directing wand...

　この理想に到達すべく，ブラウンは文字通り山々を移動し，林々を動き回り，湖を堀り，谷を浸水させ，そして幾千本もの樹木を切り倒したり植えたりしたのだった。彼が土地の"可能性"を話題にしたときには，鎮守の神（genius loci）――ローマ人によれば，どこの風景にも存在している精霊――のパロディーみたいに響いた。けれども，ブラウンが示した"精霊"は，むしろ彼の明らかに性急だが，実際上架空の介入の，遡及的な結末だったのである。彼は何であれ，未来の世代を見据えて計画したのだ。彼自身は結果を見ようとはしなかった。家畜から若木の群生を守るのには，数年にわたり材木の支柱が必要となるであろう。そして，庭園が円熟に達するにつれて，その人工的な由来は徐々に忘れられたであろう。今日，英国の低地地方の特徴的な自然の風景として考えられているものの多くは，ブラウンによる仕事なのだ。1783年の彼の死に際し，ホレイショー・ウォルポール（1717-1797）はこう書き記した。

　彼の天才の結果はこのようだったから，彼がもっとも幸せな男だったときにも，ほとんど記憶されはしないだろう。彼は自然をあまりにもきっちりと模倣したから，その仕事は誤解されるであろう。

Such was the effect of his genius that when he was the happiest man, he will be least remembered; so closely did he copy nature that his works will be mistaken.

隠れ垣（ははっ）

牧場は微笑する（Prata rident）
エマヌエーレ・テザウロ『アリストテレスの望遠鏡』
(*Il cannocchiale aristotelico*, 1654)

英国の風景庭園の創出を助長したり，英国の眺めをひどく急激に変形したりする策略は，隠れ垣の導入だった。ウォルポールの『造園術における近代趣味の歴史』(*History of the Modern Taste in Gardening*, 1782) によれば，

> 一大ストローク，後に続くすべてのことへの先導的な歩みは（私見では，ブリッジマンの考えだったらしいが）境界としての壁の破壊や，堀の発明だった。この企ては当時ひどく驚くべきもののように思われたので，一般大衆はこれらを「ははっ」と呼んで，散歩中に突如無意識にくいとめられたときの驚きを表わしたのである。

注目すべきは，驚いたのが君主ではなくて，一般民衆だったことだ。政治的風景とともに，庭園もその相貌を変えたのである。自然環境の幻想をつくりだすために，通常の壁は堀に道をあけねばならなかった。堀の内部には特別な壁が設けられた。他方，底の地面は大地のレヴェルへと傾斜がつけられていて，家畜がそこで草を食み，堀には雑草が生えないようにできていた。起伏に富んだ田舎では壁が建てられて，それに土盛りされた。底には排水溝が設けられた。

こういう隠れ垣のおかげで，遠くの野原が庭園の連続であるかのような印象を与えるのであり，しかも羊はこの庭園に入り込めないのである。

> 木影の間を食みながらさまよう家畜たちはしばしば境を超えて行くかに見える。彼らが牧場や芝生を食い取るかどうかを決めるのは，疑いの眼のせいではない。

第4章　隠れ垣

The wand'ring flocks that browse between the shades,
Seem oft to pass their bounds; the dubious eye
Decides not if they crop the mead or lawn.
　　　ウィリアム・メイソン『英国庭園』（*The English Garden*, 1772-1782）

　一見して庭園が田園地帯へと継ぎ目なく入り込んでいるところに、実は隠れた低垣が延びているのだ。そのため、田園風景が途切れずに広がっているような錯覚を与えるのである。庭園が野原と"混じり合い"すばらしい公園を形成することになる。

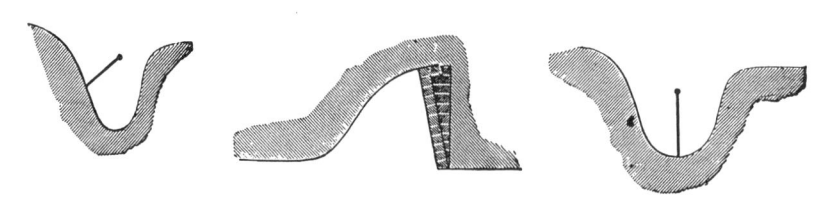

隠れ垣の異形

第二の自然

> 私は，習慣が第二の自然性であるように，この自然性それ自体も，第一の
> 習慣であるにすぎないのではないかということを大いに恐れる。
> パスカル（前田陽一／由木康訳）『パンセ』92（中央公論社，1966年，107頁）

　第一の自然性からしてすでに第二の自然性だということは，英国庭園によって風刺的に示されている。たとえば，ウォルポールはブラウンの助言者，風景庭師のウィリアム・ケントについて，「彼はフェンスを跳び越えて，すべて自然が一つの庭だということを見て取った」と語っていた。この原理に則って，庭園が自然へとあまりに深く統合された結果，もはや庭園そのものとは認められないほどになるのだ。これは自然主義のトリックである。英国庭園はそれ自体の理想へと姿を消すのだ。つまり，庭園は風景と化し，自然はそれ自体の公園と化すのである。ルソーによれば，技巧の完全な欠如が庭園の完成を保証するのだが，われわれが英国で持っているもの，それは庭園の欠如によって完成が保証されている一つの庭園なのである。

　よく言われているように，われわれの自然観は文化的に規定されている。付言されるべきは，いかなる自明の自然部分も隠れ垣（ははっ）を含んでいるということである。
　フランス庭園とは違い，隠れ垣の発見が一つの幻想に終止符を打ちはしなかった。英国庭園はもはやその環境と区別されることはあり得なかったのだ。"ははっ"は穏やかな驚きの叫びなのだ。われわれは明らかに不得要領な堀を見て嘲笑する。だがこの嘲笑も，この要素こそがわれわれの徘徊する"自然"を形づくっていることを悟るや否や，われわれの唇から消え失せるのである。

自然のオーケストラ席

真の芸術家は観衆にふんだんなだましを仕掛けるべきだ。
エドモンド・バーク『崇高と美の観念の起源への哲学的探求』
(*A Philosophical Enquiry into the Origins of Our Ideas of the Sublime and Beautiful*, 1756)

ディヴィッド・ギャリックの戯曲『忘却の川,すなわち冥府の中のアイソポス』(*Lethe, or Esop in the Shades*, 1740) の中では,われわれは三途の川の土手でアイソポスの傍に,ブラウンの信奉者チャークストーン卿が居て,黄泉の国の設計について批判的なコメントを行っている。とりわけ,彼は極楽 (Elysium) についてこう言っている。

……ところで,それはアイソポスさん,この上なく忌まわしく設計されているんです。とても味わえたものじゃないですよ！ その世界の中に幻想は抱かないことです！ そこではあなたの川は何と呼んでいると思います？ ほかでもないステュクス（三途の川）ですぞ。そう,まさしく溝の水路さながらです。蛇のような動きをして,土手を下らなくちゃならないでしょう。この場所にはもちろん素晴らしい可能性はあります。でも,あなたは左手の森を切り開き,右手の木立を切り開かなくちゃならないでしょう。要するに,すべてが変化,限界,対照,変動を必要としているのです。（オーケストラ席へ向かって行き,突如ストップし,裂け目を覗き込むことになるのです。）誓ってもいいですが,ここには素敵な《ははっ！》がありますよ。

オーケストラ席は,ステージの上につくり出された幻想を高めているのだが,気づかれないだけなのだ。同じように,隠れ垣（ははっ）は英国庭園を導くためのひそかな地点なのである。

フランスの隠れ垣と同じく,英国の隠れ垣も,庭園と取り巻く土地との形式上の区別を画しているだけでなく,どの庭園にも固有の限界をも画している。けれども,二つのタイプの庭園にはかなりな相違がある。

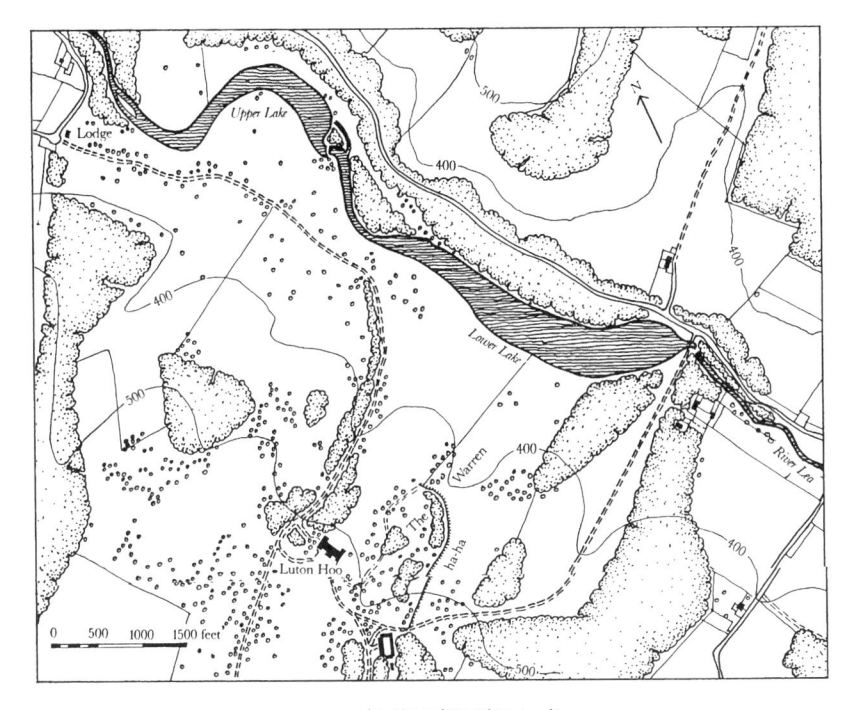

ルートン・フー〔イングランドのベドフォードシャー州ルートン近辺の邸宅〕の隠れ垣

　フランス庭園の境は庭園そのものである。究極的には，気持ちをよくさせうる形が息の詰まる作用をしているのだ。こういう庭園における構造的な愚かさから脱却しようとの空しい試みのなかで，隠れ垣がわれわれに授けてくれるのは，損なわれていない自然への一瞥か，それとも無限の手入れか，への示唆なのだ。

　対照的に，英国の風景にあっては，庭園に固有の痴愚が美的な楽しみの源となっている。庭園が壁で囲まれた区域から，一つの公園へと姿を変えていて，自然と見分けがつかないし，隠れ垣の回りに展開しているのだ。要するに，境界は軸点となってしまっている。圧迫的な形が変じて推進力と化しているのだ。英国庭園のダイナミズムは，手入れと自然性との内在的緊張にあるのではない。そうではなくて，（手入れされている限りでの）"自然性"と，隠れ垣の境界内に場所を見いだした無制限の愚かさとの内在的緊張にこそそのダイナミズムは

第4章　隠れ垣　75

存するのだ。この庭園はこれを第二の自然性に変えようとする一連の空しい試みにあっても，自然性の様相を要求しているのである。英国の風景は気まぐれな庭園――一つの用語矛盾――なのだ。

ここにこそ，バークの美学を根拠づけているトリックがある。

エロティックな経験論

苦悩における美はしばしばもっとも感動的な美である。
エドモンド・バーク『崇高と美の観念の起源への哲学的探究』

フランスの同僚たちとは違って，英国の風景設計者たちは自然に宣戦布告した。自然は"粗野な女神"であって，人が神聖な理性を働かせて自然における最良のものを選び，欠点を除去しなければ決して完成に到達することはあるまい，と考えられた。「自然が失敗したところで，ブラウンは行動した」。

新プラトン学派の人びとによれば，完全に秩序づけられた自然だけが美を通して真および善の精神を発揮できる。芸術家は自然から，この理想を"現実のもの"たらしめる形相を発達させねばならない。ここからして，人は自分でも自然の開示された"真理"で改善されうるように，自然を改善するのだ，との誤信が生じてくる。

新プラトン主義にはウィリアム・ケントの庭園への手がかりがあるのだが，彼の弟子ブラウンの成功を把握するためには，われわれはブラウンが風景設計者としての道を踏みだした頃の1756年に刊行された，『崇高と美の観念の起源への哲学的探究』の中でエドモンド・バークが思い描いたエロティックな経験論を探究しなくてはならないのである。バークによると，自然のメッセージは道徳的でも教訓的でもない。美が喚起するのは善とか真とかの観念ではなくて，愛……の観念なのだ！　それもプラトニックな愛ではなくて，官能的な愛なのである。ただし，バークの言う愛とは，肉欲とか束縛されない欲求ではなくて，優しさや愛情なのだ。庭園はわれわれをより高揚された圏域へともたらすのではなくて，庭園自体の不完全さの明白な証しを生じさせることにより，われわれを地上の生活に甘んじさせるのである。

フランス庭園は人間理性に支配されており，その容積と均斉の法則に従い，

樹木を記念柱や，ピラミッドやオベリスクに変え，生け垣を壁に，丘を毛氈花壇に，小川を掘割に，小道を幾何学図形に変えている。だが，美は理性とか知性の子なのではない。自然が証明しているのは，「均斉が植物における美の原因ではない」(『探求』Ⅲ／2) ということである。完成が核心なのではない。デイヴィッド・ヒュームのような18世紀懐疑主義者の伝統に浸ったバークが強調したのは，われわれの合理的構築物の限界なのだが，しかもこの限界そのものを美の本質と見なしたのだった。

　全体を把握できないということが，ブラウンの庭園の主たる魅力となっている。英国庭園はわれわれから不安や，その裏返したる，息苦しい退屈を免れさせるために，段階的な変化を供しているのである。際限のない反復や，唐突な対照はくつろぎ感を妨げるが，このことが美の特徴的な効果なのだ。したがって，風景——いかに自然なものであれ——におけるどの直線も，ブラウンは破壊している。庭園の輪郭には不規則な外観が与えられており，そこでは曲がりくねった道がうねる芝生を通り過ぎており，この芝生が広く迂回する川とか曲がった土手のついた湖へと傾斜している。これらの川や湖は散在する樹木のさまざまな形状や色彩を映しだしている。これらは風と水によって動き出すわけだから，唯一許容された均斉なのだ。

ジグザグの形而上学

> ここでは工夫全体が現実全体として現われている。
> 　ウォーレス・スティーヴンス『誰かがパイナップルの木を寄せ集めている』
> (*Someone Puts a Pineapple Together*)

　英国庭園は全体的視座を認めない。時間が空間に打ち勝っている。フランス庭園が静止した観察者に突如姿を見せるのに対して，英国庭園はうろつく目に徐々に開けてくる。この関連では，ジグザグの形而上学を話題にするのも意味のあることだ。通り路が次々と驚くほど斬新な眺望に至ったり，あるいは同じ要素を絶えず新たな視座から露呈したりする。庭園は観察者が通り抜けるにつれて"遂行"されるのだ。

　中心的な特徴は，バークもこう注記していたように，休息よりもくつろぎを

示す一つの運動なのである。

　ほとんどの人びとが観察したのは，ゆったりした四輪馬車でゆるやかな上り下り坂のある滑らかな芝生の上を素早く引かれながら感じたようなものだったに違いない。このことは美についての素敵な観念を与えてくれようし，ほとんどほかの何ものよりも見事に美のありうべき原因を指摘してくれるであろう。

　庭園をめぐっての周遊は，さながら揺りかごや揺り椅子みたいに，気晴らしを骨折りと結びつけてくれるのである。
　バークも述べているように，美の動力学の一例としては，英国庭園のほかにも，女性の喉と胸のエリア，「……どこに固定すべきか，どこへ運ばれてゆくのかも知らずに，定まらない視線がめまいを起こしながらするりと通り抜ける，偽りの迷路」がある。これと取っ組むことができないという，まさにこのことが，英国庭園の主たる魅力となっているのだ。さまざまな形態どうしの絶えざる緊張は，この庭園にエロティックな局面をすら加えている。人はこの風景を喜んでさすったり，抱擁したりしたくなることだろう。
　バークは画家ウィリアム・ホガースのことに言及している。この画家は『美の分析』（*The Analysis of Beauty*, 1753）の中で，曲がりくねった「美のライン」──卵，パセリ，パイナップル，チペンデイル〔(1718？-1779) 英国の家具師，家具意匠図家家〕風家具〔付図参照〕のうちに見いだしたライン──なる観点を展開した。こういう蛇状のライン（これはまた表面とか本とかを囲うこともできる）は，均衡と不均衡との間の力の交錯の結果なのだ。内的な矛盾が美の魅力なのだ。痴愚は空想力に何かを残す──それがつり合いの取れた分量で施されさえするのであれば。なにしろコントラストが過多になれば，美は崇高に変えられてしまい，われわれの想像力を超えるであろうし，茫然自失に至らせるであろうからだ。
　フランス庭園は館（やかた）の階段上での眺望から水平線上の消尽点へと真っ直ぐに走る中心軸を回って組織されている

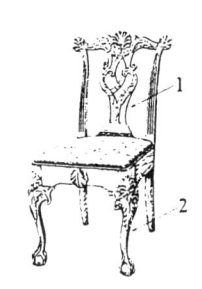

Chippendale chair
1 splat；2 claw-and-ball foot

チペンデイル風家具

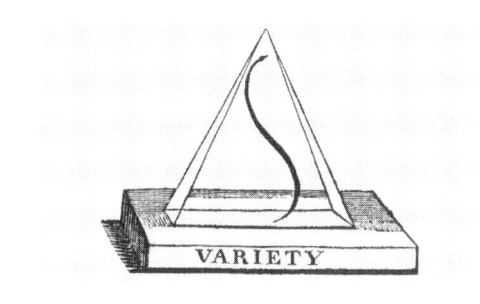

ウィリアム・ホガースの「美のライン」〔『美の解剖』（ロンドン，1753年）〕の扉にある装飾模様。これにはミルトン『失楽園』（IX，516-518）――「それと同じように，サタンも方向をさまざまに変え進み，イヴの眼の前で，そのくねくねした尾を幾重にも巻いて何かおかしな渦巻きを作り，しきりに彼女の注意を惹こうとした。」（平井正穂訳，岩波文庫，下，1981年，113頁）――に出てくる，悪魔がくねくねした蛇の姿を取ってイヴを誘惑する箇所からの引用が加えられている。

のだが，これとは違って，英国庭園は始まりも終わりもない風景を曲がりくねって通り抜ける「美のライン」を回って組織されている。こういうラインは私たちにいかなる調和も，あらゆる矛盾の或る超越点での解決も約束してはいなくて，不一致の調和（concordia discors）――無秩序がその中で積極的役割を演じているような秩序――を約束しているのである。とりわけ蛇状のラインは，この庭園に楽園の観を付与している。

　要するに，ジグザグの形而上学は一つの工夫に基づいているのであって，このお蔭で内在的な限定が庭園の成功を保証してるのだ。根底にあるのはいたずらっぽい「あはは」なのであり，「牧場は笑う」（prata rident）のである。

モラル

　　あはは。

ボス・ド・ナージュ

　楽園なる語はペルシャ語で元来は「庭」（囲い地，内部が自然から区分された空間，の意味での）も，「幸運な人びとの住居」も意味した。数世紀の間，人類はこの二つの局面を結びつけようとしたが無駄だった。造園術は自然を楽しい庭に変えようという，無限の不成功に終わった試みの数々以外の何物でも

ない。ある意味では，どの庭園も自ら楽園にならないようにしている。庭園は庭園の裏をかいているのである。

　だが，ランスロット・ブラウンはこの愚かな行き詰まりを逃避手段に変えるために，自然を自分自身の庭園として用いる術(すべ)を知った。こういう空虚な行為が欲求不満を防止して，完全な満足に至らせるのだ。庭園は何か望まれるべきものの余地を残すからこそ，自然であるように感じられるのである。英国庭園はまさしく，それの失敗において成功しているのだ。いかなる美のラインにも，秘かに「あはは」(隠れ垣)が随伴しているのである。

　世界が自明であるように見えるいずこにおいても，われわれは秩序がその周囲に付随する痴愚のための余地を残した地点たる，あはは(隠れ垣)を捜し求めに行くのがよいのだ。

エピローグ

1979年にヴィクトリア・アルバート美術館が庭園史のための展示会を催した。観衆は有能なブラウンの庭園を多くの地図や線画のうちに探し求めても無駄だった。小さな標識が示していたところでは，彼の作品は次のようだった——

　　……英国人たちの好む込み入った花でおおわれた庭園の類いを彼らから剥奪した，50年だけ続く常軌逸脱。英国庭園 (le jardin anglais) とは，英国人たちが彼らの理性を失い，彼らの庭園を廃棄した時代を指す。(中略) 彼の術(わざ)と天才は，ただたんに土地，水，樹木を調節することだけだったのだ。

ブラウンが絵画的成分に関与しなかったのはたしかである。彼はイタリア，オランダ，フランスのモデルに基づくあらゆる形式的な庭園を徹底的に除去した。彼が関心を寄せたのは，花々，つぼ，その他のくだらない物ではなくて，偉大な「美のライン」だったのである。

　ブラウンの逆説的な庭園は自然性と区別できないものなのだ。彼の庭園は，通常庭園をその中に設計してきた"空"空間と符合する。"空"庭園は他の諸庭園とは反するばかりか，このジャンル全体とも反するものである。要するに，種「英国庭園」にあっては，類「庭園」がそれ自体の対立物〔反庭園〕と衝突

隠れ垣道路

しているのだ。

　それゆえ，ブラウンの"見えない"庭園がこの展示会からはっきりと欠如していたのも，たんなる逆説なのではない。ヴィクトリア・アルバート美術館はこのジャンル（類）をくつがえしているような庭園に場所を割くわけにはいかないと感じたのである。けれども同時に，風景設計術に関するこの欠点は，一つの水準点として役立つ。つまり，このジャンル（類）が正当化されうるには，庭園を否定する庭園から距離を取る以外にはあり得ないのである。

第5章　地獄の馬鹿者たち

愚者たちの地獄

　ルクレティウス（『物の本質について』，Ⅲ，978-1023行）によれば，地獄で割り当てられる罰はすべて，寓意として扱われるべきなのである。

　　また，世に伝えられて，冥府(アケロン)に在ると言われていることは，すべてこの我々
　　の世に在ることなのだ。　　　　　（樋口勝彦訳，岩波文庫，1961年，153頁）

　タンタロスは水や食物を求めて渇いたり飢えたりするとき，頭上に吊るされた巨石に怯えているが，これは神々や運命の打撃という事実無根の恐怖に悩まされた人類の体現なのだ。ティテュオスが肝臓を永久に二羽の禿鷲から引き裂かれているのは，色欲に苦しめられ，嫉妬にかきむしられ，恐怖に蝕まれる人間を表わす。シシュフォスが岩を険しい山の頂きに押し上げようと空しい骨折りをしているのは，人民を鎮圧しようとするむだな試みの例証である。ダナイデス〔ダナオスの50人の娘たち。49人は夫を殺した罰で地獄に落とされた〕が底なしの器に水を注がねばならないのは，人間の空しい快楽追求を擬人化している。
　ルクレティウスは来世にではなく，この現世に地獄を置いている。恐怖はわれわれの盲目の欲望に対する罰なのだ。

　　然しながら，この人生においては不正行為に対して罰の恐怖があり，………
　　罪のつぐないもある。　　　　　　　　　　　　　　（樋口勝彦訳，154頁）

　われわれは苦行，監禁，殉難を怖がっている。さもなくば，良心の苛責，後悔，やましい心に悩んでいる。罰はわれわれの苦しみが空しいかも知れず，物事が死後により悪化するだろうという恐怖によって，倍化される。

　要するに，愚者にとってはこの世の生活がとりもなおさず冥府(アケロン)の生活とな

るのだ。　　　　　　　　　　　　　　　　　　　（樋口勝彦訳，154頁）

　けれども，ルクレティウスはわれわれの欲望を満たすための限りない，むだな骨折りに潜在する秘かな喜び——不快の中の快楽——については何も語っていない。こういう歓喜は心の貧しい人びとのために取って置かれている。われわれの努力がみな希望のないものであり，われわれは努力のために努力しているのだ，との自覚は，地上の生存を地獄と化するのである。

不動心

　恐怖以外の地獄はないのだが，この恐怖はしかも，われわれの生存と不可分に結びついている。恐怖はわれわれの快楽を損なうが，同時にまた，世界を回転させ続けもする。死を恐れて，われわれは生命へと身を投じる。致命的な恐怖は性，権力，栄光へのわれわれの盲目かつ飽くなき欲求を生じさせるが，こういう欲求は逆に，罰，苦痛，そして……死への恐怖を引き出すことにもなる。こういう悪循環にわれわれは陥っているのだ。致命的な恐怖と生命への欲求との緊張が，実存的地獄の根底なのだ。死への恐怖はとどのつまり，生への嫌悪を招くのである。
　この地獄からの唯一の抜け道は，不動心（アタラシア）（情動の平静）である。エピクロス学派の人びとは，生から離れたり，激情を抑制したりすることにより，自らの迷妄から脱却しようとしている。だが，生存と融和するようになろうとするこの企てにさえ，自己破壊的な要求が含まれている。極端な場合には，不動心は生ける死の一形態であるし，究極的な痴愚の一異形である。愚かな何事かを為すのを怖がって，何事もしないからだ。生を恐れて，エピクロス学派の人びとは秘かに死を憧れているのである。
　ルクレティウスは45歳で自殺したのだった。

ボイオティアの地獄

　ゴータム村やカンペン村の住民の愚かさについてのジョークと，ギリシャの地獄の中で割り当てられたいろいろの罰との間には，著しい符合が見られる。

石臼の運搬
(*Das Schiltbürgerbuch*, 1680の木版画)

つまり,

——愚かな町民はふるいで水をくみ上げる。ダナイデスだ！
——町民はすでに山の下まで運んだ丸太を, 頂上に引き戻して転げ落とそうとする。運ぶよりも転げ落とすのがたやすいのに。シシュフォスだ！
——「道の反対側の宿屋」を探し求めて, 町民は通りを横断し続ける。タンタロスだ！
——石臼をなくさないようにと, 町民の一人がその石を丘の下に転がす前に, 石臼の穴の中に頭を突っ込む。この光景は永久に回転している大の車輪に縛りつけられたイクシオンを想起させる。
——町民たちが沖合に出たとき, 船をより速く帆走させるために帆柱を押さえつける。永久に弓を引いたまま, タルタロス〔地獄の下の奈落〕の中を歩き続けるヘラクレスだ！

　ボイオティアは人間生活のへたなカリカチュアなのではなくて, われわれの日常生活に潜む地獄の反映なのだ。つまり, われわれの自動的なもろもろの行為には, その副作用として秩序がある——ただし, われわれがこれら行為の狂気の沙汰には気づかず, そして何か遠い目標を追求しているのだとの信念から行動する, という条件つきだが。ボイオティアの地獄は「痴愚への目」をつちかった万人に露呈される。なにしろ, フローベールが「この恐ろしい才能」と

エピメテウスと壺を開けるパンドラ（ジョン・フラックスマン）

呼んだものこそは，̇生̇き̇る̇喜̇び̇ (joie de vivre) のすべてに終止符を打つのだから。

地獄の門

> 汝等ここに入るもの一切の望みを棄てよ。
> 　　　　　ダンテ「地獄篇」（山川丙三郎訳，岩波文庫，1952年，25頁）

　ゼウスはおよそ良いものを何でも含んでいる，封印された一個の容器を人類に贈った。好奇心に駆られて，人がその容器を開けるや，そのとたんにすべての良いものが気化して，元の天へふっ飛んでしまった。希望だけが残った（バブリオス『イソップ寓話』）。

　謎めいた異版では，ゼウスが人を火の盗みのせいで罰しようとして，エピメテウスに「あらゆる才能をもつ女性」パンドラを贈る。神々はパンドラに魅力的で人を喜ばせる多くの特性のほかに，罪悪で満ちた一つの壺をも授けていた。エピメテウス（「後で考える者」）に励まされて，彼女がその壺を開けるや，そのとたんにあらゆる災いと不幸が世界中に広がり，希望だけが後に残った（ヘシオドス『仕事と日々』）。別の読み方によると，パンドラが男からあらゆる希望

を奪い，生を地獄に変えた。

　われわれはまた，聖書のアダムの堕罪の神話において覚醒させられる。アダムとイヴは禁断の果実を食べることにより，善悪を区別する力を得た。彼らの愚行により，彼らには愚かな行いをしたと悟る洞察力が授かったのだ。そして，この知識とともに，彼らの死を免れない運命も現実となった。要するに，知力の獲得は，運命の激変と協調した一つの罪だったのだ。楽園は二度と地上で回復しないであろう。われわれの調和を取り戻そうとする空しい試みは，われわれの生存を一つのボイオティアのジョークに変えるのである。

　他方，われわれの文化は楽園を回復させようとする空しい試みの結果以外の何物でもない。つまり，これをよりひどく言うならば，構造的欠陥は現世における特別な魅力なのだ——幸福は欲望においてではなくて，成就において見つかる……。けれどもこのことが作動するのは，ただ意識されないときだけなのだ。

　逆のことを象徴しているのは，ダンテの「地獄の門」である。その上には黒い文字で「汝等ここに入るもの一切の望みを棄てよ」と書かれている。この命令は一つの謎と見なしてかまわないだろう。つまり，希望のない世界が地獄と化している。この門は森の中に凱旋門みたいにぽつりと立っているのであり，やはり，無へと通じているのだ。人里離れたこの門は，希望から恐怖への，視座の変化を画している。恐怖は地獄に通じているし，われわれは恐怖で死ぬのである。だから，この門の反対側にはこういう銘刻が彫られていて当然なのだ——「希望がある間は，生命がある」と。希望は前望を切り開くし，われわれの陳腐な，ボイオティア的行為に深みの外見を授けるのである。

　このことはまた，オーギュスト・ロダンがパリの装飾美術・美術館の入口として設計した，巨大なブロンズ扉「地獄の門」にも反映している。『考える人』（『詩人』または『ウェルギリウス』としても知られている）が眺めているのは，うつ病のポーズを取った罰当たりな人類の受難の光景でもある。これは純粋芸術を公言する闘士ロダンによる，風刺的な抗議と見なされてもよかろう。装飾美術・美術館を「地獄の門」から入るときには，すべての希望を捨てよ，というわけだ。だが，門の形で投げかけられているのは糾弾なのだし，それだからこれは応用芸術の一例なのだ。ジョークがどこにあるかと言えば，地獄は門

地獄の門 (1880-1890)
オーギュスト・ロダン作(パリ・オルセー美術館の石膏レリーフ)

の背後にあるのではなくて,門の上に描かれているということにある。地獄は門の中に秘められているのであり,地獄の美術館そのものは決して建設されなかったのだ。

究極の変形

> 心というものは,それ自身一つの独自の世界なのだ,
> ——地獄を天国に変え,天国を地獄に変えうるものなのだ。
> ミルトン『失楽園』上(平井正穂訳,岩波文庫,1981年,21頁)

　凱旋門は過去の軍事的栄光を瞥見させてくれるように見えるが,実際には,それらは戦争へのトラウマ的な恐怖を事後に意味深長な脈絡の中に位置づけようとする不条理な記念碑であることは,パリの凱旋門がその証拠である。第一次世界大戦の古参たちが告げているところでは,この巨石の固まりがフランス精神を具現しているらしい。だが,「痴愚への目」をもってすれば,われわれには無骨な寓意以外の何ものでもない。一ローマ人の服装をしたナポレオン,数々の将校の名を刻んだ灰色の墓石,ウルム,アウステルリッツ,イェーナといった目立たない場所での戦闘の美化,死んだ一人の知られざる兵士と,それに永遠の炎。この凱旋門はその周囲を絶え間なく疾走する無頓着な往来の真ん中に,配達不能郵便物みたいに立っている。この凱旋門はそれ自体の空虚さのための構造物として役立っているのだ。これは国民を団結させる巧妙なすべての罠仕掛けを含む,愚行に捧げられた記念碑なのである。

　反対に「知力の目」をもって見るならば,この凱旋門は幻想に訴えて人の能力が勇気を得るために立っているのである。こういう些細な相違が,相違の世界をつくり上げるのだ。みんなの観点次第で,この凱旋門は希望の無益さへの一記念碑であったり,あるいは,希望を生き続けさせる,空虚さのための一つの凱旋門であったりする。

　このことがより明白になるのは,凱旋門からあまり隔たっていない,グランド・アルシュである。このグランド・アルシュは栄光の過去を表わすもので満たされてはいないで,力動的な現実を反映した大きな胸壁を擁している。ここには究極の幻滅がある。つまり,一方ではグランド・アルシュは生の空虚さへ

のモニュメントであるが，他方ではそれ自体の勝利としてのアーチを通して，世界を反映しているのである。

お化け屋敷

ダンテがウェルギリウスに付き添われて，地獄に入ろうとするところだ。門の上の文字「一切の望みを棄てよ」(Lasciate ogni speranza) を読んでから，ウェルギリウスはダンテに対して，一切の疑懼を棄てるよう (Lasciate ogni sospetto) 忠告する。自明のように，希望のない人生は地獄であるが，しかし恐怖のない地獄は一つのアトラクション会場なのだ。ダンテは数々の災厄地域を見て回る。彼の訪問には，これをめぐって何かひねくれたものがある。彼が出くわすすべての窮状を楽しんでいるというわけではない。彼はテルトゥリアヌスの見解——地獄での罪人たちの苦しみを眺めることは，有徳な人びとにとってのふさわしい褒美だという見解——には組みしない。ほくそえむことはダンテのやり方ではない。また，地獄の門の上に書かれたもう一つの謎めいた文，

> 義は尊きわが造り主(ぬし)を動かし，聖なる威力(ちから)，比類(たぐひ)なき知恵，第一の愛我を造れり　　　(「地獄篇」山川丙三郎訳，岩波文庫，1952年，25頁)

を説明するためにときどき引用されるテクスト「罰こそは愛である」がゆえに，地獄の存在を喜んでいる聖トマス・アクィナスにも彼は同意しない。ダンテは地獄に苦しむ亡霊たちに深く心を動かされるのである。彼は目にするものに泣くのだが，同時にまた，目をそらすこともできないでいる。ある意味では，彼の喜びは純然たるほくそえみ以上のものなのだ。彼は不快を楽しんでいる。彼が魅惑されるのは，地獄があまりにも風変わりだからなのではなくて，彼が住んでいる社会の不可思議な基盤たる愚かさのことを地獄が彼に想起させるからなのだ。地獄でのもろもろの罰は，われわれの残酷な生存競争を反映しているからだ。自らの快適な地位の不安定さを触知させてくれる惨状との著しい違いに，彼は安心感を覚えるのである。

地獄とは，さもなくば調和的な社会における悲しみと苦痛の都なのではないし，そんなことは断じてない。文明は空中楼閣であり，日常生活の地獄の中の

虚構的楽園である。だが，地獄は存在せず，ダンテと彼をすっかり取り巻く卑劣漢たちとの間に違いがないという新発見が，彼の歪んだおののきに終止符を打ち，結果として茫然自失に終わるであろう。

このことから，門の上の銘刻のもう一つの読解が可能となる。つまり，地獄の虚構はわれわれを日常生活に甘んじさせる一つの手段なのであり，そしてそういうものとして，「比類なき知恵，第一の愛我」を証明しているのである。

今やわれわれは「地獄篇」がなぜ『神曲』のもっともポピュラーな部分であるかの理由が分かる。ダンテがウェルギリウスによって導かれているのと同様に，ダンテの読者は地獄のツアーに導かれるのだ。ウェルギリウスは「気色うるはしく」(Ⅲ, 20) 案内するのである。

識別の才

地獄の門を越えると，ダンテが出会うのは，「知能の功徳」(il ben dell'intelletto〔Ⅲ, 18〕) を，失った人びとである。宗教の用語では，これは神を見る力のことである。哲学（アリストテレス）の用語では，それは真理の直観的把握である。

楽園では，知力は必要とされない，なにしろどの行動も清純だからだ。だが，楽園の外では知力が不可欠なのだ。われわれの世界像に一貫性を付与したり，万物を至高善（summum bonum）への眼をもつ視座の中へ置いたりするのは，理性なのだからである。

地獄でわれわれが出会うのは，自らの自由，意志の才を捨てて，そのために，想像を絶する苦悶で罰せられている人びとである。このことからはまた，もう一つの別の読解が可能となる。つまり，理性をなくしている人びとにとって，世界は地獄となるのだ。

悪を選ぶことにより，天与の力を浪費したこれら印象的な罪人たちの側には，総体的に選ぶのを拒否することにより，自らの知力に対して罪を犯した卑劣漢たちがいる。こういう愚かな烏合の衆をダンテが初めて目にするのは，彼が地獄の門を通過したときである。

ドメニコ・ディ・ミッケリーノ『「神曲」の詩人としてのダンテ』(1465年) フィレンツェ大聖堂のパネルの上のテンペラ画。ダンテ，地獄の門，みじめな死者の霊たちが左側に見られる。

地獄の辺境(リンボ)

　ウェルギリウスに導かれて，ダンテは地獄へと歩を進める。二人がアケロン川，つまり，地獄の辺土に到着する前でさえ，玄関では，星のない空の下，暗い平原の上を，極悪な大群衆がすずめばちや大くまばちに追われて，翩翻たる旗の下を絶えず走り続けている。これら嘆き悲しむ卑劣漢たちがつくりだす喧騒は，砂嵐のように響くのである。
　彼らは個性のない影であり，名前にも値しない，名声も責任もない，取るに足らない存在なのだ。これらの不幸な者たち，これらの落伍者たち，これら手を揉みしだく者たちは，選ばないことを選ばないことによってではなく，選ぶのにしくじることによって，罪を犯したのである。彼らは良くも悪くもなかったのだ。彼らの間にいる〔天国追放の〕堕天使たちは，神に反逆しもしなかっ

たし，神に忠実でもなかった。彼らは一方の側に立っていたのであり，自分自身の関心にだけすっかり没入していたのである。

　星のない空は自分の道を発見できないことを意味する。ぐるぐる回る旗は優柔不断な人びとの動揺を象徴する。砂嵐は彼らの大多数，不毛性と虚栄とを表わす。すずめばちや大くまばちは人の無益な悪戦苦闘を意味する。

　「生けることなき」（Ⅲ, 64）これら卑劣漢は，天国でも地獄でもはねつけられる。彼らは罪や美徳の分類の外にいるのだ。彼らは特異で，特殊なのだ。彼らの風変わり性はその奇妙さにあるのではなくて，その怪物みたいな灰色にある。彼らは名前にも場所にも値しない。彼らに比べれば，罪人たちでも満足げに眺める権利がある。

　生ける死人たちは現世と来世との間を永久にさまようべく宿命づけられている。彼らの生活はあまりにもみすぼらしいために，地獄で拷問にかけられて自分の場所と罰しか知らず，来たるべきことしか知らないような連中をさえ嫉んでいる。彼らの罰は彼らの罪の反映なのだ。無知が卑劣漢の恐怖をはぐくんでいるのだ。こういう形の拷問は善悪の判別を拒む者たちのために留保されてきた。キリスト教徒たちにとっては，悪はあらゆる俗世の悲惨の根源だったのだが，ダンテは「生ける死人たち」に一つの場所を割り当てることによって，悪が狂気と無知から発生するという，ギリシャ人たちの見解を受け入れることもしたのである。

　ウェルギリウスはダンテに彼らの傍を通り過ぎるよう促す。こういう卑劣な魂たちの群れを眺めることは，彼らに対してあふれんばかりの敬意を表することなのだ。「世は彼等の名の存るをゆるさず」（Fama di loro il mondo esser non lassa, Ⅲ, 49）。

汚　点

　　　　ひたむきに眼張り
　　　　かなたなる死の王国にわたりし人よ
　　　　心あらばわれらを記憶したまえ――
　　　　激しき堕獄の魂としてならず
　　　　ただうつろなる人間
　　　　剝製の人間とのみ

>T・S・エリオット『うつろなる人々』（*The Hollow Men*, 1925）〔深瀬基寛訳，『エリオット全集1　詩』（中央公論社，1960年，142頁）〕

　罪人たちではなくて，「生ける死人たち」が天地創造の汚点なのだ。彼らの"罪"（特定されてはいない）は，へま，愚を行い，痴愚を受動的に切望していることにある。空疎な人間は自分自身を生かされるがままにしている。論より証拠，体制順応主義者たち，浮動投票者たち，声なき多数〔サイレント・マジョリティー〕，最新の好みに無思慮に従う群れ，風まかせに帆を調節するご都合主義者たち，意見のない民衆，意見を述べずに敵・味方の両方とうまくやる無関心な大衆や臆病者たちのことを考えるだけでよい。彼らは名前に値しない。誰のでもない国が彼らのあて先なのだ。けれども，彼らが忘却を宿命づけられている真の理由は，天地創造の愚行が彼らにおいて明白にされるからである。まさしく，大衆のボイオティア的行動が，善か悪かと一般に思われていることを究極的に決めるのである。既成秩序の隠れた真理を証明するのは愚者たちなのだ。つまり，羊と山羊との区別が恣意的なこと，秩序が慎重な選択に基づいているのではなくて，法規の受動的な遵守に基づいているのだということを。

　こういう悟りは宗教にとっても，それの土台たる組織にとっても致命的となろうから，われわれはこの悟りに逆襲するのだ。さながら愚者たちが選択を拒否して既成秩序を乱すかのような行動を，われわれはするのだ。こうして，既成秩序のボイオティア的様相が，選択したり，考えたり，われわれの自由意志を用いたりするための，倫理的拍車，余分な刺激となる。愚者たちと対立することにのみ，われわれは自分らの選択に意味を授けるのである。超然としている臆病者たちに比べれば，罪人たちさえ勇敢に見え始めてくる。だから，天地創造の愚行は道徳的であれ非道徳的であれ，原理化された行動の試金石と化するのである。

　悪魔〔ルシフェル〕のうめき声は地獄の核心を表わしており，他方，周辺で渦巻く愚かな群れは天地創造の中核そのものに近い。生ける死人たちがひどく魅力的なわけは，彼らが既成秩序の中心に隠されたボイオティア的地獄，空虚さをわれわれに想起させるからである。ウェルギリウスが動揺しだして，彼らに注意しないようわれわれに告げるのも，不思議ではないのだ。

愚者の楽園

　　かれらは知ることなく悟ることなくして
　　暗中をゆきめぐりぬ
　　地のもろもろの基はうごきたり

「詩篇」第82篇（聖書協会聯盟，863頁）

　混沌からエデンの園への旅の途中，悪魔は最近創られたばかりの世界のもっとも外側の園に上陸し，次の課題——人間の堕罪を実行することを——考える。足下にはあらゆる星や遊星を含んだ暗い表面，原動天（Primum mobile）がある。この「風の吹く海のような陸」をじっと眺めながら，サタンは未来についてのくっきりしたヴィジョンを抱く。漂流する人間の大群，聖遺物，免罪符，数珠にかこまれた僧や司祭たち，地上に神を探し求めた隠者や巡礼者たち，塔を天にまで高めたバベルの建造者たち，エトナの焔の中に身を投じて，魂の転生を試みたエンペドクレス，プラトンのいう極楽での生活を楽しむために海に身を投じたクレオンブロトス，を見るのだ。

　彼らはみなまだ地上にいながら，来世の場所を確保しようと空しい努力をする無邪気な人びとである。彼らはそれぞれの行いの無益さに応じた報いを受けている。石鹸の泡のように，彼らは地上から昇り，七つの惑星を通り，恒星の圏や水晶のような圏を通って，原動天に着地する。

　極楽からのちらっと見える光が，彼らの永劫の救済への希望を補強する。だが，新しきエルサレム（天国のような所）の階段に足を踏み入れたとき，彼らは風のままに「空高く舞い上がり」，のちに「愚者の楽園」と呼ばれることになる広漠たる辺境に達するのだ。

　彼らの行為は悪意からというよりも，幼児のような虚栄心と自負に発しているがゆえに，彼らは地獄送りの判決を下されないで，大昔から愚かな霊たちの行き先たる辺境に場所を割り当てられる。彼らはそれ以上のものを知らないため，そこを「楽園」と呼ぶのである。心の貧しい者たちは，自らの存在が「空中に吊るされている」ことを悟らず，「神の国」への途中にいるのだと錯覚するのである。

以上の話はミルトンの『失楽園』（Ⅲ，418-496行）からのものである。法王制支持者たちへの時事問題的批判，グロテスクなスタイル，写生風の性格，この風刺が置かれている奇異で遊離した位置が，厳密かつ調和的に組み立てられたこの叙事詩の残余の部分とあまりにもひどく矛盾していたため，ある批評家はこれが誰か別の作家により付加されたものに違いないと感じたほどである。
　ミルトンの作品におけるこの欠陥の重要性を，われわれはどの視座から看取できるであろうか？

痴愚の天井

　1638年にイタリアを訪問した際，ミルトンはバルベリーニ宮殿でピエトロ・ダ・コルトーナの人間神格化のフレスコ画に触れた。コルトーナは法王ウルバヌス 8 世とその家族に天佑により永遠の名誉と不滅性が授けられる場面を描いた作品を仕上げたばかりだった。
　数年後ロンドンで，ミルトンはルーベンスの野心的な天井画『ジェームズ王とスチュアート君主制の勝利』を見た。これは1649年にチャールズ 1 世が打ち首にされた直後に，新たに形成された共和国国策会議の外国語秘書として，ホワイトホールの中の一部屋を割り当てられたとき，新しい宴会場のために企てられたものだった。
　天地逆転した描写の中に，われわれは教会と国家の君主たちが天使たちによって天に高められ，世俗権力のもろもろの象徴や，敬虔，正義，政治的手腕，といったような彼らの美徳を表わすもろもろの寓意的形象で囲まれているのを見る。天井の縁には，異端者たちが，知恵の具現たるアテナによる構図から追放された巨人たちとして描かれている。
　少なくとも，支配者たちが天に持ち上げられる幻影的なやり方は同じく重要だ。クアドラトゥーラ〔遠近法により，実際の建築と区別できないように描かれた天井画〕が彼らの上昇を目に見えるようにしているばかりか，この形而上的な出来事を触知しうるようにもしている。遠近法による表現が，観衆の目を自由な無限空間へと引きつける。百聞は一見に如かず。われわれは天井を眺めているのだということを忘れるのだが，このことこそは，無限空間の幻影をつくりだすための必要条件なのだ。茫然自失（stupore）の美学はわれわれを地上の限度から解放し，天の至福を前もって

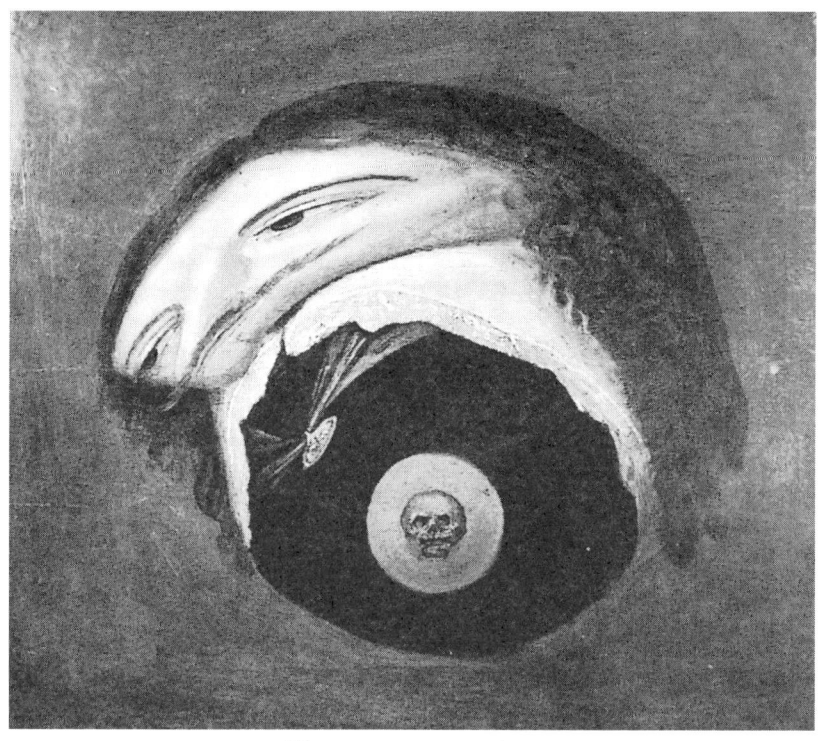

チャールズ1世の歪像（イングリッシュ・スクール，1660年）

味わせてくれるのである。

　こういう状景が格別な深みと意味を帯びる地点が，しばしば床の上に印づけられていることがある。この印づけられた地点を離れるや否や，光景は予期せざる転回をするのだ。つまり，あらゆる垂直面が水平面へと一変するのである。上下・前後の転倒という概念が無意味になるのだ。表現的な秩序が崩壊するかに見えるばかりか，目まいさせる効果がこういう遠近法のない世界の根拠について疑念を生じさせるのである。われわれはバランスを失う危険に陥る。口がきけなくなるほどの呆然たる驚きは，われわれに「最後の審判」の印象を与えるのである。

　大半がイエズス会士だった設計者たちは，真の信仰に対して間違った立場を

第5章　地獄の馬鹿者たち　97

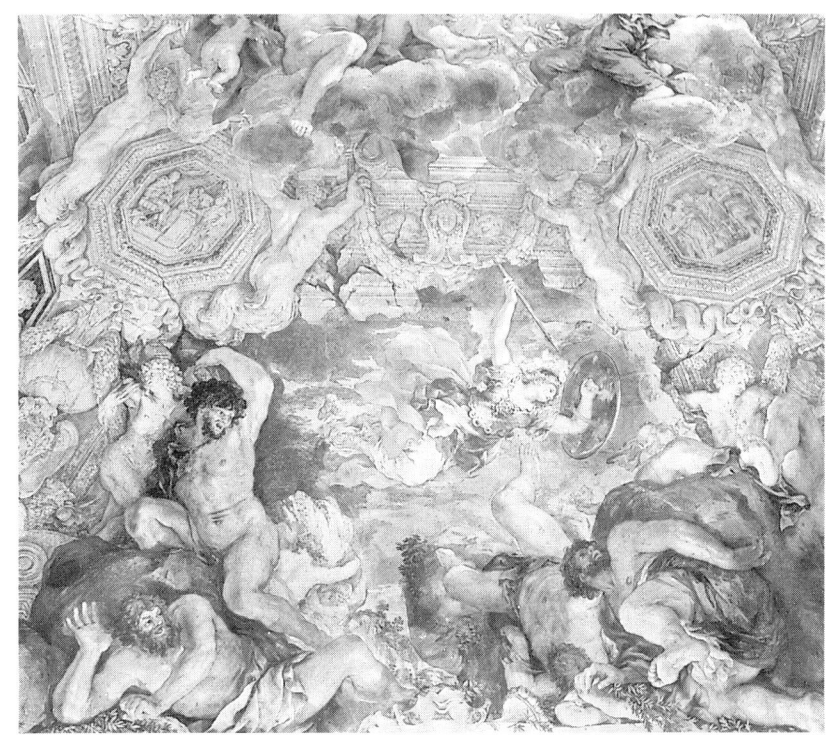

アンドレーア・ポッツオ『聖イグナティウス・ロヨラの勝利』(1638-1639)の一部「アフリカ」(ローマ, サン・イニャツィオ教会, フレスコ画)

とった人びとへの教訓だ, とこの方法を見ていた。加えて, 中心点は国王絶対主義や法王不可謬性説への隠喩として役立っていたのである。

　共和主義者にして清教徒たるミルトンはこういう観点を拒絶している。彼は一方へ歩み出して, この幻想的な中心点の愚かさの仮面を剝いでいる。指定された地点はその土台をなしている組織から遡及的にその意義を引き出すのであり, そこを離れなければ愚かさに気づかれることはないがゆえに, "愚かな"のだ。ミルトンはこういう魅惑的な虚偽を捨てている。斜めの見方からは, 野心で思いあがった人びとといえども, いかなる前望も剝奪されてしまう。調和は茶番と化する。持ち上げられた人物たちはあたかも,

左右両方の方面から突風が吹いてきて，
　　彼らを横ざまに一万リーグも吹き飛ばし，
　　はるか彼方の虚空に追い払う

（平井正穂訳，『失楽園』（上），144頁）

かのようにつまずくのである。この見地から見れば，人間神格化のこの天井画は，「愚者の楽園」の一つの例証なのだ。この絵は彼らの堕罪を不朽化しているのである。

愚かならんとする意志

　盲人ミルトンは茫然自失(ストゥポーレ)の技巧を痴愚の描写に用いたのだ。正しい視座から眺めるならば，『失楽園』第三巻（自由意志と運命予定説の問題が中心的役割を演じている）中の一見ちぐはぐな箇所は，人間神格化の歪像——自己賛美や，サタンが天から，またアダムとイヴが楽園から追放される原因となった原罪の，卓越した象徴——であることが判明する。

　ミルトンは，人は自分自身の行為により来世の場所を獲得できるという信仰に挑戦したのである。彼の見方では，これは神の恩寵の問題だった。自分の作品の中で愚かさに一つの場を割り当てることにより，ミルトンは人間悟性の限界を想起し，彼自身の幻想的叙事詩をも含めて，われわれの仮説的な構成物が漂っている不定空間を指摘しているのである。

　知力の勝利も，その基礎はと言えば，気づかれずにいる間だけ効果が続く痴愚なのである。存在するということは知覚されないということである（Esse est non percipi）〔バークリの哲学テーゼを否定したもの〕。われわれが足下の地面を失いたくなければ，知恵を約束するあらゆる組織の中心で痴愚に直面しても無口を通さねばならないのだ。

　ミルトンには，愚かならんとするこの意志が欠如していたのである。

アンドレーア・ポッツオ『聖イグナティウス・ロヨラの勝利』(1694年)

アンドレーア・ポッツオ「アフリカ」(1694年)
(『聖イグナティウス・ロヨラの勝利』より)

付録　ブヨの神格化

「バラ色の東で，曙（アウロラ）がバラの満ちた部屋部屋の紫色の扉を開け広げた。明けの明星に追い払われて，星々が逃亡したとき，ファエトンの輝かしい日輪の馬車が地平線上に昇った。とうとう私の勝利の日が現われ始めた。ガルガンチュアの偶像崇拝と無知ぶりは暗闇の中に投げ入れられ，中傷の蛇どもが後に続いた。そのとき，私は七天使により光輝の中へ持ち上げられていた。両側には，四大陸が絢爛豪華に現われた。黒いアフリカが象の牙を片手に，クロコダイルの上に座っていた。鮮やかな翼をつけたアメリカがジャガーの上に乗っていた。アジアは果実と真珠で飾られて，ラクダに乗り，また王冠を頂いたヨーロッパは馬に乗っていた。あらゆるものが私の上で豊饒の角をからにした。強力な翼が私を涯しない空へと運んだ。西風（ゼフュロス）がそのショームや，ハープやシンバルでかき立てる甘い響きにつれて，私は金縁の雲の中を舞い上がった。私の笏や黄金

第5章　地獄の馬鹿者たち　101

の冠を洋紅色の絨毯にくるんで運ぶ，赤い頰をした小天使たちに囲まれて。クロノスが私の有名な祖先たちの無垢な紋章を明らかにした。軍神が私に月桂樹の冠を提供し，アラクネと自由七科が私に敬意を払い，噂の女神(フェメ)がそのトランペットで私の名誉を布告した。

　聖なる栄光に満ちた神を私が眺めようとしていたまさにそのときに，汝が私の目に入ったのだ。おお，翼もてる怒りよ，用心深い復讐よ，汝は私の立派なソファーを囲む繊細なカーテンの暗いひだの迷路を何と巧みにすり抜けて，私の誇り高き夢を覚ましたことか！　半ば目がくらんで，私は汝の変わらざる歌に導かれながら，汝の施しに感謝の祈りを捧げたものだ。汝が私が私の両足をこの泥だらけの地上に据えつけてくれたので，私は天に昇ることだろう。汝，液体の乏しき弟子（parulus umoris alumas）よ，幸いなるかな。私の高貴な血に堪能して，私のベッドの滑らかな天国に安眠を探し求めたとは！　私の絹のスリッパが汝の造り主への道を指し示してくれんことを。さらばじゃ。」

　　　　　　　　　　ロレンツォ・モラレス『愚智学』（*Morosofia*, Lepe, 1692）

第6章　低能たちの系譜

　1585年刊行のスペイン語の便覧『高貴さの秘密哲学』(*Philosofía Secreta de la Gentilidad*) の中で，当時は主に数学者として知られていたホワン・ペレス・デ・モヤ (1513-1596) は，古典神話中の登場人物や物語についてのキリスト教的・道学者的解釈を呈示しようとした。第2巻第47章（生殖の神プリアポスに関する章と，嘲りの神モモスに関する章との間に割り込まされていた）が人目を引いたのは，神々や半神半人たちの勝利とか災厄には向けられていないで，その章の見出し——「間抜けたちの系統について」(De la descendencia de los Modorros)——が示しているように，低能たちの運命に焦点合わせした唯一の章であるためだった。これについてコメントする前に，以下に本文の全訳を示しておく。

　　失われた時が無知と結婚したと言われている。夫婦は息子に私はそう考えたと名づけた。
　　この息子は青春と結婚した。二人の間には次の子供たちが生まれた——私は知らなかった，私は考えなかった，私は気づかなかった，誰がそれを考えたか。
　　誰がそれを考えたかは無頓着と結婚した。二人の間の子供たちは，それはそうなるだろう，明日まで待てない，急ぐ必要はない，機会はまた訪れるだろう，と名づけられた。
　　急ぐ必要はない貴婦人は私は考えなかったと結婚した。二人の間の子供たちは，私はそれを考えなかった，私は自分の言っていることを知っている，私は彼らに私を馬鹿にさせない，お前は心配するな，それは私に任せよ，と呼ばれた。
　　私は自分の言っていることを知っているが虚栄と結婚し，二人の間の子供たちは，好きになるか否か，私はわが道を行くつもりだ，私は尊敬を要求する，君は何も欲しがらないだろう，と呼ばれた。
　　君は何も欲しがらないだろうは私は尊敬を要求すると結婚した。二人の間の子供たちは，のんびりやれ，および逆境と呼ばれた。

後者はあまり頭をつかわないと結婚し，二人の間には，素晴らしい仕事，彼に関係したこと，私にはそう思われる，それはあり得ない，もう言うな，君は一度死ぬだけだ，私にはわが道があろう，時が告げるだろう，待って見よ，意志をもって，コメントは要らぬ，私の生命のために，彼らが何と言おうとも，どんな費用でも，私が心配なこと，われらは餓死しまい，それは世の末ではない，の子供たちが生まれた。

　私は尊敬を要求するは男やもめになって，今度は痴愚と結婚した。二人は相続財産を浪費した後で，お互いに言うのだった——「心配するな。借金して一年間を楽しもう。次の年のことは神が備えてくださるだろう」。そして，君は何も欲しがらないだろうの忠告を受けて，二人はこのとおりにした。借金の期限が切れたが，借料を支払うお金が一文もなかったので，幻想が二人を牢獄に送った。神は許すだろうが二人を訪ねた。貧乏が二人を病院に連れてゆくと，そこで私は尊敬を要求すると私は従わないの力がとうとう尽きてしまった。二人は彼らの曾祖母の痴愚と一緒に葬られた。彼らが残した多くの子供たち，孫たちは，世界中に散在している。

　この寓話は，無頓着な者たち，間抜けたち，思慮のない者たちの由来を明らかにしている——人の意見を求めない者たちは，自らの妄想に支配されるのであり，自らの未来，待ち伏せしているものに注意を払わずに，その日暮らしをしているのである。

緩和剤の力

　ルネサンス期の版画では，美，善，悪，大食といった資質を，いろいろの物体に満ちた背景の中にたいていは座した婦人として描くことが流行した。これらの物体は彼女らが擬人化している美徳とか悪徳を象徴的に暗示していたのである。たとえば，痴愚は鉛の帽子（鉛のように鈍感な素質 plumbeum ingenium を指す）をかぶった微笑する貴婦人——しかも，いろいろの思いや，無意味な行為を擦り合わせる象徴たる小さな碾臼を手にしている——として示されたりすることがあった。

　寓話文学でも，いろいろの抽象概念の冒険やこれらの相関関係が扱われている。古典的な一例はプルデンティウス（348-410頃）の『霊魂をめぐる戦い』で

あって，そこでは美徳と悪徳とが互いに戦い合っている。バルタサル・グラシアンの『あらさがし屋』(*El Criticón*, 1651) では，痴愚は幻想の姉妹（両者とも，嘘の子供にして，無知の孫である）として現われている。

ホワン・ペレス・デ・モヤの著書でも，虚栄・無知・痴愚といった，より古典的な罪がいくつか列挙されている。これら七つの大罪と並んで紹介されるのは，失われた時間や多くない頭脳といったように，若干の形容詞との結びつきに否定的共示を持たせた名詞から成る，あまり馴染みのないグループである。しかし，上掲の箇所でもっとも目立つ特徴は，空虚な句や垢抜けしない口実といった緩和剤——要するに，こけおどしや言い逃れ——を導入していることだ。この痴愚の系譜で著者が分析しようとしたのは，こういう特殊な範疇の表現の複雑な構造なのである。

言葉が人類を作った

この系譜には三つのレヴェルを区別できる。第一は本文の再配列である。緩和剤は元の文脈から引き抜かれて別の文脈の中へとはめ込まれている。ある表現が別のそれでは強調されるのだ。この工夫はエレガントな組み立て，たとえば，「私は自分の言っていることを知っているが《私は自分の言っていることを知っている》と言った」を招来することができたかも知れない。けれども著者は，こういうものを一切用いてはいない。本文が他の本文の中心要素として表われているということは，ありのままに眩惑的な視座を十分に表わしているのである。

さらに，この寓意的な系図では，ばらばらの陳述どうしの間に論理的な連結が再構築されている。因・果間の結びつきは，一見して現われている以上に込み入っているのである。

とどのつまりは，緩和剤が道徳的脈絡では，憎らしい心的態度の象徴として現われているのだ。打ってつけの表現が愚かな怠慢の種々相を擬人化しているのである。

例外的なことながら，緩和剤を本来の文脈から取り出してもあまり曲解するわけではないのだ。緩和剤はほとんど無造作な，私的な寸評になっている。新

たな文脈の中で緩和剤は文彩(あや)へと明らかに変えられるのだが,それでもそれらの特徴を寓意が無傷のままに残している。孤立させられた緩和剤でさえもが,一つの受け入れがたい心性を反映している。空虚な句はいつもそれ自体の生を生き続けている。緩和剤が現前することは一般に,一つの会話の始まりを意味すると同時に,その終わりをも意味している。緩和剤は明白だし,対話を避けるし,疑念ないし矛盾の余地を残さないし,他人の意見には耳を貸さず,自己欺瞞的である。

それの独りよがりな性格は,しばしば排他的な相互連結で強調されている。こういう閉鎖性はさらなる退化を招く。だが,緩和剤は心の発達を挫折させるかも知れないけれども,痴愚が栄えることを可能にする。生殖は白痴を増やすし,その結果は低能の世界的な離散となる。

へたな口実の勝利

緩和剤を助けにして,ここではいかなる心性を分析しようというのか? 秩序や道徳に反する公然たる,大胆で挑戦的な罪というよりも,内密の,日常的な,隠れた悪徳の数々を分析しようというのである。緩和剤はひそかな態度を包み隠し,かつこれを体現するものである。緩和剤の中心的特徴——それ自身の両目を曇らせ,悪に気づかずにいるはっきりした良識——,それは偶発的な道徳上の罪ではなくて,構造的な怠慢である。

もちろん,これら小罪とても,怠惰・放蕩・虚栄という,広汎な道徳的罪に遡らせることはできるのだが,これらの不安定な力はまさしくそれらの無限な多様性にあるのだ。これらの目立たぬ個人的な罪のすべてが,究極的には道徳一般の土台を浸食するのである。

上掲個所の大きな力はこういう宿命的な展開過程を呈示していることにある。われわれに示されているのは,劇的な英雄行為についてのセンセーショナルな説明ではなくて,結婚や生殖といった日常的出来事についての事務的要約である。断片の累積なる性質は笑いをかもし出す。出来事を反復し続け,婚姻登録のお役所的な報告で追加的に強調するのは,ほとんど聖書注釈のやり方に近い。

口実の究極的勝利にとって決め手になるのは,怠惰(Desidia)とか傲慢(Superbia)ではなくて,(放逸 Luxuria の保守的な形たる)生殖衝動である。

英雄たちや神々でもこの上ない苦労を払ってやっと成就できることを，うまく緩和剤はやってのけるのだ。睡眠と性交を通して緩和剤は世界を征服する。緩和剤のマントの下で，痴愚はわれわれの生存を制御するのだ。われわれの個別の日常行為は宿命的な影響を及ぼしているように見える。これらの神秘な力はこれらの個々別々の性質にあるのではなくて，これらの数にある。人間の痴愚と一夫一婦制は，神々の狡猾さや放蕩をはるかに超越しているのである。

　こうして腐敗してゆく緩和剤はとどのつまり，神話の中にその正当な地位を割り当てられてきた。ついには，この無視されたグループの決定的役割が正当にも認知されたのである。

　終わりのへんで，作者は私は尊敬を要求するの運命を若干詳述している。最初の妻（にして妹）のお前は何も欲しないだろうが早死にした後で，痴愚と結婚する。食道楽 (Gula) が彼らの没落となる。作者はひょっとして見込み違いをしたのか？　私は尊敬を要求するが突然，遠い祖先私は気づかなかったと結婚させられたらしいが，他方，彼の後妻痴愚は突然，彼の祖母だと言われるのである。お前は何も欲しないが墓から甦ってきて，若いカップルに彼らの資本の最善の利用法について忠告する，などということがどうして可能なのか？

　けれどもバロック様式のキーパーソンが舞台の袖から突然姿を現わすことのほうがより重要だ。つまり，幻影が注目を浴びて，もろもろの登場人物たちの運命を決めてしまうのである。幻影 (engaño「思い違い，自己欺瞞，まやかし」)には，その古典的な片割れとして幻滅 (desengaño「反省，悟り，健全な落胆」)がいる。このカップルは一般に，道徳を司っている。緩和剤の劇場にあっては対照的に，幻影が最高指揮官なのだ。失われた時間と無知とが結婚の中に陽気に介入する。両者の結合は理解や洞察に導くのではなくて，知的怠惰，傲慢，漠たる推測や，緩和剤的工夫の誕生に導くのである。

　最後の幕は義務的な演目に過ぎず，ここでは道徳だけが舞台を占めて，短見と不注意が或る種の破滅に至ることを宣言するのである。とはいえ，この宣言とても，道徳や理性が無能なことを隠すことはできない。私は尊敬を要求する死はこの一家に終止符を打つのだが，それは痴愚が彼とともに葬られるからなのではなくて，痴愚の血統の無限の分枝がもはや眺められなくなるからなのだ。道徳は存在の足場を失ってしまい，痴愚の子孫たちによって侵略される危険に瀕しているのである。

機会と改悛 (1500年頃)
アンドレーア・マンテーニャのフレスコ画(マントヴァ,ドゥカーレ宮殿)。この異形では機会 (Occasio) が翼をつけた足で球の上に乗って揺れている。彼女は頭髪で目が隠されている。改悛 (Poenitentia) が後方に居る。強固な土台の上に立つ真の学識 (Vera Eruditio) が, 人を運命の誘惑から守っている。

みんなの時限

　ホワン・ペレス・デ・モヤの範例に続いて, フランシスコ・デ・ケヴェードは『低能たちの系譜』を書いた。その後1635年に, 彼は『みんなの時限と脳をもつ運命』(*La Hora de Todos y la Fortuna con Seso*) において空虚な句の喧伝を書いた。この一大寓意の中では, 運命なる異教的テーマが危機に瀕した世界を例証するために用いられている。

ユピテルがすべての神々を召喚して，運命の女神を呼びよせ説明してもらう。盲目の運命がステッキと盲導犬とともにやおら現われる。彼女は前進して球の上に乗ると，車輪の中心みたいに，もつれたワイヤー，糸，リボンに囲まれる。彼女が転がるや，これらのものがからんだり，ほぐれたりする。彼女の後には好機──野蛮な表情をした，禿頭の女（「ツバメのための鏡」）──が続いている。厚い一房の毛髪が彼女の額に垂れ下がっている。われわれは好機が現われるたびにいつでも彼女を摑まえねばならない。なにしろ，彼女が通り過ぎるや，彼女の毛髪をもはや摑むことはできないからだ。

　ユピテルに言わせると，運命の数々の愚行が人類に神々への信仰を失わせ，天が空っぽだと信じ込むようにさせたのである。運命が非難されるのは，彼女の盲目のせいというよりもむしろ，彼女の不正行為のせいなのだ。なにしろ彼女は悪事を働く者たちには報いるが，正義の人びとを悲惨な状態に投げ込むからである。
　運命はと言うと，これはどれ一つとして自分のせいではない，自分はただ贈物を盲目的かつアトランダムに撒き散らしているだけなのだ，と抗弁する。好機は付言する，それを摑むのは人間次第なのだ，と。誰かが次善の策から手を拱く（こまぬ）ならば，それはその人自身の怠慢のせいになるであろう。しかも人は凡庸の背後に知的無精と堕落を隠しているのである──

　「痴愚は人びとの間に次のようないまいましい文言をばらまいた。

《誰がそう思ったか──私は決してそうは思わなかった──私は気づかなかった──私は悟らなかった──それはやらねばなるまい──それは問題ではない──私には感心させない──明日は明日の風が吹く──急ぐな──万事頃合いを見て──私は気づかなかった──私はやりたいことを知っている──私はそれほど馬鹿ではない──そんなふうにやり続けるのを止めろ──まさか殺されはすまい──笑いは最善の策だ──聞こえることを何でも信用するな──どんな犠牲を払っても──そんなことはあり得ない──人それぞれだ──神が与えてくださるだろう──忍耐はそれ自体が褒

美である――私だけではない――もうたくさんだ――あなたに何の関係があるのか？――私見では――それは不可能だ――他言をはばかる――私はもうやれない――時が示してくれよう――世界は回り続ける――あなたは一度死ぬだけだ――あなたは何を考えているんだ？――何が起ころうとも――私は心中を打ち明けているんだ――私たちはみな同じ船に乗っているのだ――私は誰と取り引きしているか分かっている――それは私の事柄だ――成り行きを見守る――それはみんなが言っていることだ。》そのほか，たくさんの《しかし》や《たぶん》。だが，これら馬鹿どものお気に入りの繰り言は《何が起ころうとも！》である。

　こういう愚かな文言は人びとを傲慢，怠惰でだらしなくする。こういう文言は私がその上を滑る氷なのであり，それらが私の女主人のハンドルを回転させ，そして彼女の靴の役を果たしている球を回しているのだ。だが，これらの馬鹿が私を免れさせるときにも，私がこっそり立ち去ったと非難されたりすることもありうるのかしら？」

　ユピテルは一つの実験をやろうと決心する。6月20日午後4時に，みんなが1時間当たりの正当な功績に応じて支払われるだろう，と言い渡すのだ。運命が世界を回転させるハンドルを手放して，万物を周章狼狽させる混乱状態の中へ投げ込むことになる。

ゼロ時限

　ベルが鳴るとき，医者は死刑執行人となる。被告はその看守と役割を変える。がらくたが薬屋に流れ込み，他方，丸薬の瓶がドアからころがり出て，ごみ入れに入る。ごみ掃除人たちが箒とシャベルを備えて，分を尽くすために，梅毒に患った鼻をし，毛染めをした厚化粧の女たちを投げ入れる。
　泥棒が賃貸しを企てている豪奢なアパートの建物の中に財産を埋め込んでから，煉瓦が次々と消え失せ，屋根瓦が飛び去るのを眺めている。ドア，窓，フェンスが元の持ち主を捜し求めている。正面の紋章のめっきが電光石火のように疾走して行き，悪党が欺いて自分の血統をなすりつけておいた城の中に，居場

所を取り戻そうとしている。残っているものはすべて,「貸しアパート」なる記号(しるし)であって,今やこう読める——「貸し泥棒,ホームレス,ノック無用,建物はもはや邪魔をしない」。

　空疎な文言がまたもや繰り返される。第七（Ⅶ）章では,裁判官たちが自らの無能ぶりを「何が起ころうとも」とか「神のみぞ知る」とかいった陳腐な文言の背後に隠している。ベルが鳴った後で,裁判官たちは互いに判決を下す。彼らの衣服は蛇の皮と化し,彼らはお互いに非難を浴びせ合うのだ。

　第十六（ⅩⅥ）章では,今度は悪党たちが互いに偽の為替手形や,偽造ダイヤモンドや,盗んだ銀貨をうまく換金するために最善を尽くしている。こういう詐欺行為を容易にするために,彼らは「私はスペードをいつもスペードと呼んでいる」,「人の口約束が証文同様に信用できる」,「私の両親は悪から善を教えてくれた」といったような素敵な文言に訴えている。これに対して,相手は答えている——「賛成は賛成だし,否定は否定だ」,「私はたまたまそうすることがある」,「大事なことはあなたが心底で思っていることだ」。そしてそれから,彼らにもベルが鳴るのである。するとただちに,これら詐欺師たちはみな,お互いを信じ始める。ある者は黄鉄鉱を偽造手形と交換し,他の者はペーストの宝石を盗まれた銀貨と交換する。そして,彼らがこの新たに入手した品物を売却しようとすると,みな詐欺行為で逮捕されるのである。

陽気な仕草

　誰もがその当然の報いを得る時限には,世界はさかさまになる。けれどもだからといって,正義が勝利することを意味しない——まったくその逆なのだ。貧乏でみじめだった者たちがみな,金持ちになるや否や,悪魔に取り憑かれるのだ。金持ちで優れ者だった人たちは突然貧乏で情け深くなるのだ。この世には,善良な富豪も悪しき貧民も存在するようには見えない。

　実験の終わりに,ユピテルはこういう結論に達する——人はあまりに弱いために,改悛からではなくて,無能から,絶対にしなければならないときに悪業を止めることができるだけなのだ,と。運命が悪漢たちを好遇し有徳者たちを罰するとの非難は正しくない。運命は邪悪な者たちにほほえみかけはしない。人は運命からほほえみかけられるとき,邪悪になるのである。状況次第で,人

は犠牲者にもなれば死刑執行人にもなるし，詐欺師にもなれば騙され人にもなる。悪をなす機会のない人びとだけが善良なのだ。

けれども，ユピテルは絶望しない。運命に象徴されるこの世の不安定さは，神の摂理の表われでもある。天よりかけられている試練から利益を得るために自らの自由意志と洞察力を用いるのは人間に委ねられているのだ。運命とは，逃れられない宿命ではないし，その前に人が無力なまま佇む盲目の巡り合わせなのでもない。神は自ら助くる者を助く。賢者とは，運命の打撃を辛抱強く耐え，そして，幸せな出来事にも超然たる見方をすることができる人のことなのだ。逆に，空疎な文言を助けとして自らの責任を握りつぶそうとする愚者たちは，運命のおもちゃになってしまう。

みんなにそれぞれの正当な功績を与えている，とユピテルが付言するときにも，彼は悪者たちに対して罰することを考えてはいない。反対に，時限の終わりに，彼は制裁を抑えて，現状 (status quo) を回復するのである。世界は運命の気まぐれに委ねられるのだ。

「運命にハンドルと球を導かせて，よく踏み慣らされた道を戻らせよ。彼女に賢者たちには報いを，愚者たちには罰を約束させよ。みんなが運命から割り当てられているものを受け取るように，不可謬の神意と至高の力に請け合わせよう。彼女の親疎はそれ自体悪くはないのだ。なにしろ人類があらゆるつまずきの耐え方や，あらゆる好意を拒絶する仕方を知りさえすれば，両方ともわれわれに役立つだろうからだ。彼女から受け取るものを手にして，それを悪用する者には，運命ではなく，自分自身をとがめさせよ。なぜなら，彼女はいかなる悪意もなしに，自由に与えているのだから。」

それから，ベルが第五の時限を鳴らすと，万事は再び元に戻るのである。

対立物の一致

　　　一瞬の間，心が
　　　遠いイメージのことを考え，
　　　そしてさながらラクダみたいに

針の目を通って入った。
どの国でそれは終わるのか？
地上で──自分自身の国でだ。

Eén ogenblik had de geest
in vergezichten gedwaald
en was, door het oog van een naald,
als de kemel, binnengegaan.
In welk land kwam hij aan ?
Op aarde. —In eigen land.—

マルティヌス・ネイホフ『ゼロ時限』(*Het uur U*)

　逆説はバロック期の特徴である。富は快適をもたらすが，不安ももたらす。貧乏は苦しみの源だが，平安と長閑(のどか)さの源でもある。ケヴェードはしかしながら，もう一歩先を進んでいる。貧富，善悪，生死といったようなたんなる対立物の代わりに，彼は生存そのものに内在する矛盾を明示している。『みんなの時限』では，一見自明な世界の両面価値的性格が暴露される。いずれの対象もそれ自体の対立物を含んでいて，それを浸食もすれば鼓舞しもしている。われわれの敵はわれわれの真の友だし，病気は健康への試練だし，死は真の生にわれわれを接近させてくれる。対立物の一致をこのように擁護している点で，ストア派の遺産にはキリスト教的解釈が加えられるのだ。不幸のなかで初めて，人は幸福のための本当の条件を発見するのである。

　生存に対してのこういう弁証法的見解は，この作品構造にも反映されている。どの場面も，時報が鳴る前後にそれぞれ現われる，二つの対照的な節から成り立っている。こういう見解はまた，逆説的な様式にも反映されている。ゲヴェードは謳い文句──人を思考から救出する決まり文句──を互いに対抗させたり，調和しないものを調和させたり，言葉の曲芸をしたりしている。このようにして，彼はこの世の逆説性を隠している空疎なスローガンの虚偽的性質を読者に気づかせるのだ。そして間接的には，自らの理論的発砲により，ケヴェードは，人は自分の両面価値的存在に自由に意味づけできるのだということを，ほのめかしているのである。

王を欲しがった蛙たち
（15世紀，ナポリの版画）

第7章　立憲君主政体に内在する痴愚について

君主たちのための鏡

W・A・ファン・Bのために

プロローグ：王を欲しがった蛙たち

　湿地帯の自由を楽しんでいた蛙たちが，そこに漲っている弛緩した道徳に終止符を打ちたがるような王を持たせて欲しい，とユピテルに哀願した。すると，にっこりほほえんで，この神々の父は沼地の中へ丸太を一本投げ込んだ。ショックから立ち直ったとき，蛙たちは王に近づき，よくよく確かめてから，この王を馬鹿にしだした。それから蛙たちはユピテルに本物の王を乞うた。するとユピテルは沼の中に水蛇を投げ入れ，彼らはこれにすっかり飲み込まれてしまった。

　ここにはわれわれの社会の両極端がある。つまり，民主政は無秩序に退化するかも知れないし，他方，君主政は独裁に終わるかも知れないのだ。イソップ寓話も証明しているように，王の慈悲で民主政が存続するのは，王が丸太より利口ではない場合だけなのだ。

第1節　文明の基盤としての痴愚

最初の愚行（寓話）

　初めに愚行があった。自然はまごついてわれわれの文化を基礎づけている白痴を生じさせた。自滅的な狂気が人類にはっきり表われたからだ。これまでは本能に支配された繁栄と衰退なる対等に均衡の取れたサイクルが，もはや自然的ではない自由を人間が向こう見ずにも――なにしろ，無謀なのだからだ――追求したために破壊されてしまった。しかも，追い求めたのは耕作（文化）ではない――なにしろ，（土地は）自然のままなのだからだ。『教育学について』（*Vorlesung über 'Pädagogik'*, 1776〔尾渡達雄訳，「カント全集」第16巻『教育学・小論集・遺稿集』，理想社，1966年〕）の中でカントが言及したのは，自然と文化との間の，不毛の圏域に潜伏している，"野蛮"（Wildheit）といった，この原初的な痴愚なのだ。

　　……人間は生まれつき自由への大きな性癖をもっているので，もししばらくでも自由に慣れさえすれば，すべてを自由のために犠牲にしてしまう。

（尾渡達雄訳，15頁）

　そのためには人が自らの生命や種の生命すらをも危険に曝すこの狂気が，人を動物から隔てているのである。

　　動物はいくらかでも能力を得さえすれば，すぐそれを規則的に，つまり自分の害にならぬようなしかたで使用する。　　　　（尾渡達雄訳，13頁）

　逆に人は生まれるや，叫び声を発して捕食動物たちの注意を引きつけるほど愚かな唯一の生き物なのだ。人は自然な本能を欠いているために，訓練（しつけ）の助けをもって，自らの衝動的な野蛮さを法規に従えざるを得ないのである。

未加工な人びとを仕上げる
エハルト・シェーン作（1533年）

野蛮と粗野

　カントによれば，人は生来野蛮なばかりか，粗野，無教養で，手段を目的に合わせることすらできない，という。野蛮（Wildheit）以上に粗野（Roheit）のほうが，カントのいう痴愚（Dummheit）に近い。「判断力の欠如が，痴愚で実際に意味されていることなのだ」。だが，低能とは反対に，生まれたばかりの人間は「粗野にはなっていない」かも知れないし，ここからして，粗野－に反すること（e-ruditio＝教養 eruditio）なる語が生じてくるのである。

　訓練（訓育）は消極的な役割を果たすが，これとは違って，教授は教育の積極的な部分である。けれども，この二つは密接に結びついている。なぜなら，人は永久に野蛮であるから，自己を磨き上げることを強いられているからだ。

　　人間の場合には自由への性癖があるので，その未開性を洗練する必要がある。これに反して，動物の場合には本能があるので，その必要はない。……動物はその本能がすべてである。ある他の理性が動物のためにすでに万事配慮しているのである。だが人間は自分の理性を必要とする。人間は本能をもたず，自分で自分の行動の計画を立てなければならない。（尾渡訳, 15, 13-14頁）

第 7 章　立憲君主政体に内在する痴愚について

要するに，野蛮な痴愚が教養——これには定義上，狂気の入る余地がない——の邪魔をしているのである。他方，それは文明の基盤をなしているのであり，なにしろ，文明とは人の白痴性と仲直りしようとする，多少とも成功した一連の企ての産物に過ぎないからだ。

サソリと亀

粗野は治せるが，野蛮は治せない。このことを例証しているのが，王子たちのためのインド寓話『五章の物語』（Panchatantra）に含まれている，サソリと仲良しになった亀の話である。亀が友を背中に乗せてやって川を渡るのを手助けしようとすると，サソリが亀を刺して致命傷を負わせ，殺そうとした。ショックを受けて，亀がこの愚行の説明を求めた。こんなことをすると，両方とも生命を失いかねなかったからだ。これに対して，サソリが答えるのだった，「俺は自分を抑えられなかったんだ」と。〔訳者注－この寓話は手元の『五章の物語』には見当たらない。〕

念を押しておくが，これは寓話だ。動物たちは愚かではない。もっとましな判断に反する行為をするのは人間だけである。そして，このことが問題の要点なのだ。痴愚が見いだされるのは，思考の欠如においてなのではなくて，それをいい加減にすることにおいてなのである。

狂気とは絶対的自由の行為なのであって，それ以外の何物にも依拠してはいない。サソリは何かちゃんとしたわけがあって行動しているのではなくて，自分自身より強力な何かに反応して行動しているのである。耕作（文化）が征服しなければならぬもの，それは自然なのではなくて，どこでもいつでも繰り返される自滅的な痴愚なのだ。人が学ばねばならないこと，それは痴愚のもつ狼狽させるような規模を認識し，そして痴愚と仲直りするやり方，生き方（modus vivendi）を身につけることである。

逆　転

自滅は，自衛を目ざしている自然の不文律への違反である。痴愚は人間にとって致命的な脅威となる。そして，生命にかかわる痴愚は人間自身を根絶しなくては根絶できないから，策略が必要になる。

自滅がその逆のものに化するのは，公平無私な献身が文明の最高目標と宣言されるときである。こうして白痴性が文化の中枢にされるのだ。本当は，この

規範は自滅的なのだから，不自然なのである。つまり，自然の観点からは，献身は痴愚の骨頂なのだ。だが形式的に見れば，この規範は自然の法則への違反ではない。なにしろ人間は自衛手段として，逆説的に献身を選んでいるのだからだ。

　献身は，痴愚が最高の知恵なる性格を帯びるための一つの倒錯なのだ。殉死は聖化された痴愚なのだ。行き過ぎが規範となるのである。それだから，文明はそれ自体のカリカチュアなのであって，つまりは，痴愚の一形態が文化となり，一つの狂気が第二の天性〔＝習性〕となるのである。人が自分の生命を危険に曝しているようなジョークをわれわれがなぜ笑うのかもこれで説明がつく。こういう人が本性に反することをしているからではなく，その人の痴愚が規範の核心——自発的な自滅——とあまりにも密接に結びついているから，われわれは笑うのである。ジョークにおいてわれわれが見て取れるように，無私で，献身的主体の背後には，自滅的な愚者が潜在している。自発的な隷従は"万人の万人に対する戦い"を隠しているのである。

寓話と真実
「モラルが正しく受けとめられるためには，
寓話にマスクが施され，詩句のような魅力が必要だ。
真実は素裸をあまり好まない
かすかに身に付けているときほど
この世界で見て好ましい処女はいない。」
  C.-J. Dorat／N.-A. Delalain, *Fables ou allégories philosophiques* (1772)
  のための口絵版画

第 2 節　人はブドウなり

エクスタシー

一匹の犬がソーセージを銜(くわ)えて川を泳いで渡ろうとしていたとき，ふとソーセージを銜えた別の犬の影を水面に見かけた。負けてはならじと，先の犬は自分のソーセージを落として，もう一個をひったくろうとした。だが自分のソーセージもろとも，もう一匹の犬のソーセージも水中に消えてしまった。

痴愚はまずい知覚ないし誤った論理の結果というよりも，エクスタシーの一形態なのだ。われわれが自分たちの価値を証明しようとするときにはいつでも，われわれはわれを忘れている〔気が違っている〕のである。このことは，われわれが自分を見失うときの過程たる，狂気への盲目の意志で証明される。

自愛と自惚れ

かつて或る沼の中の蛙が自分は王子だと思ったのだが，誰も彼の鳴き声を真剣なものとはしなかった。自身で証明しようと，66マイル離れた距離にあるスケート競技場に入ったり，水上スキーをやったり，ウィンドサーフィンをしたりした。ほかの蛙たちはみな彼を笑い者にした。沈み込んだ蛙の王子が水たまりで泥をはね飛ばしていると，アシたちが魔法の言葉——水処理——を囁きかけるのだった。

バーナード・マンデヴィル（1670年，ロッテルダム生まれ，1733年，ロンドンにて没す）は，われわれの文化の根底にある痴愚は利己心だと結論づけた。人間の思想および行為はすべて，利己主義に根ざした情熱を満たそうとするナイーヴな，もしくは意識的な企てにほかならない。飢え，渇き，性衝動は自愛から生じており，この本能は初めから自衛を目指したものである。だが，自殺はどう説明できるのか？　利己主義はもしかして人を自滅に駆り立てることがありうるのか？

マンデヴィルは自愛と，彼が自惚れと呼ぶ「名もなき情念」とを区別している。自愛は自然の命令に服従し，そして現実感を映し出す。対照的に，自惚れ

は幻影にしがみつく能力である。それは（生がたとえそれに値しないときでさえ）生への渇望をかき立てる自己への過大評価を意味する。自惚れはわれわれを絶望から保護してくれる。自愛は自惚れなしには存在できない。われわれは空想に助けられて現実に耐えられるだけなのだ。自惚れを剥奪されると，自愛は自己嫌悪と化する。それだから，自惚れにいったん見捨てられてしまうや，人は自愛から自殺を選ぶことができるのである。

しかしながら，自惚れには自滅的な局面もある。それはわれわれを自然の命令に聞こえなくさせることがありうる。"満腹"するとともに，つまり，われわれの第一の欲求が満たされるや，自惚れがわれわれにわれわれ自身の最上の利益に反する残酷な行動をするように——たとえば，矜持のような情熱を満足させるように——鼓舞することがありうるのである。

自分自身の重要性を誇張しようとする人間の性癖は，秘かな疑念と手を携えている。好みは自己確認への好みを求めるが，あまりにも自惚れが発揮され過ぎると，相互嫌悪に陥る。ここでわれわれは文明の愚かな難点にぶつかる。つまり，矜持が矜持の邪魔をするのだ。自惚れや，これが生じさせる内的葛藤は，自惚れの成果を殺すのであり，しかもさらには，社会生活への障害ともなるのである。高慢な人びとが互いに惹起する脅威は，どうしてもわれわれが一つの策略に訴えることを余儀なくさせる。

策　略

誰も自分自身のトランペットを吹き鳴らすことなしに，矜持から解放されたと言い張ることはできない。それだからこそ，われわれは矜持——このためなら人は生来の本能に反する行動でもしでかしたがるのだが——をそれの反対へと賢明にも転じているのである。教養はわれわれがわれわれの矜持を隠すことを自慢するように教えている。結果として生じたのが，よい行儀〔美風〕である。礼儀はお世辞によって報われた自己犠牲の一形態なのだ。「もろもろの道徳的価値はお世辞が矜持にもたらした政治的結果である」。お世辞は美徳を招来する。礼儀の見せかけが大きくなればなるほど，矜持はそれだけ大きくなるし，恥をかかされる怖れが大きくなればなるほど，礼儀の誇示はそれだけ大きくなる，等々。天才の要諦は，矜持は隠されればそれだけいっそう矜持は満たされることにある。傲慢は——神学者たちによると第一の大罪なのだが——道

徳の難点となる。矜持，過度の自負心は，社会機構が作動する燃料の供給源となる。われわれは自己否定から自信を得ているのである。

白痴化

　教養の周囲を組織しているのは，矜持と恥辱なのであり，その手段はお世辞，つまり嘘である。われわれはこの無言劇〔虚礼〕を奨励しているのだ。見せかけでもって，われわれは矜持を自由にさせているのである。もしも矜持が抑圧されるならば，それは残忍と嫉妬に退化する。礼儀は矜持という自然で，不愉快な徴候に替えて，私的な健康法，晴着，家具，建物，絵画，名目的称号といったような数々の工夫——要するに，敬意を呼び起こし，怒らせずにおく一切合切——を据えるのである。こういう教養の表われが高貴な動機に発しているかのごとくにわれわれは行動しているし，礼儀はわれわれにこういう見せかけに決して挑戦しないようにと教えてくれている。ここ多年にわたって，人は「あらゆる行動に生命と動きを与える隠れた泉に無感覚」という，自らの行動目的の美徳を信じるようになってきている。われわれはただ礼儀正しく振る舞うことを十分に長く装いさえすれば，たとえそれが下品な行動目的のためであったとしても，当然ながら，礼儀正しいことになるのだ。

偽　善

　規範の根底は本性でも理性でもなくて，情念なのだ。美徳はわれわれの利己心を満足させるための策略なのだ。礼儀という装いの下に，われわれは自らの自惚れの満足を妨げる岩礁の周りを航行するのだ。偽善は影のように矜持につきまとう。われわれの偽善的なことばがあまり考え抜かれたものではないこともしばしばだ。利己心は真面目な愛他主義の背後にさえ潜んでいる。誰もが自分を欺いている。理性もこれまた，無意識に情念に引きずられている。すべて思想は欲望の合理化なのだ。とどのつまり，われわれは利己心を罪深いものと見なすことを学びさえする。まさにこの理由から，社会の中心には自惚れがあるのだとの意外な新事実の暴露が，われわれ自身の自惚れへの侮辱と感じられるのである。

　すべてが自明なように見えるところには，痴愚が支配している。われわれは矜持の役割やそれの　偽　装　には盲目である。知性もこのヴェールを破り去る

J・F・レオポルト (1668-1726) 筆
『一般仮装舞踏会』

ことができない。矜持はどんなに賢い人をも矜持に盲目にするからだ。

悪意の中の善行

狼は子羊にとっては狼だし、また狼にとっても狼である。けれども、プラウトゥスによれば、人は人にとって狼であって、仲間の人間……ではない。またトーマス・ホッブズによれば、「人は人〔自分〕にとって一種の神なのであるが、〔他〕人にとって人は正道から外れた狼なのである」(『市民論』 *De Cive*, 1642)。なぜかと言えば、人はあまりにも自惚れに満ちているために、自分自身や同類にとっては脅威となるからである。

要するに、人はアリストテレスが力説していたような、政治的動物ではないのだ。人の中に生得の連帯感を探し求めても無駄である。しかし、マンデヴィルは、人は救いようがないくらい社会的だと主張するホッブズほどまで度を超してはいない。まさしく利己心のせいで、人は社会的存在となるというのだ。

> 人間の……悪くて憎むべき性質や、彼の欠点や、ほかの生き物には授けられている美点の欠如こそ、……彼をほかの動物よりずっと社会的なものにしてくれた最初の原因である。
> (泉谷治訳、『蜂の寓話——私悪すなわち公益——』(法政大学出版局、1985年)、315頁)

要するに、社会的悪が社会的美徳に先行するのだ。われわれが悟らねばならないのは、

> 人間を社会的な動物にしてくれるものは、交際心とか、善良さとか、哀れみとか、温和さとか、そのほかのうるわしい外面をもつ美点にあるのではなくて、人間のいちばん下劣で忌まわしい性質こそ、彼をこのうえなく大きな社会に、そして世の中の通念に従えば、このうえなく幸福で繁栄する社会に、適合させるのにもっとも必要な資質である、と　　　　　(泉谷治訳、3頁)

いうことなのである。

教養は悪徳を巡って回転するのだ。マンデヴィルの標語は「私悪すなわち公益」(Private Vices, Public Benefits – 副題)〔「……全体でいちばんの悪者さえ公益のためになにか、役立つことをした」(泉谷訳、81頁) 参照〕で

第7章　立憲君主政体に内在する痴愚について

ある。もちろん、どの悪徳もが公的な美徳というわけではない。真はその逆なのであって、すべて"善"は"悪"に基づいているのである。悪徳が公的な善に反する犯罪となるときにのみ、それは罰されねばならない。

マンデヴィルは当時をうまく切開して、

> この世のはじめから今日まで、国力や国富や高雅さにおいて同時に有名であったあらゆる王国や国家から、切りはなすことができないものであった、悪徳や不都合にいつもぶつぶついって非難ばかりし……〔その反面〕富裕で繁栄する国民であることを欲し……ている人々は、不合理で愚かなことをあばく (泉谷訳、5頁)

ことをやったのだった。

蜂の寓話

『蜂の寓話』(*The Fables of the Bees*, 1714) の中で、マンデヴィルは崇高にも自らに課しているのは、

> ……秩序ある社会の健全な混合体のすべてを構成しているいろいろな要素が、低劣なものであることを示す〔こと〕、つまり、社会というじつにうるわしい機構が、もっとも卑しむべき部分から築きあげられるのを助ける、政治的な知恵の驚くべき力をほめたたえる (泉谷訳、4-5頁)

ことである。より厳密に言えば、人の善意を強調しすぎると、全体としての社会に麻酔効果を及ぼすのだ。悪を追放した成果が、マンデヴィルの寓話の主題なのである。

むかしむかし、あるひろびろとした蜂の巣があった。蜂たちは「暴政の奴隷でないばかりか／野放しの民主主義の統治下にもなく、／法律で権力が制限されているので／悪事ができない国王のもとにあった」。蜂の巣の中では、どの職場も職業も腐敗に染まっていたので、「いかなる天職にも欺瞞があったのだ」(泉谷訳、11、14頁)。だが、どの悪徳も有能な行政により、すべての者の繁栄に従属させられていた。

かように各部分は悪徳に満ちていたが
全部そろえばまさに天国であった。

もっと目立ったことに，

　……全体でいちばんの悪者さえ
　公益のためになにか役立つことをした。

けれども，みんなは欺瞞や腐敗，とりわけ金持ち——実体は詐欺師だった——のことをこぼしていた。マーキュリー〔メルクリウス〕神は彼らの厚かましさにほほえんだが，ジュピター〔ユピテル〕神は憤りで身をふるわせ，蜂の巣から欺瞞を一掃することに決めた。

　偽善の仮面はかなぐり捨てられて
　偉大な政治家は道化師に変わった。
　借り物の顔つきでよくなじまれた者は
　素顔で見ると見知らぬ人のようだった。

突如，美徳が最高権力を握った。裁判官，弁護士，錠前屋，看守，廷吏——彼らはみんな失業させられた。所得は減少した。みんな質素な暮らし方をした。奢侈は消え失せ，失業が生じた。建築業は崩壊し，経済は悪化した。「軽薄で気まぐれな時代はすぎて／服も流行も長つづきする」。何千もの者が餓死した。教訓——

　それゆえ不毛はやめよ。馬鹿者だけが
　偉大な蜂の巣を正直な巣にしようとする。
　世の中の便益を享受し
　戦争で名をあげながら，
　ひどい悪徳もなく安楽に暮らそうなどは
　頭脳にのみ巣くうむなしいユートピアだ。　（泉谷訳, 19-20, 25, 32, 34頁）

第7章　立憲君主政体に内在する痴愚について

マンデヴィルが寓話を書いたのは，より良い方向への変化を期待したからなのではない。そうではなくて，彼が書いたのは，

　安楽や慰安がとても好きで，繁栄する偉大な国家がもたらす利益をすっかり刈り取る人々は，その大きな分け前にあずかるには甘んじて不都合もうけなければだめなのだとわかったとき，この世のいかなる政治にも矯正できない不都合を，より根気強く甘受することを学ぶだろう　　　（泉谷訳，6頁）

と希望したからなのである。

社会契約の寓話

　人は自然状態では自衛の法以外の何物にも従属していないのに，文化に到達すると，共同体の権威の命令に服従しなければならなくなったのはどうしてなのか？

　社会自体がその起源の説明として用いているのは，自由，平等，博愛に基づく協定たる，社会契約である。つまり，どの人間も社会の掟には進んで服従するし，社会は各人を全体の一部として扱う。市民として，その成員は欲していることを共同声明するのであり，その目的は個々の主体としてそれにより適切に到達することにある。結果として，自由と自衛はみんなに与えられる。誰も自分自身以外の何人にも服従しないし，共同体はお互いを他人の利己心から守ってくれることになる。

　ただ一つ，厄介な問題が存在する。社会契約の前提としては，それが説明しようと決めている社会の存在があるのだ。つまり，合理的秩序の規則に従う個々人の現前が前提になる。要するに，この説明の根底は循環論法——先決問題要求の虚偽（petitio principii）〔真と仮定して議論を推し進める虚偽〕——なのだ。われわれがここに手にしているのは，文明は利己主義から生じているという事実を隠そうとする一種の神話なのである。「人は誰も自分を服従させてきた私利（Interest）が続く以上に長く契約を維持したりはしないであろう」。

　人は生来，善でも悪でもなく，ただ愚かなだけである。社会の安定は道徳感情に基づいているのではなくて，愚かな自惚れを抜け目なく利用することに基づいているのだ。この目的のために，もろもろの悪徳やそれらの狡猾な戦略，

世間という女性
前面から見ると人好きがするが、後ろでは軽蔑面をしている。
作者不明（1700年の版画）

第7章　立憲君主政体に内在する痴愚について

もろもろの美徳がまず導入された。これらの美徳は，われわれの不合理かつ永久の利己主義と合意するための，一時的かつ生来の試みなのだ。要するに，社会の根底は共同体感情にあるのではなくて，社会的狂気（策略に助けられて素晴らしい規範の状態にまで高められているとはいえ）にあるのだ。文化とは文化に変容させられた利己心なのだ。社会とは，基本的に非社会的な諸活動の副産物なのである。

人に本能的な隣人愛が授かっていたとしたら，戦争は決してないであろう。また，人が原初的な素朴さを保持していたとしたら，決して社会的存在にはならなかったであろう。

パンチ〔ブドウ酒または火酒に水，牛乳などを混ぜ，砂糖・レモン・香料で味つけした飲物〕の一杯

自然は「ワインのためにブドウを作ったように，人を社会のために」計画した。発酵は連帯感の結果であって，それの原因ではない。社会は生得の共同意識の所産なのではない。社会性はずる賢く管理された社会の所産なのだ。実践は完璧にする (Fabricando fabri fimus)。社会が社会的となるのは，みんながそれぞれの非社会的動機をもつにもかかわらず，法に服従するときなのだ。

だがこういうことはすべて，無意識に生起する。社会が打算的な利己主義に依拠していると知ることは，道徳のためにはならない。この理由から，われわれが共同体意識から社会契約を維持しているのだとお互いに騙し合っているのである。無知と痴愚が社会的均衡の本質的要素なのだということは，マンデヴィルが「政治体」(Body Politick) を「一杯のパンチ」(Bowl of Punch) に喩えていることからも明らかである。

　……強欲はそれをすっぱくするもので，放蕩は甘くするものということになるであろう。水は定まりがなく退屈な大衆の無知，愚かさ，軽信にあたるといいたい。それにたいして，知恵，名誉，不屈の精神，そのほかさまざまな人間の崇高な性質は，人間本性のいろいろな屑から人工的に選別され，栄誉という火で精錬され気高くされて精神の本質になったものであるが，これはブランデーに相当するであろう。……いまあげた成分をよく考えて混合すれば，鋭敏な味覚をもつ人間に好まれ感嘆されるすばらしいアルコール飲料になることは，経験上わかっているのである。　　　　（泉谷訳，99-100頁）

第3節　取るに足らない相違

真理の真理

　啓蒙時代の一つの寓意「真理を発見する哲学」(La Philosophie découvrant la Vérité) の中では，あらゆる文化の基盤としての社会契約のヴェールを脱がしている哲学（理性のトーチを掲げている）が見える。けれども，このイラストをより入念に眺めると，裸にされた真理が今度は，何かを隠そうとしているのが分かる。彼女は右足の下で，ロバの耳をしており，目隠しされた仮面を沈黙させている。この仮面こそは，われわれの文明の真の基盤たる痴愚なのだ。
　ジャン゠ジャック・ルソーの胸像が背景に見て取れる。

人は善良だし，愚かではない

　ルソーによれば，初めて一片の土地に柵を立て，「これは私のものだ」という考えに思いつき，しかもさらに，彼のことを信じたほど愚か者を発見した最初の人間が，社会の創建者だったという。汝のものと自分のものとの，この巧妙な区別こそ，自然な自由にとって脅威を引き起こしたのである。
　社会契約は殺人と乱暴を妨げるための対抗策であったし，こういう型の白痴（語のもっとも厳密な意味での個別主義）と合意するための方法であった。社会契約は共通の幸福のために私利を放棄することを意味する。しかしながら，これによって白痴に終止符が打たれたわけではなく，正反対なのだ。
　ルソーによると，人は生来善良だし，愚かではない。私のコートは身近にあるが，わたしのシャツはもっと近くにある。あるいはむしろ，「なぜ全部の人が，それぞれの人の幸福をたえず欲するのか？　およそ人たるかぎり，このそれぞれの人という言葉を自分のことと考え……ずにはおられないからではないか？」（『社会契約論』 *Du contrat social*, 1762〔桑原武夫／前川貞次郎訳，岩波文庫，1954年，50頁〕）個々の個人はみんなのために語るときでも，秘かに自分自身のことを思っている。この近視眼的な利己主義は，国家の神秘的な根底であるとはいえ，国家にとって永遠に脅威を惹起する。法の前の平等は，「それぞれの人が自分のことを先にするということから，したがってまた人間の本性そのもの

真理を発見する哲学（18世紀の匿名版画）

から」(同書, 50頁) 出てくるのである。

立法者

　われわれが法に服従するのは，そうするのが有利だからではない。むしろ，みんなが服従すれば，法は利益となるのだ。だが，野蛮人に対して，まず第一に，まったく不利な法に服従するようにどうやって説得できようか？　仮に大衆には生来，法の利益を理解する能力が備わっていたとしたなら，いかなる社会契約も必要ではなかっただろう。「人々が，法の生まれる前に，彼らが法によってなるべきものになっていること……が必要……であろう」(同書, 65頁)。要するに，社会的感情は国家制度に先行していたであろう。だが，「目の見えぬ大衆」(同書, 60頁)は当初はあまりに愚かであるから，政治科学の原理を理解できない。自己犠牲の利益を把握できないのである。

　ルソーは神話的な立法者を生じさせた。社会契約の利益を人びとに説得するために，この最初の立法者は暴力とか論証とかに訴えることはできないし，そんなことをしないかも知れない。もしそんなことをしたら，彼の語の真の意味での社会の出現以前でさえ，民主的原理の面前で大急ぎで高飛びすることになろう。人民自身が採用した法のみが，彼らを縛るものとなることができる。内密の私利なる疑念を回避するために，立法者はいかなる政治権力をも行使してはいけない。ただ言葉の力のみを行使しなければならないのである。煽動政治家として，彼は「対象を公衆に見えるべき」姿で呈示する。彼は公衆に対して「自分が欲することを発見する」ように教える。彼は人びとがその中で自分たちを全体の一部として見ることができるような鏡を彼らに見せる。彼の策略は現実の事態を逆転させることにある。つまり，彼は社会契約が既存の状況への純粋に形だけの確認だという振りをするのだ。彼は契約の結果たる社会が，あたかも契約の原因であるかのように振舞う。彼が議論の余地がない事実として呈示する社会の正体は，ただ彼の虚構のおかげで存在しているだけなのだ。彼は人びとの無作為な集まりを一つの単位に変えるために，この統一を賛美するおとぎ話を利用する。寓話の助けを借りたり，より高い力に訴えたりして，彼は人びとの判断を誤らせて，彼の虚構を信じ込ませるのであり，ついにはこれが現実となるに至るのである。

第四の法

> われわれが下品にも痴愚と名づけているものは、一般社会では元気づける性質ではないけれども、行動の着実さや意見の首尾一貫性を保つための、自然の素敵な源である。
>
> 　　　　ウォルター・バジョット『詮索好きな人』(*The Inquirer*, 1852)

　人における狼に対して、これらの議論は法のさまざまな利点をたぶん納得させるかも知れないが、実際にはその気にならないように見えるのに対して、人における羊は善意に満ちているが、国家の機構を知らないでいる。このことはまったく問題にはならない。なにしろ、立法者がこっそりと適用するのは、憲法、民法、刑法を一緒にしたものよりも強力な種類の法、「第四の法、すべての法の中でもっとも重要な法」である。「この法は大理石や銅板にきざまれるのではなく、市民たちの心にきざまれている」(桑原／前川訳, 81頁)。彼が喚起するもろもろの法は、憲法の精神を保っているし、そしてこれらは知らず知らずのうちに、国家の力に習慣の力——習俗、慣習、ことに世論 (δόξαι) ——をおきかえるのである。これらは社会の愚かではあれ、実践的なかなめ石なのだ。他のあらゆる法の成功はこれらにかかっている。社会契約はたとえ解消されるべきものだとしても、これらの法が一般意志の残存を保証するであろう。

杖と蛇

　一般民——立法者の賢明な意見に支配されるのを拒んだ人びと——を進ませるために、彼は神々の口から彼の意見を言わせることに決めた。神々に語らせることはどんな人にもできることではないが、われわれ各人は石の書字板(タブレット)にきざんだり、神託を買収したりすることはできる。

　いま言っただけの知恵しかない者でさえ、ひょっとしたら、一群の愚か者を集めることはできるかも知れない。だが、彼は決して国を建設しないだろうし、彼の無法な仕事は、彼とともにやがて亡び去るだろう。空虚な威信は、一時だけのきずなしか作らない。きずなを永続的なものとするのは、英知だけである。

　　　　　　　　　　　　　　　　　　　　(桑原／前川訳, 66頁)

実は，反対が真相なのだ。永続的な結果は，想像できないくらい愚かな威信から，あらゆる理解を超えた英知へと，設立の意志表示を回顧的に変えてゆく……ものなのだ。
　こうして，ルソーによれば，「永久に亡びないユダヤ人の法……イスマエルの子〔マホメットを指す〕の法は，これを命じた人びとが偉人だったことを，今日もなお告げ知らしている。そして，高慢な哲学や盲目の党派心が，これらの偉人を幸運な詐欺漢としか見ないのにたいして，真の政治家は，こうした人びとの立てた制度の中に，永続的な大事業をすべる，あの偉大にして強力な天才を讃美するのである」(同書，66頁)。
　換言すると，われわれの文明に吹き込まれた欺瞞の一端が，ひどく過小評価されているのだ。抜きん出たユダヤの立法者モーセを取り上げてみよう。神は彼に民衆を導いてエジプトから脱出することを課した（「出エジプト記」4：2-4）。だが，モーセは彼が主に話したことを民衆が信じないだろうと恐れたのだった。

　　主は彼に，「あなたの手に持っているものは何か」と言われた。彼が，「杖です」と答えると，
　　主は，「それを地面に投げよ」と言われた。彼が杖を地面に投げると，それが蛇になったのでモーセは飛びのいた。
　　主はモーセに，「手を伸ばして，尾をつかめ」と言われた。モーセが手を伸ばしてつかむと，それは手の中で杖に戻った。
　　「こうすれば，彼らは先祖の神，アブラハムの神，イサクの神，ヤコブの神，主があなたに現れたことを信じる。」（「出エジプト記」(新共同訳，日本聖書協会，2001年)，旧98頁)

　アロンを従えて，モーセはファラオの宮廷でこの離れ業をやってのけた。ファラオが彼の魔術師たちにそれを繰り返すよう命令したとき，彼らの杖はみな蛇になったのである。それから，アロンの杖はそれらの蛇を飲み込み，そして彼は競技の勝利者と判明した（「出エジプト記」7：10-12）。それでも，ファラオは納得がゆかなかったので，モーセは杖で七つの患いを引き起こした。それで，彼はナイル川に蛙を群がらせ，エジプトの国中を襲わせた。ある意味では，モー

ギュスターヴ・ドレ作『ファラオの前のモーセとアロン』
（「出エジプト記」へのイラスト）

セはイスラム教の行者の正反対だった。蛇使いは蛇を杖のように固くならせることができるのだ。彼が蛇をひっ摑むと，蛇は再びしなやかになるのだ。だが，ここでは正反対のことが起きたのである。真の立法者は一片の木を蛇として通用させることができる……。見慣れぬ者（神）を見慣れたものたらしめるために，彼は見慣れたもの（杖）を見慣れぬものにするのである。

空しい素振りの美学

　杖と蛇の策略は立法者の真の狡猾さを例証するものである。不自然な社会契約を受け入れられるようにするために，彼は人をその自然な利己主義から遠去ける。「ひとことで言えば，立法者は，人間から彼自身の固有の力を取り上げ，彼自身にとってこれまで縁のなかった力，他の人間たちの助けを借りなければ使えないところの力を与えなければならないのだ」（同書，63頁）。彼は自然な力を政治力に変えることができる。社会契約によって団結の邪魔をしている個人主義が突如，社会の基盤に変えられるのだ。人びとが共通善を追求するのは，利己的な理由によるからなのだ。われわれがここに手にしているのは，空しい素振りの美学なのである。つまらぬ相違が相違の世界をつくるのだ。社会契約のおかげで，人は突如，無口な動物から考える存在に変化するのである。衝動が義務となる。本能が正義となる。人びとは個々人として降伏していたことを，市民として奪還するのである。民主政は人が自分自身に与える贈物なのだ。

神聖なる民主主義者

　しかしながら，ここでわれわれは一つの逆説にぶつかる。立法者本人は彼が擁護する民主社会の外側に立っているように見えるのである。とどのつまり，彼は人民によって参加を求められたのではなくて，自らを任命したのだ。しかも，彼は人間のあらゆる属性を欠いているかに見える。私益のいかなる疑惑をも払拭するために，立法者はあらゆる官職を辞めざるを得ない。彼は栄光と力を失い，あらゆる情念も剝奪されて，自国の中で外国人のように働き始めなくてはならない。ルソーは立法者を一種の聖人として呈示している。

　ルソーがこの神のような局外者について行っている定義が，民主政の被統治者に打ってつけだというのは，お笑いぐさだ。形式的民主政は，情念，関心，必要を帯びた人のイメージにではなくて，冷たい抽象作用のそれに合わせて作

られた，反－人間主義的なものなのだ。民主政は「個人には関係なく」，種族・宗教・富・その他のもろもろの愚行を問わず，すべての人びとを包含する。

　真の民主主義者は，もちろん，一つのユートピア的な姿だ。どの市民であれ，その背後には自分自身の利益を追求する打算的な俗物がいる。だが，これは問題にはならない。なにしろ俗物が俗物となるのは，その利己的な動機に関係なく，俗物のように行動しようとする企てのせいなのだからだ。要するに，民主政の被統治者は彼自身の欠陥と符合している。民主政は失敗を通して成功するのである。

　そして，神話的な立法者の例外的な立場についての説明もなされている。彼がはっきりと体現しているのは，到達不能の理想である。まさしく超民主主義者として，彼は自ら宣揚する民主政の外側に位置しているかに見える。だが，もっとよく検討すると，超－俗物はその愚かさのゆえに，彼が説くユートピアのユートピア的な性格——彼の虚構の虚構的性格——を触知しうるようにしている。彼が体現している民主政の痴愚は，民主政を規定している痴愚なのだ。立法者は彼が宣揚する神話の一部なのである。

　立法者は民主的に選ばれるのではなくて，ルソーによれば，彼本人が基礎づけた国民によって遡及的に指導者に任命されるのだ，という。彼は事後的に物語の中に自分自身を書き込む術(すべ)を知っている，恣意的な白痴なのだ。つまり，成功が彼の高圧的な行為を合法化するのである。

羊の衣を着た狼

　ルソーは社会とその中の自由とを保持しようとする「一般意志」と，あらゆる形の私益の総和たる，「全体意志」とを区別している。政治学は全体意志を一般意志と調和させるという，円積問題〔「与えられた円と等積の正方形を作れ」という、ユークリッド幾何学では作図不能の問題〕の不可能な課題をもっているのである。

　民主的な決定過程の出発点は，多数決原理である。だが，選挙の間，社会は各人が自分自身の私利を追求する，締りのない個々人の集まりになってしまう。全体意志が一般意志と一致するのはただ偶然のことに過ぎない。けれども，人民の決議は各投票者が共通の利益を念頭に置くよう要求しているのだから，政治的意味の保証なのではない。

　今や次のことが問題となる。「個人は，幸福はわかるが，これをしりぞける。

公衆は，幸福を欲するが，これをみとめえない」(同書，61頁)。ルソーによると，個人は愚かではなくて，悪いのである。逆に，全体としての民衆は，悪いのではなくて，愚かであり，特別な利益集団により詐欺行為の餌食になる（ルソーがいろいろの政党に反対していた一つの理由）。このことは以前にわれわれが行った野蛮（'Wildheit'）と粗野（'Roheit'）との区別を想起させる。

　政治家の仕事は，ずるい狼を飼いならし，愚かな羊を啓蒙することにある。このジョークはもちろん，狼と羊が同一の人間に見いだされるということなのだ。私的範域と公的範域との緊張が，民主主義者の立場をはっきりさせる。厳密に言えば，社会契約とは，人が自分自身と署名する協定なのだ。団体の一員としての市民が私人としての自分自身と結ぶ義務なのだ。だが，この行動とても，やはり利益によって鼓舞されるのである。人はいつまでも，羊の衣を着た狼のままなのだ。

　また概して，私的な範域は公的な範域から区別され得ない。社会は，その人民が繁栄しなければ栄えることができない。けれども，それぞれの個人の幸福がばらばらでは，必ずしも国家の幸福を招くわけではない。部分と全体との緊張が，エンジンを走らせ続けるのである。

　逆説的には，一般の繁栄への最上の保証は，私益どうしにできるだけ大きな相違があることだ。相違が大であればそれだけ，投票の結果はより一般的となるだろう。団結を促すのは，できるだけ大きな意見の相違なのである。

民主政の力

　人民の意志は，法の普及に用いられる指導的原理である。だが，この意志はどうやって決められうるのか？　民主政にあっては，誰も党派を超えることがない。一般の関心を評価できるようなポイントは存在しない。立法者たちでさえ，法に服従している。法の合法性は絶えざる議論の主題なのであって，このことが人民の意志の最終決定を不能にしているのである。

　この弱みは同時にまた，民主政の力でもある。民主政はまさしく，人民の意志は実際には何かについての休むことのない論争の中で，賛否両方の叫びとなって栄えるのである。民主政では，この葛藤は制度化されている。どの解決策も一時的なのだ。民主政とは，民主政と仲直りしようとする一連のボイオティア人的な企ての所産以外の何物でもない。

第4節　選挙熱

民主政の逆説

　民主政とは人民による政治を意味する。だが，人民が被統治者たちの集合でないとしたらいったい何だというのか？　だから，人民自身が一人の民となるのを邪魔立てしているわけだ。これこそが民主政の狂気なのである。

　この逆説はもっとも民主的な過程において明るみに出てくる。つまり，人民の意志を決定することを目的とする選挙の過程では，社会構造は非社会的な白痴たちの集合へと分解するのである。選挙は個々の投票者の質にかかわるのではなくて，純粋に量的な手続き，つまり，投票者たちの計数にかかわっている。市民は純粋な数的集合の一要素に還元される。要するに，人民が実際に力を握る瞬間には，一単位として存在することを止めているのである。

選　挙

> 民主政体というものは，……すべての政体が法律遵奉的であるばあいには，それら全部のうちでもっとも劣悪な政体なのだ。ところが，これら全部の政体が法律軽視的であるばあいには，そのうちでは民主政体がもっとも優秀であるのだ。
> 　　　　プラトン『ポリティコス（政治家）』303 A-B
> 　　　　（水野有庸訳，「プラトン全集」3，岩波書店，1976年，348頁）

> 民主政は，ときどき試みられてきた他のすべての形態を除き，最悪の政治形態である。
> 　　　　　　　　　　　　　　　　　サー・ウィンストン・チャーチル

　選挙期間中に，理性を見いだすのは難しい。天候が結果に及ぼす影響のことを考えてみるだけでよい。天候が良ければ，それだけ投票の数は増えるし，そして，このことは左翼にとって好都合となる。左派の投票者たちは好天の投票者たちなのだ。だが，このことが当てはまるのは，悪天候の状態にある国々においてだけ……なのである。奇妙なことに，この局面，つまり政治選択に対す

る気候状態の影響に関しては，モンテスキュー，グロティウス，ルソー，その他の人びとの著作では無視されてきた。

　候補者たちは利益から行動する。彼らは権力，金銭，もしくは彼らの特別な形の理想主義を満足させることが目当てなのだ。そのほかに，彼らはありとあらゆる修辞的句読点を引き伸ばして，投票者たちの恐怖，欲求不満，貪欲を，要するに，投票者たちの情念をあおり立てる。

　投票者たちとてそれ以上にましなわけではない。彼らは民主的な見解というよりも，個人的，利己的，無政府主義的な見解に支配されるに任せる。しかも，彼らは情念に捕われている。彼らは煽動や，あらゆる類いの挑発に陥りやすい。思いがけない，もしくは入念に仕組まれた事件，たとえば，選挙直前の醜聞が，一国の未来を決めかねない。それに，職業的な政治サーカスのほかに，政党綱領に注目したりする人がはたしているだろうか？

　それでも民主的な義務感から投票する市民たちは，残りの者たちから間抜けと見なされる。さらに悪いことに，これらあら探し屋たちは，民主政に脅威を引き起こしさえするかも知れない。民主政を正当化したり，投票者たちが投票を許される前に彼らを知能テストにかけたりしたがる者たちは，知能の独裁政治を求めているのだ。選挙前に，候補者たちの過去が暴露されたり，あらゆる市民の政治理解力を試験したりできるとしたら，われわれは以前の社会主義共和国モデル（実際の選挙は公式の投票以前に行われていた）でなされる民主政に行き着くだろう。

　白痴性は民主政に対抗する言いわけにはならない。それどころか，民主政が存在するのは，白痴性のおかげなのだ。完全な合理性への探求は結果として，反民主政的な措置に終わるのである。民主政はただ，純粋の民主政たらんとする空しい試み，失敗の中でのみ成功するのだ。ただし，こういうことはすべて，舞台の背後で生起する。それだからこそ，われわれは選挙が民主政の頂点であるという振りをしているのである。

　民主政は一つの虚構なのだ。実際にはどうかと言えば，非社会的な白痴たちだけが存在しているのである。けれども，民主政の虚構なしには，現実の民主政は残存し得ないであろう。民主政とは，民主政の見せかけなのである。

　痴愚は，みんなが民主政は存在するし，選挙はそれの頂点だと本当に信じるとき，最高の支配権を発揮するのである。

選挙マシーン

　民主政の逆説性を浮き彫りにしているのは，1955年刊のアイザック・アシモフのＳＦ物語『投票資格』(*Franchise*) である。近未来に或る老人が説明する——みんなは旧式のアメリカの選挙組織の下に投票していたんだよ，と。最多得票者が選ばれていた。けれども，投票にはひどく時間がかかったので，初めの少数の得票を眺め，これを先年同じ場所で行われた投票と比較し，それから，最終結果を予告するために機械が発明された。

　機械はますます大きくなり，投票はますます少ししか要らなくなった。最後には，たった一票だけで，新設のマルチヴァク・マシーンは地方・全国のすべての選挙の結果を予告できるようになった。「マルチヴァクはあらゆる種類の既知要因，膨大な数の要因を推し測る。けれども，一つの要因は未知だった〔……〕。それは，人心の反応パターンである」。

　要するに，合理化できないもの，それはアメリカ人たち，アメリカ民主政の存在理由なのである。それでも，一人の恣意的に選び出された市民を介して，マルチヴァクは他の全アメリカ人の考えにたどり着くことができるのだ。こうして，インディアナ州ブルーミントンの小さなデパートで働く平凡な店員ノーマン・マラーがその年の投票者としてマルチヴァクによって選ばれた。〔ノーマンは『オデュッセイア』の中の'ウーティス'（誰でもない）と同義〕

　　マルチヴァクがあなたを今年の最高の代表者に拾い上げたのです。もっとも優秀，もしくは強力，もしくは幸運な人というのではないが，最高の代表者に。ところで，私たちはマルチヴァクを問題にはしないのですよね。

　だが，ノーマンはこの責任を引き受けたがらない。「どうして私が？」彼の妻サラは夫をこう元気づけにかかる，「マルチヴァクがあなたを選んだのよ。マルチヴァクの責任よ。みんな分かっているんだから」。にもかかわらず，この一人の投票者は大統領選挙の責任や，したがってまた大統領のありうべき失敗の責任を負わされるのだ。「選ばれることを頼まなかった」市場向け野菜農園経営者マッコンバーとまったく同じなのに。「どうしてそれ〔最近の行政〕がほかの誰よりも彼のせいにされたの？　今では彼の名前は祟りよ」。サラが

ノーマンに対して，この新しい地位はあなたに名誉とお金をもたらすかも知れないわ，と告げる。「投票者になるというのは，そんなことじゃないんだ，サラ」。「それはあなたの問題かもね」。

　政治屋，セールスマン，気難し屋からの影響を避けるために，ノーマンは選挙日まで家から出ることを許されない。新聞・ＴＶも禁止される。「できるだけノーマルな精神状態で」マルチヴァクに彼が対することができるようにするためである。

　投票用紙記入室は或る病院の中に設けられたらしい。「必要ならば，終日私たちのところに居てもらいたい。あなたの環境に慣れて，この中に何か異常なもの，何か臨床的なもの——私の言う意味がお分かりかな？——があるとお考えなら何なりとそんなものを克服されるまで」。ノーマンの身体は何か「とてつもない」マシーンにくくりつけられて，彼の血圧，心拍，皮膚伝導性，脳波型が記録される。「どうなっているか，あなたはご存知ないでしょう」。医者たちは，このマシーンが嘘発見器ではなく，ただノーマンが課された質問にいかに強く反応するかを突き止めるために設計された一片のテクノロジーに過ぎないことを力説する。「このマシーンはあなた自身よりもよくあなたの感情を理解するでしょうよ」。このマルチヴァク・マシーン——ちなみに，彼には決して見えないのだが——が彼にこんなちぐはぐで陳腐な質問をするのだ，「卵の値段をどう思いますか？」

　貪欲に負けてノーマンは義務を果たし，一民主主義者のように行動する。だが，突如私益とは別の何かが彼の思いの中に入り始めるのである。

　　伏在していた愛国心がかき立てられた。とどのつまり，彼は全有権者を代表していたのだ。彼はみんなにとっての焦点だった。彼はひとりで，この一日間は全アメリカを代表していたのだ！〔……〕
　　突如，ノーマン・マラーは自負心を覚えた。今や彼の全力にかかっていた。彼は得意げだった。
　　この不完全な世界で，最初にして最大の電子民主政の最上の市民たちは，ノーマン・マラーを介して（彼を介してだ！）またも彼らの自由で，束縛されない選挙権を行使したのである。

アシモフの物語は民主政への戯画というよりも，その中枢に潜む狂気の模写なのだ。
　民主政を合理化しようとしながらも，このマシーンは投票者をなしですますことはできないのである。投票者は民主政の狂った要素なのだ。だが，たった一人の投票者に限定することにより，このマシーンは党利党略的な争いに終止符を打つのである。さらに，ただ一人の投票者により，人びとは面倒見の悪い国家機構なるものから遠ざけられるようになることが中止される。ノーマンのおかげで，民主政に人間の顔が授かるのだ。彼の名前は大統領の成否と同意語になる。要するに，ここでの風刺が何かと言えば，投票者が選挙結果に責任を持たされるということである。こうして，このマシーンは頭角を現わす。投票者は，市民たちの恐怖のせいで権威を握っている，捉えどころのない国家機構の言いわけ(アリバイ)となるのである。
　危険を制限するために，マルチヴァクは選挙人を選ぶ。だが，ノーマンの役割は純粋に形式的なものなのだ。彼は何も発言できない。それでも，このマシーンは彼に対して，投票が不可欠なのだという思い違いをさせる。この理由から，この物語はまた，幻想，つまり選挙結果を決するのは個々の投票であって，全投票の合計ではないのだとの幻想の一つの例証としても読めるかも知れない。各市民はあたかも民主政の重荷全体が自分の肩にかかっているかのように投票するのである。選挙の間は，それぞれの市民が，自分は王子だと思っているのだ。
　各選挙人が勝手に自分のものとしている特別な地位は，当年の選挙人の選挙の説明によって，正しい視座に置かれるのだ。ノーマンは優れてアメリカ人として呈示されている。こういう役割は不可能に見える。ノーマンが無口になってしまうのももちろんなのだ。他人が持っていないようなものを，どうして彼が持っていようぞ。逆説的には，ノーマンが優れているのは，大半のアメリカ人が共有しているものによる。マルチヴァクはノーマンにおける規範に頼っているのだ。彼の独創性は，彼がもっとも独創的ではない市民だということ，彼が異常にも正常であり，陳腐さにおいてユニークであるということにある。彼は特別な人間以外の何かであるからこそ，優れてアメリカ市民なのだ。
　正常な民主政の主体は，もっとも聡明ではなくて，もっとも平均的な人物なのだ。凡庸さにおいて残りの有権者全体を代表している一人の白痴をめぐって，

組織全体は回転するのである。「平均的アメリカ人」はもちろん，想像力の作り話である。たとえば，平均して人は1.3人の子供を持っている。あらゆる極端と同じように，平均もまた，ノーマンは言うに及ばず，どの個人もその水準に達することのない一つの理想なのだ。だが，自らの役割への月並みな反応により，彼は理想的な候補者にされるのである。利己的な懐疑により，ノーマンは公分母の体現となるのだ。この一市民のうちに，卓越したアメリカの人びとは偏狭な非社会的な被造物そのものに出くわすのである。

典型的なアメリカ人はマルチヴァクによって臨床的に検査することができないが，無作為に選ばれた主体がその役割を受け入れるための葛藤は検査できるのである。そのことは，医者たちがノーマンに正常な振舞いをするように命じるときの，彼らの強情な指し図からも判明する。厳密に言えば，ノーマンの知能は測れないのだが，自分自身であれ，という不能な課題へのノーマンの反応は，分析できる。ノーマンが自分のアイデンティティについて感じる恐怖と不安こそが，彼の存在の測定可能な中核をなしているのである。

最後に，ノーマンは自分の課題を信じ始めるのであり，そしてこうすることにより，真の市民の定義を，回顧的ながらも，満たすのである。

選挙狂い

左派であれ右派であれ，急進主義者は民主的規範を傷つけるかも知れないが，民主政の土台をぐらつかせはしない。反対に，選挙は民主政にとっての直接の脅威となる。なぜなら選挙は民主政への謀反ではなくて，合法的な民主的反抗なのだからだ。立法者たちの意志に通常屈服させられている人民が，突如立法者たちの上に置かれて，既成秩序を消失させる深淵を切り開くことになるのだ。選挙とは，一時的に国を預かっている人びととの終焉ばかりか，民主政の自殺をも意味するのである。

けれども，この自滅の勝負が終わるや，蛇が耐え忍んだ後では，新秩序が出現するのだ。

この光に照らして見ると，どの民主政もそれ自体の戯画なのであり，無秩序が民主政となるのである。民主政の根っこは，自己否定的な，合法化された白痴性にあるのだ。

こういう自滅的な局面は，民主政がその信頼性を維持すべきである場合には，

隠されていなければならない。けれども，痴愚が無視されては断じてならないのだ。なにしろ，痴愚こそが民主政の基盤そのものをなしているのだからだ。この理由から，非利己的な自己犠牲の逆たる，病的な自滅が時折浮上することを許されねばならないのである。

　民主政がその力を発揮するのは，投票者たちに選挙のあいだ白痴を自由に放出させることによってである。痴愚への意志，非合理な機会に身を任せようとする意志のみが，民主政を可能にしているのだ。

　しかしながら，選挙が無秩序へと堕落し，こうして民主政に最終的な止どめを打つことになる危険は常に存在する。この理由から，権力の中枢——白痴性の中枢——があまりに長く空席のまま放置されることはないのかもしれない。

　だが，民主政はもう一つの危険によっても脅かされている。

権力の中枢

　　　ゲロゲロ，グワッグワッ
　　　ゲロゲロ，グワッグワッ。
　　　　　　　　　　　　　　　　　　　　　　　アリストファネス『蛙』

　民主政の根底をなしているのは，望ましい資質のせいで人民から選ばれた人びとが国を合理的に治めるだろうとの信念である。だが，資質を判断する人びとの資質をいったい誰が判断するのか？　支配者たちの適性を究極的に保証するものは皆無なのである。

　民主政における人民の代表者たちは決して政治的秩序を支配することはできない。なにしろ彼らは依然として被統治者なのであり，他人によって判断されるのだからである。要するに，民主政は克服不能な障壁によって限定されているのであり，この障壁のせいで，被統治者たちは永久に権力の中枢を占められずにいるのである。民主政は絶えざる移行，持続的な空白期間なのだ。こういう内在的な不能性を容認することが，民主政の特徴なのである。選挙結果は一被統治者に一時的に権力を掌握して，不可能な支配者の代役になる資格を与える。彼は全権大使の地位を手にすることになる（クロード・ルフォール『民主政の発見』*L'Invention démocratique*, Paris, 1981）。

　大臣たちがあまりに豪華な肘掛け椅子に執着するようにならない限り，われ

われは尊大な態度で守銭奴や，首都の傲りや，顔役，等々を政府に任せている。こうしてわれわれはわれわれを支配する人びとやわれわれ自身も，彼らと権力中枢とがいかに距たっているかを思い起こすことになる。

　誰も人民を端的に具現することはあり得ないから，権力の座は空席のままにならざるを得ない。われわれの一時的な支配者たちが占めるのは，あり得ざる支配力の空席に過ぎないのだ。

　権力の中枢は純粋に象徴的な場なのである。真の政治権力の掌握者として，そこを占めることは，民主政を独裁政に変えずしては不可能なのである。成功した政治屋たちは，民主政にとって最大の危険になるのだ。

恐　怖

> われわれは民主政のために努力するとともに，それの実現を妨げなければならない。
>
> 　　　　　　　　　　ローベルト・ムージル『日誌』（*Tagebücher*）

　民主政の逆説は，フランス革命の折にジャコバン党員たちによって風刺された。恐怖（テロ）の根底は，封建制の急激な破壊と，無からの（エクス・ニヒロ）生まれ変わり人の創造にあった。これが夢想に過ぎなかったということは，人民が（人民の代表者たちを含む）国民公会に命じて人民を生じさせる，という循環論法によって証明されるのである。この空想は，国家が合理的決定の産物ではなくて，不合理な力の産物なのだという事実を隠している。このことを，ジャコバン党員たちは誰よりもよく知っていたのだった。

　恐怖（テロ）の合法性を宣言したのはサンジュスト（ルイ・アントワーヌ・レオン・ド，1767-1794）である──「誰も無罪な支配をすることはできない」。人民のために支配する者は誰でも，手を汚さざるを得ない。「恐怖は誰かが権力中枢を占めるのを中止させる限りは，革命的である。そして，この意味では恐怖は民主的性格を有している。そして，この意味では恐怖は民主的性格を有している」（シャルル・ルフォール）。それだからこそまた，多くの人びとは恐怖（テロ）に加わるよりも，首を切られるほうを好んだのだ。「われわれはひどく怖がるほどには有徳ではない」（サンジュスト）。ジャコバン党員たちが恐れていたのは，人民のために恐怖政治（テロ）を行っている間に，自分たち自身がひそかな私利に支配され

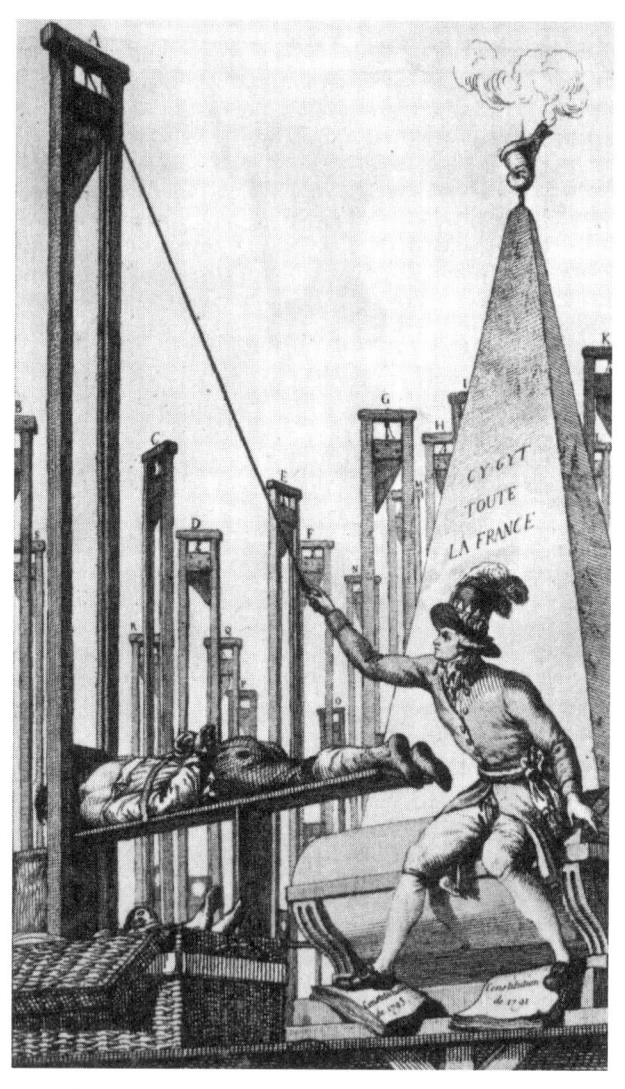

フランス人をみんなギロチンにかけた後で、死刑執行人をも
ギロチンに処するロベスピエール（1794年）

　法の犯罪的な反面は，次のジョークに表われている――「誰か死刑執行人は残っているか？　いいえ，昨日，最後の一人の首をもはねました。」ロベスピエールもギロチンにかかって果てたのである。

るかも知れない，ということだった。

　だが，ジョークがどこにあるかと言えば，ジャコバン党員たちが何とかして権力中枢が占められるのを阻止しようとした立場そのものが，実は絶対権力の中枢だったということにある。誰も逃れられないのだ。遅かれ早かれ，ジャコバン党員たちの首もギロチンの下に転がるであろう。フランス革命の英雄は定義上，裏切者なのだ。なにしろ，彼は残余の者とは違っているからである。ここからして，恐怖(テロ)の悪循環が生じる。つまり，莫大な数の民主主義者が，お互いに首を切り落とし合ったのである。この革命は自らの子たちを，そして究極的には自らをもむさぼり食う蛇だったのだ。

茫然自失

　どの政治体制も全体主義の誘惑に馴染んでいる。だが，完全な合理性への探求を徐々に弱めるようにするのは，どの組織形態も遅かれ早かれぶつかる一つの痴愚形態，つまり，組織全体を戯画化する恐れのある，不可解な白痴性である。一方では，白痴性は民主政にとって致命的と判明するかも知れない。選挙が無秩序へと退化して，民主的支配に終止符を打つかも知れないという危険が存在するからだ。権力中枢はあまりにも長期間，空白のままであっては困るのである。

　他方では，民主政は白痴性なしにはやっていけない。別の危険，つまり，誰かが権力中枢を掌握して，政治体制を息苦しい独裁政に退化させるかも知れないという危険が存在するからだ。

　要するに，民主政を脅かすのは二つの形の茫然自失（stupor）——パニックと鈍感——なのであり，この語（stupor）は語源上，"痴愚"（stupidity）と結びついているのである。白痴過多は愚行を招くし，白痴過少は麻痺を招く。換言すれば，白痴性は受け入れられている間でさえ，釘づけにされなくてはならないのである。

　民主政のこのジレンマをどうやって破ることができるか？　入念に痴愚を見越しておくことによって，である。この場合に，立憲君主政が解決策を供してくれるのである。

第5節　蛙，丸太，蛇，仮面
（厄介な12の事例）

I. 湖の中の丸太

　民主政は，民主政の痴愚を体現する唯一の主体——つまり王——の助けがあって初めて遂行できる。君主は人民の化身であるばかりか，全体としての人民というあり得ざる観念を体現することによって，彼らを一つの社会へとでっち上げることができるのである。王の痴愚は，彼の周りに回転する民主国家の痴愚を明白にするし，こういう失敗なしには，民主政は成功し得ないのだ。

　君主の即位が権力の空白を埋めはしない。変則的に，君主が解放する空間の中で，民主政は立ち上がることができるのである。フランス革命時のジャコバン党員が権力の中枢を空白にすることによってそれを占有するのとは違って，君主は空虚な空間を占有することによって，これを保護するのである。

　王は政治屋たちがあまりにもビロードの安楽椅子に慣れ過ぎるのを妨げる。君主の機能はまったく消極的であるから，その資質は問題にならないし，また誰が君主であるのにふさわしいかという質問は，自然淘汰や再生の偶発事に委ねられねばならないのである。このようにして初めて，この人物の無用さが明

ギュスターヴ・ドレ『王になりたがった蛙たち』

カマグルカの『自由オランダ王国』(*Vrij Nederland*) における時事風刺漫画
皇帝の衣服が隠しているのは，彼の裸体ではなくて，空白の権力中枢なのである

からさまにされることになる。

Ⅱ．聖化された空間

　君主とは定義上ぺてん師であり，権力の空白の座に偶然着地する人物なのであって，それでも，あたかも捉えどころのない人民を体現したかのごとくに行動し続けるのである。事実，君主とは，権力の座と，これを巧みに操る人びととの距離の体現者なのだ。彼がその魅力的な権威を有しているのは，自らの資質のせいなのではなくて，民主的秩序における聖化された空間を占有していることによる。

　君主の魅力(カリスマ)に終止符を打つためには，われわれは彼とこの空間との隙間を露出しなくてはならない。このように露出することで終止符が打たれるのは，君

第7章　立憲君主政体に内在する痴愚について　151

シャルル・フィリポン『洋梨』(*La poire*, 1830)

主の権力なのでなく，彼が占有している空間のほうなのである。この空間が補償され得ないわけは，それが構造上不可欠なものであって，民主政の内在的な愚かさを反映しているからにほかならない。

III. 遊戯室

  何，何？　いったいどうしてたんだ？
  (Quoi, quoi ? Dis donc pourquoi ?)
           ジャン゠フィリップ・ラモー『皿』(*Platée*)

　君主は一方では政治屋たちが永久的な権力を振り回すのを遠去けるし，他方では，選挙期間中にも民主政の存続を保証する。(その反対もありうることはベルギーで実証されたのであって，新しい堕胎法に署名するのを回避するため国王が一時退位したのだが，そのために民主政が君主政の継続を保証したのだった。)

　君主がいなければ，政治秩序は誰も自分の地位が確保できない無政府状態に退化するか，さもなくばみんなに固定した地位と役割が割り当てられる独裁政権に堕するかも知れない。市民が万人の万人に対する戦いをやらかさずにそれぞれ自分自身となりうる空間を切り開くのが，君主なのだ。

容貌のせいで洋梨と愛称された「市民王」ルイ・フィリップ。フランス語 'poire' には「仏頂面」の意味もある

IV. 民主政の国民

「シーザーの物はシーザーに納めよ」(「マルコ伝」12：17,「マタイ伝」22：21,「ルカ伝」20：25)。国家の従順な市民たる一国民として，われわれはあたかも君主が法の体現者であるかのごとくに無条件に行動するのでなければ，国民という語の別の意味——あらゆる権威に異議を唱える批判的個人——でも自分が国民なのだと証明する自由を獲得することはできない。

この逆説が何かと言えば，市民は自ら自由意志を投影してきた人物，つまり国家元首——に服従することによってのみ，自由を得るのだ，ということである。

矛盾は「国民」(subject) という語自体に内在するのであって，この語は自由意志を有する者は言うまでもなく，臣民 (subordinate) をも意味しているのだ。国民は自発的な奴隷身分の中でのみ存在できるのである。

V. 国家

市民はその背後で各自の生活を形づくっている陰のような国家機構に日常的に直面している。国民はあたかも君主が国家の化身であるかのごとくに行動す

第7章 立憲君主政体に内在する痴愚について

ることによって，各自の疎外を克服するのである。

　君主が客観的な法規に主語「朕は欲す」を付加すると，大臣たちの意見は政府の法令と化するのだ。この署名とともに，君主は法規を私的意志の表現に変えることになる。こういうことはまた，テープカット，赤ん坊への接吻，定礎，といった空虚な身振りの論理でもある。

　けれども，君主が法規内容に介入するや否や，彼と国民とを隔てる境界を横切ることになる。国家はその人間面を喪失して，息苦しい独裁国と化するのである。

VI．"君主の鏡"

> 口あれど喋らず，足あれど歩かざる（os habent et non loquuntur; pedes habent et non ambulant）異教の神々のごとき，立憲君主を民は朕に欲している。
>
> オランダ王国国王ウィレム１世が，1829年，内閣の責任を認可するよう求めている代表団に対して

　常識の示すところでは，君主はできるだけ賢明，有能かつ勇敢でなくてはならない。ところが，逆も真なのだ。君主の象徴的役割と実際の才能との裂け目はいくら広くても足りないほどなのだ。民主政にとっての主たる脅威は，まさしく君主の人物とその役割との符合と，さらには，その権威が理性に基づいているという幻想とにあるのだ。丸太が蛇に変わるかも知れないのである。

　仕事と才能との関係はまた，君主とその大臣たちとを区別もする。大臣たちが選ばれるのは，彼らの能力による。彼らは法規の具体的内容を適用する。反対に国王は，純粋に儀式的な役割を果たすのみである。国王がなすべきすべてのことは署名することだけなのだ。しかしそのときから，この署名は最終の言葉となる。彼は名目上支配するだけなのだが，この名目にこそその権威はあるのだ。

　国家元首の役割は愚かな，純粋に形式上の行為なのであるから，出生という不合理な基盤に立って自らの地位に達した間抜けでもその役割を授けられうるのである。愚かであろうがなかろうがどうでもよいような，国家機構において例外的地位を握るのが，君主なのだ。オランダの前王女ジュリアナ，ベルギー法定推定相続人アルベール，英国皇太子チャールズが宇宙空間の樹木やいるか

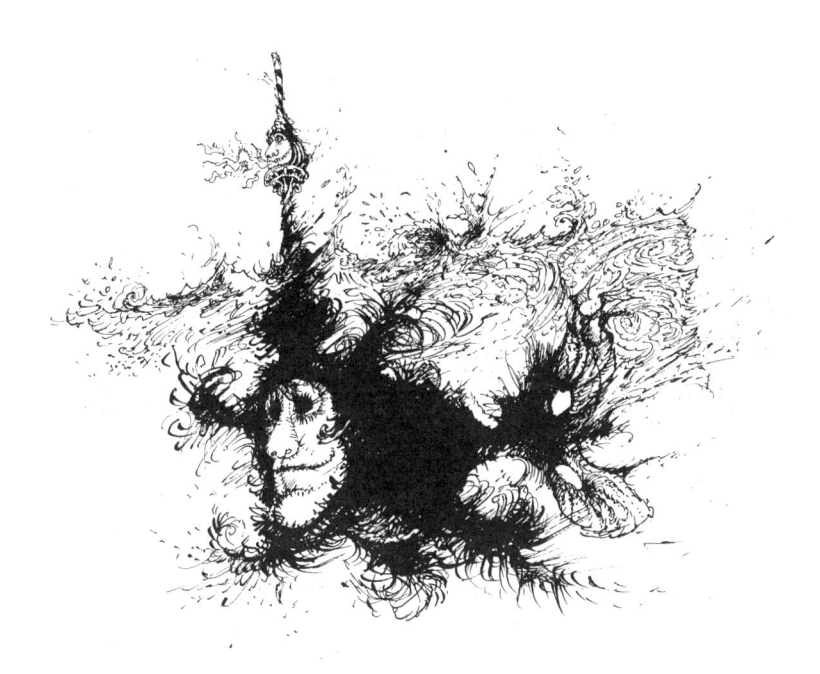

ピム・ファン・ボクセル『立憲君主政』（*De constitutionele monarchie*, 1969）

と喋っているのだと考えるだけでも慰められる。

　立憲君主政体は不合理な要素を頂点にした合理的単位なのだ。人民と王との間のみぞは，民主政にとっての障害物なのではなくて，必要条件なのである。政治秩序には，例外的な焦点，つまり，責任を引き受けてこの秩序を実行あらしめようとする力が必要なのだ。
　共和主義者の君主政体への異論，つまり，国家の命運が君主の偶発的特徴に左右されるとの異論は無用である。なにしろ君主の権威は純粋に形式上のものなのであり，彼の資質は無関係なのだからである。
　反対に大統領は民主政に脅威となる。彼の合理性をわれわれが信ずるようになる見込みが十分あるからだ。国王は少なくとも，明らかに局外にいる。
　誤解を避けるかのように，多くのフランス大統領は，彼らのレトリック，凱旋門，芸術宮殿が立証しているように，君主として行動してきた。ほかの点で

第7章　立憲君主政体に内在する痴愚について

はまた，政治リーダーたちも彼らの不合理さを際立たせている。ヒトラやスターリンのみならず，チャーチル，レーガン，ミッテランもやはり，占星術師たちに相談してきたのである。

VII．ピノッキオ

> むかしむかし，あるところに……「王様だ！」小さい読者のみなさんは，すぐにそういうだろうね。
> 残念ながら，そうではないんだ。むかし，あるところに一本の棒きれがあった。
>
> カルロ・コッロディ〔大岡玲訳『新訳ピノッキオの冒険』（角川文庫，2003年），3頁〕

　ピノッキオは役立たずだ。彼は「木製」で無情な少年だし，両親を敬わない。けれども，話が進むにつれて，彼は徐々に人間味のしるしを示し始める。彼が嘘をつくたびに，鼻が長くなるのだが，このことは彼に良心があることをほのめかしている。だが，義務感とか，愛のような純真な感情を示した後で初めて，彼は血肉を備えた少年に変わるのである。傍の椅子の上に，彼はかつてのわが身だった不活発な木製人形を発見する。

　このおとぎ話が例証しているのは，立憲君主の理想的な発達過程である。象徴的な役割と資質との衝突を避けるためには，君主は木片の一塊りとして出発しなければならないのだ。続いて君主は，私人としての自分自身と，公人としての自分自身を区別する能力を発達させなければならない。君主は道化師のように振る舞うだけの利口さを有していなければならない。公けの前に姿を現わすときには，人形や，干涸らびたステッキのように行動することにより，自ら一つの役を演じているのだということを明らかにしなければならない。いかなる純真な感情も示してはいけないし，あるいは両親を形式的以外に尊敬してはいけない。彼の適格性の究極的な証しは，羞恥心を本能的に示すということである。鼻があまりに目立つようにならなくするために，彼は公けの前に姿を現わすのをできるだけ短くし続けねばならない。

VIII．認識理由としての失敗

> われらを賢王たちから守りたまえ！　チャールズ1世は斬首させられたし，

> チャールズ2世は祖国をフランス人に売った。そんなに考え込むなかれ！あなたが幸せでないのなら，王座を捨てたまえ。
>
> 英国のタブロイド版新聞「ザ・サン」紙上での
> 英国皇太子チャールズへの助言

　君主は自分自身を証明する必要のない唯一の人物なのだ。なにしろ，修養によって就くものに，生まれつき就いているのだから。その社会的地位は，王に生まれているという，生物的事実によって決まっているのである。

　反対に，国民たちには血統は欠如している。彼らは孤児になっているのであり，自らどういうものになるかによってのみ，価値をもつ。彼らは自分自身を証明しなければならない。何をするかと，何をするべきかとの間の不一致，失敗こそが，われわれに国民たちの値打ちを評価することを可能にする。

　さらに，われわれが民主的義務に初めて気づくようになるのは，それらの義務を遂行し損ねたと実感することによってなのである。さもなくば，われわれは自由な国民としてではなく，人形として行動しているかも知れない。失敗は民主政の認識理由（ratio cognoscendi）なのだ。

　君主としては，その権威が侵食されないように，彼はその資質で判断されることはあり得ないし，また判断されてはいけない。君主が絶えず自分自身を証明しなければならないとしたら，主権をもつ人民の臣下となるであろう。この理由からしても，誰が人民の頭に立つかに関しての決定は，不合理で，生物的な血統に委ねられねばならないのである。君主は成功者に生まれついているのだ。彼の行為は為すべきこと，一つの理想によって評価されてはいけない。なにしろ，君主は理想に生まれついているのだから。彼は法規を破ることはできない。なにしろ，彼の言葉は法規なのだから。彼は自ら象徴しているものなのだ。むしろ，彼が何を為そうとも，あたかも彼が法規の体現者であるがごとくに，国民は行動することを強いられるのである。

　とはいえ，君主の権威にとって最大の脅威となるのは，その地位をよりよく正当化しようとして，いかに彼が賢明な支配者であるかを証明しようとする熱烈な支持者たちである。君主が王であるからというのではなくて，天才とか秀いでた指導者であるから，君主に服従する人びとは，不敬罪を犯しているのだ。そういう人びとは君主の上に自らを置いているのだ。彼らは君主の権威が合理的な論拠の上にではなく，盲目的服従に基づいているのに，その権威を侵食す

ヨハン・ファン・ダイク『内輪ごと』(*Privé*) より

ることになる。

Ⅸ. 朕は欲する

　君主の決心は法規に基づくのではない。彼の権威は，自由な，束縛されない決心から生じる。君主が個別の法規を「欲する」のは，それが立派だからなのではない。法規が立派なのは，君主がそうであることを欲するからなのだ。君主は理性の光に従っているのではなくて，恣意に従っているのだ。彼は自分の欲することを知っているのだが，たとえ説明を求められたとしても理由を説明することはできない。君主大権は説明のできない愚行なのだ。しかもそれが働くのは，彼の決心が純粋に形式的である限りでのことなのである。

　君主の意志を強化するのは，憲法が認めている民主的過程を侵犯することになる。民主的な法規に従属している君主が，一時的に絶対支配者，優れて自由な国民となるのだ。彼の生得的に封建的行為が，法規への絶えざる賛否の叫びに形式上，終止符を打つのである。彼の意志が遂行されることにより，人民の主権は侵食されるし，同時にまた，新しい法規に土台が作られるのだ。民主政は君主の合意なしではすませないのである。

158

X. 愚の骨頂

　国王は民主政の中枢的な痴愚なのだ。彼がわれわれを魅惑するのは，その局外性によるのではなくて，民主政の隠れた面をわれわれに想起させるからなのである。つまり，非社会的，自己破壊的な自由のことであり，これは統一の根底になっているとはいえ，統一の邪魔にもなっているものなのだ。

　君主は国民の意志を表明するのではない。彼にできるのは，統一の邪魔になっている利己的な痴愚を体現することにより国家統一を達成することなのである。（民主主義者の目から見た）君主の不完全性——この点で立憲君主は専制主義者の特徴を発揮するわけだが——これこそがまさしく想像力にとっては魅力があるのだ。障害としての国王は，民主政が実はいかなるときにも再出現しうる元来の狂気の凝固した形なのだという事実を想起させてくれる人物でもある。市民たちが統合されているのは，国家統一が内在的に不能なことを明白に証明してくれる権威ある一国民〔君主〕に魅惑されたからなのだ。自らの痴愚を通して国民に民主政の不安定な根底を想起させることにより，彼は秩序を維持するのである。君主が居なければ，国家は瓦壊するであろう。

　民主政は君主の衣をまとった痴愚に屈服しようとする一連の空しい企てのうちにこそ存在するのだ。われわれは君主のうちに，民主政の痴愚を祝福しているのである。

XI. 「朕は国家なり」

　君主は人類に固有の秩序を代表しているわけではない。彼は無から秩序を創り出すのだ。彼はその存在を象徴された内容に負うている，一つの象徴なのだ。君主は国民のうちにあるあらゆる可能性を把握している賢者なのではなくて，まったく不合理な身振りにより，形のない群れを一つの合理的全体に変えることのできる何者かなのだ。

　君主はしたがって，共同体の一象徴，美的付属物，「功徳の帝王」であるばかりか，非象徴的な仕方で国家を体現もしているのである。というのも，非合理的存在としての君主が，合理的な国家であるからだ。彼自身により，国家はその目的に到達するのである。

　君主の魅力的な存在により，われわれは広く普及している秩序の構造をなす，

官僚機構には目隠しされる。これだけではないのだ。官僚制は一人の間抜けの手助けで，つまり君主の不合理な存在によって初めて，その目的を成就できるのである。間抜けさのせいで，たまたま秩序にさせられているたった一人物と，その秩序は解きがたく結びついているのだ。

　国王なくして，民主政はない。統一は常に，反対物の統一と決まっている。合理的秩序が存在しうるのは，君主という不合理な人物にそれが体現される場合だけなのだ。国民に統一とアイデンティティーを得させてくれる中心人物は，実は民主政の邪魔になる主因と符合しているのである。

　君主は民主政に相容れないし，匹敵するものがない間抜けであるからこそ，民主政を救うのである。けれども，その国民たちは，自分らの存続がこの途方もない間抜けと密接に結びついていることを，無視せざるを得ない。彼らは自分たちを民主政の精髄と見なしており，また君主を奇妙な，民間伝承的な付属物と見なしているのである。

XII. 世界の驚異

崇高なるものから滑稽なるものへはほんの一歩に過ぎない
(Du sublime au ridicule il n'y a qu'un pas)．
ナポレオン１世が1812年，ロシアから退却したことへの言及
(トーマス・ペイン『理性の時代』*The Age of Reason*, 1795より)

　君主はすべての市民を平等とみなす民主原理に対しての反則である。民主政を一国王に還元することは，共和主義者の想像力を超えているし，真の民主主義者の決め手たる茫然自失を引き起こす。

　一方では，国王は民主政全体を妨げるが，他方では，真の民主政が本来ありうべきものについて否定的な印象を与える。もちろん，民主政はこれを成し遂げようとする空しい企てなしには存在しない，というのは冗談だ。それだからこそ，われわれとしては単一コンテクストに両面を看取しなくてはならないのである。つまり，君主はその痴愚さにおいて，民主政が本質的に孕んでいる失敗を体現しているのだ。これに照らして見るなら，崇高な支配者は滑稽な道化師であるし，民主政の空席を占めている材木の塊ということになる。

　誰もが真の民主主義者ではないのだ，と言うだけでは十分ではない。この論旨からするならば，無欠な民主主義者がありうると示唆していることになる。

事実，真の民主主義者は，真の民主主義者になろうとする空しい企ての中でしか存在しない。そして，君主はその間抜けさのうちに，こういう不能性を具体化しているのである。君主の秘密は民主政の失敗のうちにこそ潜んでいるのだ。

第6節　皇帝の新調

「存在するということは知覚されないということである」

実在が意識されないということは，その本質に属する。
(Das Nicht-Gewußtsein der Realität liegt im Wesen ihrer)
アルフレート・ゾーン゠レーエル『精神的・肉体的労働』
(*Geistige und körperliche Arbeit*, 1972)

世界は，定義上，発見されないときだけ機能する痴愚のせいで存在している。こういう誤解はつまるところ，生産的なのだ。世界の存在は無知を含意する。存在するということは知覚されないということである (esse est non percipi)。

幻影は二重なのだ。つまり，幻影はわれわれに実在をそれほど見えなくするわけではない。自明な実在が存在しているのは，実在が気づかれない限りはこれを構築している幻影のおかげなのだ。

要するに，われわれが当然のものと見なしている世界の中で，われわれは幻影やこの幻影に内在する痴愚を看過しているのである。だから，幻影を暴露すれば痴愚が暴露されることになるのだ。

民主政が機能しうるのは，われわれがそれの真相――つまり，それの反対勢力――に盲目な間だけである。民主政の真の性質を把握し損ねるということこそが，民主政そのものの一部を成しているのだ。われわれが真の事態を目撃するや否や，われわれの世界は瓦解してしまう。立憲君主政はごまかしなしには存在しない。見せかけ（立前）が政治秩序を制御しているのである。

ティル・オイレンシュピーゲルはヘッセン伯をどのように描いたか

ヘッセン伯が，ティル・オイレンシュピーゲル〔15, 16世紀の民衆本に出てくる主人公。農民出身の無類のいたずら者〕に，「ヘッセン家の貴族・伯爵と夫人たち」の絵で城の大広間を飾るよう命じた。ティルにはさらに，この伯爵がハンガリー王たちや幾多の王子と縁続きであるかのように描くよう指示された。

ティルとその愉快な仲間たちは，あらかじめ手渡された100ギルダー（グル

ヘッセン伯の傍にいるティル・オイレンシュピーゲル（初期の木版画）

デン）銀貨を浪費して時を過ごした。しばらくして，伯爵が仕事の進捗状況を尋ねた。すると，ティルは伯爵に対して，「庶出の者は誰も私の絵が見えないでしょう」と忠告してから，壁に掛けられていた白布をどけた。短い白棒を使いながら，ティルは伯爵家の人びとをローマの先祖にまで溯って説明し始めた。

　伯爵は内心思うのだった，自分は白壁以外に何も見えないのだから，売春婦の息子に違いない，と。だがこう言った，「親方，あんたの仕事はたいそう気に入ったが，これの深い意味を見抜く術(すべ)が私らにはないなあ」。

　そして伯爵はどの騎士が庶出なのかを見破るために，すべての騎士と一緒に戻ってくることにした。庶出の場合には，その騎士の領地が伯爵に返されるだろうからだ。

　その間，妻は八人の下女と一人の女道化師を引き連れてきて，職人の仕事を視察した。誰にも何も見えなかったが，みんなは意見を胸に秘めて知らせなかった。とうとう女道化師が言った，「うちはこれから生涯私生児呼ばわりされようとも，うちには何の絵も見えないわ！」それからティル・オイレンシュピーゲルは内心考えた，道化師たちが本当のことを喋り出したら，ずらかる潮時だ

第7章　立憲君主政体に内在する痴愚について　163

ぞ, と。

　ティルは民衆を騙すためにでっち上げの家系図を描いたのではない。彼はもっと巧みなやり方で仕事に着手したのだ。彼はみんなを騙すために, 何も覆っているわけではない白布の背後に, 権力の秘密は隠れているのだと偽り称したのである。事実, 真相は彼の語っていたとおりなのだ。カーテンの裏にわれわれが発見するのは, 欺瞞こそが権力の秘かな基盤だということなのだ。このことは, 政治秩序が崩れてはいけないのであれば, 内密にしておくべきことなのだ。見せかけが本質なのだ！ これが家系図, いやむしろ権力の反－家系図なのだ。権力の真相はカーテンの裏にあるのではなくて, その中にあるのだ。本質は布の外にあるのではない。つまり, カーテンに過ぎないということなのである。

　布は, 隠すべきものが皆無だということを隠しているようだ。カーテンの裏には見るべきものが皆無なのだが, われわれはこの無そのものを見破らなければならない。なにしろ, カーテンの裏にこそ, 幻影の可能性は潜在するからだ。カーテンは（内面の）投影を可能ならしめるし, それだからこそ, それを取り去れば必ず罰せられずには措かないのである。

　ティルが暴露しているのは, 見るべきものが皆無だということだけではない。カーテンの裏で, 伯爵の家臣たちが発見するのは, 権力の秘密がこの君公の崇高な人柄への彼らの魅惑, 彼らの茫然自失──世界の驚異──にあるということなのだ。要するに, カーテンの裏で市民たちがでくわすもの, それは自分たち自身なのだ。だが, 自分たち自身が権力の基盤を成しているとの発見は, 致命的となるのである。（このことを, 限度に到達して転倒する職業サイクリストと比較されよ。勝者のメダルが自分自身との格闘の口実だったのだと悟れば, 致命的となるであろう。）

　王権の根底の暴露は, 幻影と無知に終止符を打つばかりか, これらを基に打ち立てられている秩序にも終止符を打つことになる。論理的帰結として, 痴愚が機能するのは, それが見られずにいる間だけなのである。存在するということは気づかれないということなのだ。

君主の二つの本体

　君主が個人的魅力(カリスマ)を帯びるのは, 愚かな慣習や, 象徴的儀式のせいである。その権威の神秘的な基盤はここにある。君主をわれわれから剝ぎとるためには,

既成秩序を廃止するだけでよい。君主のカリスマ的な権威の背後にある機構(メカニズム)がさらけ出されるや否や，その権力は喪失する。君主の役割の空虚な，儀式性と，その人物の陳腐さにわれわれは気づくことになる。国民たちから死刑を宣告されることではなくて，同輩として扱われることこそが，国王にとっては最大の罰なのである。

「私がお願いしたいのは，彼を倒したり，彼をよろめかせたりすることではなくて，彼を支えるのを止めるということだけなのだ。そうすれば，彼はまるで巨像が台座を奪われ，自らの重みで埋まってしまい，ひとりでに崩壊するのを見ることだろう。」

エティエンヌ・ド・ラ・ボエシーが『自発的隷従についての説』(Discours sur la servitude volontaire; Contre un, 1576) の中で行っている，国王の象徴的役割とその人物との区別は，注目すべき現象を無視している。象徴的役割は君主の本体を，可視的な，一時的な身体と，もう一つの，無形なそれとに分割するのである。君主の有形の身体が突如崇高な本体の担い手になっただけではなくて，君主を君主として十分長く遇すれば，その日常の資質が実体変化を蒙り，驚異 (stupor) の因ともなるのである (Ernst Kantorowicz, *The King's Two Bodies*, Princeton, 1957)。

国王の本体は脆いからこそ，魅力を発揮して，人間的なものと神々しいものとの媒介者として作用するのである。日常のばかばかしい情念に巻き込まれた，街中の男のように行動すればするほど，それだけ国王染みてくるのである。この理由から，嘲りは彼の権力にとって脅威となるどころか，それを強化するのに役立つのだ。国王殺しですら，国王の神秘な本体に終止符を打ちはしない。この崇高な本体はなぜ出現するのか？　この魅力はどこに起因しているのか？

自発的隷従

諸君を支配している者には，二つの目，二本の手，一つの身体しかないし，諸君の町々の無限の夥しい，どんなに劣った市民にもないようなものは皆無なのだが，ただし，諸君が彼に授けている利点，つまり，諸君を滅ぼす力だけは別だ。諸君を密偵するのに十分な目を彼に与えてやらなかったとしたら，彼はそれらをどこで入手するのであろうか？

エチエンヌ・ド・ラ・ボエシー『自発的隷従についての説』
(*Discours sur la servitude volontaire*, 1576)

君主から脱するには，われわれはただ彼を——「解放行動によってではなく，自由でありたいという意志を表明することによってのみ」——ひとりの人のように扱うのを止めるだけでよい。誰でも自由を欲する人はそれを得られる。欲求と成就は同一のものなのだ。けれども，

> 人びとは自由を欲していない。そして私見では，それは人びとが自由を欲すれば手にしうるからとしか思えない。人びとがこの大きな価値をつかむのを拒否するのは，あたかもそれがあまりにも容易過ぎるからにほかならないようである。

われわれが欲しているのは，欲求ではなくて，それの成就である。成就は欲求の邪魔をする。それだからこそ，国王の臣下たちは自発的隷従の逆説に巻き込まれているのだ。そして同様に，君主と民主政との関係も説明できるのである。

われわれの「自由への乱暴な探求」を抑え，自らの意志を法となしている崇高な王は，民主政を救うための策略なのだ。民主政の邪魔をしている王という空想的な姿のうちに，われわれはこの体制の内在的失敗を外面化しているのである。王が民主政を妨げるということは，構造的に不可能なのである。こうして，われわれはこの障害がなければ完全に自由になるだろうという幻想を保持しているのだ。そうこうするうちに，われわれは王から脱するといういかなる考えも退けることになる。なにしろ，そんなことをすれば，国家統一の虚構が暴露されてしまうだろうからだ。君主が民主政を保証するのは，まさしく，社会生活の中に組み入れられ得ない人物としてなのである。民主政は大衆と，民主的秩序の不能性を体現する一主体との対照のなかでのみ栄えるのである。

君主の神秘な本体は，国家の不朽のアイデンティティーの明白な証明なのではなくて，民主政を規定している本質的失敗の明証なのだ。彼の魅力的な本体は，「無の何か」であり，具体化された民主政の否定性なのである。

自発的隷従は欲求を救う一つの道なのだ。反対に，権力への意志は消え失せ

ることになる。

正当化

王宮の秘密はそこにいかなる秘密もないということにある。

臣下としてのわれわれは，君主が君主そのものだとの幻想の犠牲者とならざるを得ない。彼の権力が盲目な崇敬に依拠していると悟れば，この権力に終止符を打つだけでなく，彼に支配されている国民にも終止符を打つことになるであろう。それだからこそ，君主は民主政にではなく，外面的権威——神であれ，神秘な過去であれ——に魅力のある権力を与えているのである。やがて，誰もが彼を信じ始めるのだ。

だが，このことはイデオロギーの終焉の時代でも当てはまるのだろうか？

皇帝の新調

立憲君主政の働きを見事に例証しているのは，ハンス・クリスチャン・アンデルセンの童話「皇帝の新調」だ。ある日，二人の悪党が織工を名のって，自分の占めている役職に不適格な者や，間抜けたちには目に見えないような，素晴らしいリンネルのつくり方を知っていると言い張った。皇帝はどの大臣が職務に不適格か，もしくは愚かさを知りたくて，自分にも新調してくれるように注文した。

もちろん，このジョークはそういうリンネルが存在しなかったし，皇帝が裸だった，というところにある。ところが，皇帝をも含めて，誰も間抜けと思われたくなかったものだから，あたかも皇帝が正装しているかのごとくに振る舞ったのである。

立憲君主政の論理はここにある。それは痴愚の隠蔽に基づいているのだ。つまり，君主が王らしくなるのは，われわれが彼を王らしく扱うからなのであって，彼が王として生まれついているからなのではない。反対に，皇帝は平凡な人物が，氏や出生といった格別高貴でもない過程を経て，国民の長として立つに至った者なのである。

とはいえ，われわれは君主が高貴な資質を備えているかのごとくに振る舞うし，したがって，彼の実際の役割には目を覆っているのである。本当は彼の役

Rex.　　　　　　　Ludovicus.　　　　　Ludovicus rex.

ウィリアム・メークピース（サッカリ『ルイ14世の戯画』より）

割は，純粋に形式上だけに過ぎないのだが，既成秩序を維持するのには役立っているのである。

　先の童話に従うならば，皇帝の関心は政治や軍隊や芸術や娯楽にではなくて，衣服にしかないのである。このことは，この皇帝が善良だったことを証明している。彼は自分の権力が内的資質にではなくて，外的な誇示に基づくことを理解していたのである。
　臣下たちもこのことを知っているかどうかを見破るために，皇帝は公けに姿を現わすたびごとに彼らを試したのだ。見かけを維持できる者だけが，社会の中で役割を果たすのにはふさわしい。反対に，愚者は礼儀作法の利点を理解できないから，君主に対して自ら受け取った反応をそのままにさらすのである。

　この童話はときどき誤解されて，無邪気な子供のほうが偽装だらけの大人世界より優れていることの例証として採り上げられることがある。"真相"を無作法にも表明するのは，子供たち，愚者たち，酔っ払いだけなのである。彼らの行動は，自分らの地位すらもおかげを蒙っている武力外交の仕組みを知らず

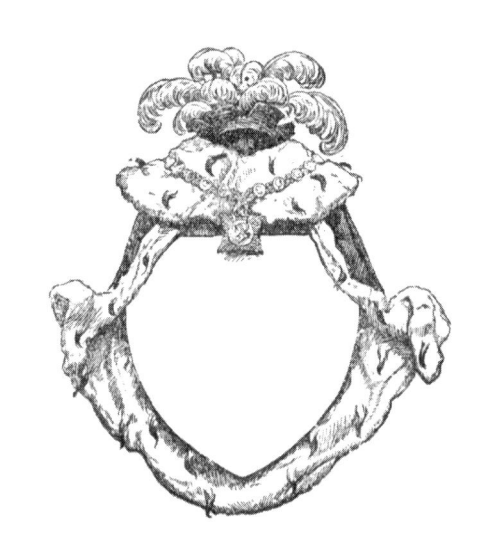

「皇帝の新調」のためのイラスト
（ハンス・テーグナー）
注目すべきは，皇帝の家紋が空白になっていることだ。家系はないのである

に，むき出しの真相に頑固にしがみついている，君主政体に批判的な共和主義者の間での啓蒙化された愚者連中にそっくりなのである。

共和主義が民主政にとって危険なわけは，国王を許容しないからなのだ。君主がいなければ，民主政は瓦解してしまうのである。

（ここで一つの論文を加えておいてもよかろう。それは現代美術が二つの能力，つまり，何が存在しないのかを見抜く力と，少なくとも，何かが見抜けるという素振りをする力——これら二つ，つまり，空想と其の同胞たる礼儀作法とは文明世界を団結している勢力なのである——これらの力を試す役割をしていることを論じたものである。教養とは，外見を保とうとする，多かれ少なかれ成功した一連の試みの所産なのだ。公衆が陳列された芸術作品に感銘を受けるという素振りをするだけのエネルギーをもはや持たないところでは，民主政も危険に瀕しているのである。）

ティル・オイレンシュピーゲルでさえ，権力が無に依拠しているとは主張しなかった。彼はそうする決意を公衆に委ねたのだ。彼の白壁は，「汝の舌に注意せよ。あまり喋り過ぎると，公共の秩序が崩壊するぞ」という警告だったの

である。策を弄して，ティルは廷臣をテストにかけたのだ。彼が試験したのは，市民たちの想像力，見るべきものが皆無なところに何かを見る能力，言い換えると，自分らの無知を自認するだけの礼儀作法，なのである。国家を団結させているのは，既成秩序が実際には嘘に基づいているのに，健全な根拠があるかのごとく行動する市民たちなのだ。無口のように振る舞う礼儀作法を欠いているのは，口のきけない者〔子供〕だけなのである。

仮想愚者

　織工たちは目にみえない布を詳しく述べて，あらゆる色の名称を特定したり，図柄を描述したりする。担当大臣がこの情報を皇帝に伝える。間もなく，みんなが，布を見ないのに，色彩が豪華だとか，素材の品質とかを話題にすることになる。「このお召し物は，ちょうどクモの巣のように軽うございます。お召しあそばしても，何もおからだにおつけにならないようにお思いでございましょう。しかし，これこそ，この織物のねうちなのでございます」〔大畑末吉訳，『完訳アンデルセン童話集』1（岩波文庫，1984年，163頁）〕。

　実際上，衣服はことば上でのみ存在しているのである。お喋りが極上の織物を織り上げるのだ。重要なのは，事実なのではなくて，言葉なのだ。噂という目に見えぬ布が，既成秩序を縛りつけているのである。

　皇帝の衣服が十分長いあいだ称賛されれば，誰もが結局のところ，それらの衣服の存在を信ずるであろう。こういう点からすれば，君主の構造は自己実現的予言の論理に従っていることになる。

　だが，ハンス・クリスチャン・アンデルセンの話はこれ以上に巧みである。皇帝の下臣たちは以下のように判断するのだ。つまり，自分らは狂ってはいないし，皇帝が素っ裸なことはよく分かっている。だが，君主たちは本当に王として生まれてきているのだ，と信ずる愚か者たちがきっと存在するに違いない。それでも，われらの支配者たちや騙されやすい大衆の犠牲になるのを回避するためには，皇帝の衣服をほめるだけの価値がある，と。

　ここにわれわれが直面するのは，要するに人間の痴愚という問題の総体である。愚者はいつでも「他人」なのだ。われわれは皇帝の衣服の存在を信じるほど愚かな，仮想間抜けを秘かに軽蔑している。でも，こういう非存在の間抜けこそが，われわれの行動を決定しているのだ。大事を取ろうとして，われわれ

は皇帝の目に見えぬ衣服をほめちぎり，こうして，われわれがみなそうなるのをひどく恐れている愚者に，われわれは確実になっているのだ。

　存在もしないのに，それでもその存在を感じさせている間抜けの逆説が，これなのだ。とはいえ，真の愚者は，存在しない仮想間抜けではないし，既成秩序の中に自分の居場所を確かめようとする，心配性の旅仲間でもない。真の愚者とは，目に見えない衣服の話を信じるのを拒否し，むき出しの真相にしがみつこうと決心し，存在しない間抜けの力を信じるのを拒否する，啓発された愚者のことなのだ。そしてこういう啓発された愚者こそが，君主政へ批判的な共和主義者の列に加わり，最終的には，肘鉄をくらうのである。

　君主の終焉も噂とともに始まる。傍観者は「ぼくは皇帝が裸であるのが見える」とは言わないで，「あの子は皇帝が何も身につけていないと言っているよ」という。噂と「他人」の力との間には密接な結びつきがあるのだ。オイレンシュピーゲルの物語におけるヘッセン伯夫人もまた，何も見えないと言いはしなくて，他人が何も見えない，と言ったのである——「主人にも私にも喜ばしいのだけれど，私たちの間で何の絵も見えないと言っている，愚かな女には喜ばしくないのだわ。私の女中たちも同じように言っているけれど」。そして，夫人は加えて言ったのである，すべては悪辣なトリックなのではないか知ら，と。

　ことばは幻影を生じさせるが，それに終止符を打ちもする。織物を引き裂くのは，経験的真実ではなくて，噂なのだ。

知らなかったのは誰か

　このジョークは，皇帝をも含めて，皇帝が素っ裸だということをみんなが知っているということにある。皇帝は裸だと公言する不運な子供は，みんなに明々白々の事実を暴露しているのである。だが，そんなに歴然としたことを暴露することが，どうしてひどい結果をもたらすことになるのだろうか？　それは，皇帝の終焉のみならず，帝国の終焉をも招いたからだ。みんなが知っていたのだとしたら，知らなかったのは誰か？

　古典的な回答では，君主によって体現されている国家が知らなかった，となる。君主たる者は，君主としては，聾・盲・啞のままでいなければならない。とはいえ，私人としての君主は好きなことを考えてかまわない。この二つを混同する人は異常者なのだ。

フェリシアン・ロプス『裸の皇帝の勝利』

君主は見掛けを維持しなくてはならないのであり，それだからこそ，素っ裸でも陽気に歩き続けるのだ。そして，忠実な家臣として，市民たちは彼と一緒に楽しまなくてはならないのである。みんながあたかも君主が着衣しているかのごとく行動する限り，国家は安泰なのだ。（反対のケースは連続テレヴィ番組 M* A* S* H* における登場人物クリンゲルであって，彼が除隊されるようにとの特別な目的で羽織っているガウンをみんなが見るのを拒む限り，規律は保たれるのである。）

痴愚の三期

　　　　　人はポモである（Homo pomo est）

　　　　　　　　　　　　　　　　　　　　　　　　　　　P・C・ホーフト

　ペーター・スロータダイクととりわけスラヴォイ・ジジェク（『彼らはしていることが分かっていない』 Ils ne savent pas ce qu'ils font, Paris, 1990）――このモロソフォス愚かなる賢者のひん曲がった著作に筆者は大いなる恩義を受けている――のおかげで，私は痴愚の展開に三期を特定できるのである。

　まず第一に，根本的な無邪気さを特徴とする古典的痴愚がある。ここには聖書にある言葉「父よ，彼らをお赦しください。自分が何をしているのか知らないのです」〔「ルカ伝」23-34〕が容易に当てはまる。愚者の現実像は事実に適合しないのだ。彼は頭を雲の中に入れて歩くのであり，ありのままの世界には盲目なのである。このヴェールを破り去ることにより，彼に赤裸々な真実を示してやることができる。

　反対に近代的痴愚に当てはまる格言は「主よ，彼らはやっていることを知りません，そしてこれはよいことなのです……」である。ヴェールは真の事態を隠してはいないし，それどころか，現実は幻影のおかげで存在するのである。つまり，見せかけがわれわれの現実を形成するのは，幻影が気づかれないでいる間のことなのである。理解は痴愚や幻滅に終止符を打つだけでなく，これらの周りを回転している世界にも終止符を打つことになるであろう。存在するということは知覚されないということなのだ（Esse est non percipi）。

　このことは，ラファエロの絵『フォルナリーナ』によって例証できる。この絵にある婦人は，透明なヴェールを裸の胸にまで引き寄せている。なぜヴェー

アドリアン・ポワルテル『混乱した世界の仮面』
(*Het masker van de wereld afgetrocken*, 1646) のタイトル・ページ
女王"世界"の仮面の裏には,魔女メドゥーサが隠れている。隠されている真理は,われわれを石に変えるかもしれないのである

ルなのか？　古典的な答えでは，このヴェールで彼女の腹部がますます魅惑的になっている，となる。だが入念に検討してみると，ヴェールは肌色をしているのが分かるし，そうなると，恐ろしい真実が現われ始めるのだ。ヴェールが隠しているのは，魅惑的な腹部ではないし，腹部は内臓を隠しているヴェールなのである。（このことで想起されるのは，美女とか美男子に出くわしたときに罪深い考えを抑制するためにイエズス会士が用いた文言，「人間は糞のつまった皮袋だ」である。）要するに，あまりに知り過ぎると狂人になる危険があるのだ。

　こういう痴愚形態も時代遅れになってしまった。両方の定義とも，愚者は現実を誤解するという古典的な考えに根づいている。現今では，われわれはポストモダン的痴愚（約言すれば，「ポモ」 pomo）の条件下に生きているのである。つまり，「主よ，彼らはやっていることを知りませんが，何とかそれをやっております」ということなのだ。痴愚は廃れてしまったかに見える。ポストモダニストは賢こすぎて，自分自身のレトリックにかつがれたりはしない。彼は啓発された愚者なのだ。彼は立前と本音との溝に十分気づいているのだが，それでもなお仮面にかけて誓っている。われわれはポストモダニストを，彼の盲点（つまり誤らないためにこらえているもの）ともはや混同するわけにはいかない。なにしろ，ポモがそういうことをすでに斟酌してしまっているのだから。

　政治を取り上げよう。政治屋は公然と大衆を騙している。誰も彼を信じたりはしないし，彼のほうでもそのことを知っているし，われわれは彼が知っていることを知っているし，彼のほうでもこういうことを知っている。このように万人に知れ渡っているのに，われわれはどこで痴愚を発見すべきなのか？　みんなが知っているとき，知らないのは誰なのか？

　どうやらわれわれはポスト・イデオロギー時代に入ったかのようだが，でもこういう混同は時機尚早であろう。ポモは基本レヴェルの痴愚を無傷のままにしているのだ。つまり，痴愚が作動するのは，現実そのもの，われわれが行っているものにおいてなのであって，われわれが行いつつあると考えているものにおいてなのではないのである。

　われわれに周知のように，君主の権力は或る種の交換に基づいているのだが，実地においてはどうかというと，われわれは国王があたかも人民の体現ででもあるかのように振る舞っている。われわれは実地においては道化師なのだ。痴

ラファエロ作『フォルナリーナ』(*La Fornarina*, 1519頃)
(ローマ,国立古典美術館所蔵)

愚は思考の中に潜んでいるのではない（われわれはそれ以上のことを知っている）。痴愚はとにかくそれを実行することの中に潜んでいるのである。

要するに，心理面で痴愚を探求することをわれわれは中止しなければならない。痴愚はこれに関していかなる個人的ないし任意的なものをも有してはいなし，正反対なのだ。痴愚は日常の実践において具体化されるのだ。痴愚が機械に委ねられうる限りでは，行動の中に潜在しているのである。

名声機械（当局の保証なし）

われわれの立憲君主政を維持するのを助けてくれる機械の働きを理解するために研究すべきは，ヴィリエ・ド・リラダン（Villiers de l'Isle-Adam, 1839-1889）の『栄光製造機』(*La machine à gloire*, 1883) に述べられている名声機械であろう。

話によると，男爵で技師のバティビウス・ボトム（「公益の使徒」）が発明した機械は，有機的手段で名声を生産できるという。だが，機械（物理的手段）で名声（知的な目標）を産出することがはたして可能なのか？　この問題を解決すべく，ボトムは雇われて拍手・声援を送るさくら連中を物色して，芝居に拍手喝采させ，これを成功させた。

いかなる名声にもさくらがいる。つまり，それの陰の面が，欺瞞，機械的トリック，無（なにしろ無は万物の始まりなのだから）において一翼を担っているのだ。

原則として，たった一人が公衆の面前で笑うだけで，聴衆全体が爆笑するに至るものなのだ。

また，われわれは何でもないことで笑ったり，あるいは他人の笑いに押し流されたりするのを嫌がっているからこそ，芝居が気晴らしになるのを許しているのである。

さくらは大衆が耳にすることの価値判断ができないことを生き写しにした顕著な事例なのだ。「劇場での名声にとってのさくらとの関係は，近親を奪われ

た者にとっての泣き女たちとの関係に等しい」。いわゆる原始社会では，最近親者のために，葬儀で泣くための女たちが雇われていたのだ。相続人たちは，より切迫した仕事——地所の配分——に出かけている間，他人によって義務を代行させたのである。ここではまた，ギリシャ悲劇における合唱隊の役割についても言及がなされるべきだろう。劇場にやってきた観衆は，自身の問題に押しつぶされていて，舞台上の登場人物に同情をかき立てられなかった。それだから，合唱隊が彼らの代わりに同情の気持ちを表わしたのである。

　ボトムは自ら，さくらをより確実な道具で置き代える仕事を引き受けたのだった。問題は，どうしたら多数の聴衆が感じている情緒が，機械による無骨な名声表現に採り入れられるようになるか，ということだった。

　ボトムが発明した機械は実際上，聴衆席のものである。そこで演じられるどの芝居も，メッキされた子供の彫像(プッティ)や女像柱(カリアテイード)によって，傑作として拍手喝采されるのであり，これらの口から笑い，むせび泣き，アンコールを求める叫び声が注ぎ出されるのだ。これらに加えて，亜酸化窒素や催涙ガスの詰まったパイプがしつらえられており，バルコニーには聴衆を揺り起こすための金属こぶしが付いており，また花束を飛ばすためのカタパルトまで用意されていたのである。

　それからさらに，この拍手喝采機械の使用を正当化する魅力的な現象が生起するのだ。個々人は世論を鼻であしらうことを好まない。誰もが確信しているのは，「あの人は出世している，だから，ばか者たちや焼餅焼きがいたとしても，あの人は有名人で有能者であるに違いない。安全を期して，ばか者に見えないためだけであれ，彼の側についたほうがましだ」という公理の真理である。これこそが，聴衆席の雰囲気をみなぎらせている隠された論法なのである。

　観衆はいかに頑固であろうとも，総体的熱狂や，周囲の出来事には易々と押し流される。事の成り行き (force des choses) とはそういうものなのだ。やがて当人も雷のような無批判な拍手喝采を送るであろう。彼はいつものように，大多数の者とすっかり同意見になる。できさえすれば機械そのものより大きな物音を立てたいところだろうが，自分自身に注意を引きつけるのが怖いのである。

今や名声が聴衆席に実際に入り込むのであり，そしてボトム装置の幻影的局面は，真理の輝きに溶け込むことにより消滅する。議会でのこの機械の使用が目下検討されている……。

現代の儀礼

女王の誕生日に全国的な祝典が催されても，誰も参加しない。
シモン・カルミヘルト

威厳とは？　批評家たちによれば，威厳とはショウ以外の何物でもない。王政主義者たちによれば，王家への言及だけで畏敬の念が生じる場合にはいつでも威厳が見いだされるという。私見では，威厳はみんなに明白な象徴の数々——国歌，国旗，記念タイル——に秘められている。君主がさまざまな表現を生じさせればさせるほど，その威厳は強まるし，君主が抱かせる尊厳はそれだけ深まるのである。

立憲君主政を声援するために，今日のわれわれには名声機械の完全版がある。儀礼に内在する痴愚は，テレヴィジョンに委ねられてきている。テレヴィジョンはわれわれになり代わった愚者なのだ。社会を団結させるための義務はテレヴィジョンがやってくれている。

それで，オランダの一つの町が毎年選ばれて，残余の国民に代わって女王に敬意を払うことになる。女王がその町に訪問するありさまはテレヴィジョンで実況中継される。だが原則として，毎年同じテープが放映されてもかまわないであろう。テレヴィジョンで女王への国家的儀礼が放映されているのを知ると，われわれはスイッチを切っても気にしないでおれる。テレヴィジョンは議論に動かされない。このように，立憲君主政の未来は保証されているのである。

どうか私を誤解しないでいただきたい。私は君主政であれ民主政であれ，これを攻撃しているのではないし，また，立憲君主政に秘められている二種の痴愚の結びつきを攻撃しているのではさらさらない。また，私は不合理を支持しているのでもない。私が注目しているのは，われわれの生存の中核に所在せずには措かない白痴性を埋め込んだ儀礼的な愚行が不可欠であるということだけなのだ。われわれは世界の虚構性を決して忘れてはいけない。みんなが何事も自明だと思うところでは，真の痴愚が支配することになるのだ。

フムバー
「時はゆっくり流れる」
(*De Harmonie*, 1998)

フムバー

最後のコメント——笑いのかん詰

　ヴィリエの伝統に則って，スラヴォイ・ジジェクはテレヴィジョンによる笑いのかん詰という機能を説明している。こういう笑いは何のためなのか？　第一には，われわれ自身がいつ笑うことを期待されているのかを教えてくれる。笑うのは義務なのだ。もし汝が賢ければ笑え (Ride, si sapis)〔マルティリアーリス『エピグラム集』Ⅱ, 41, 1〕。
　あなたは笑うことにより，ジョークが分かること，一座の仲間にふさわしいことを隣人たちに示すことになる。笑いは物知り顔の人たちの間にきずなをつくりだす。われわれが視聴しているものが面白いという振りをする，すると，このまやかしは社会を団結させるのだ。
　しかも，これがすべてなのではない。ほとんどの時間，われわれは笑わないからだ。だが，このことは災いなのではない。笑いのかん詰はわれわれを笑う義務からさえ解放してくれているのである。このかん詰はわれわれのために笑うのだ。だから，われわれの心がその中にはないにしても，また，ばかみたいに画面を眺めていても，それでもあとからわれわれはこう言えるのだ。——笑いのかん詰のおかげで，すっかり楽しませてもらったわい，と。その間には，全然別のことを考えたり，放心したり，哲学的散歩を企てたり，役者たちに共

感したり，何でもすることができるのである。

　ヴィリエ・ド・リラダンのもう一人の主人公アクセルのモットーは，「生きるということは，われわれの僕たちがわれわれのために為してくれる何かである」というものだった。この格言に沿ってこう言ってもかまわない——笑い，泣き，同情を示すことはわれわれの機械がわれわれのために為してくれることだ，と。機械がやってくれる愚かな儀式のおかげで，われわれの世界は団結されているのである。

　ちなみに，テープ録音された笑いを用いて，喜劇番組の間に視聴者がとる行動に関しての調査が数年前に行われたことがある。その結果判明したのだが，視聴者たちは笑い転げたと後で思ったのに，聴衆のヴィデオテープはその逆を証明していたのである。

　われわれはテレヴィジョンに映される世界を割り引きして視聴している。啓発された愚者として，われわれは椅子に深く座りくつろぐ。愚かであることは，世間がわれわれのために為してくれる何かなのであり，こうして，われわれを世間に賢く見させるのである。われわれは皮肉な距離を保ちながら，愚劣なショーを眺めているのである。

　それでもやはり，この大じかけのジョークがわれわれの行動や思考（その中には，世間は愚かであり，われわれ自身は啓発された視聴者だ，という考えも含まれる）を形成しているのである。

第8章　ダーウィン賞

第1節　エクスタシー

推薦権

　インターネットを介して毎年ダーウィン賞を授与されるのは，生殖過程から劣弱遺伝子を何気なく除去することにより，進化に計り知れないほど貢献した人びとである。受賞者たちは死んでいるのが常だから，賞金が手渡されたためしはない。最近，痴愚の結果として不妊にされたり，去勢されたり，もしくは生殖上の挑戦を受けたりしてきた人たちも，この賞の適格者にされてきた。
　候補者たちとして提案されるのは次のカテゴリーによる——試合や娯楽，仕事や産業，武器や爆発物，恋愛，自殺，狩猟，罪と罰，交易，宗教，治療。受賞者たちとしてはつぎのような人びとがいた。

　64歳の咽喉癌患者エイブラハム・モーズリー。彼はフロリダの或る病院で葉巻に点火しようとして，首の回りの包帯やパジャマにまで火をつけてしまった。彼の声帯は除去されていたから，助けを呼べなかったし，生きたままベッドで燃焼してしまった。

　渓谷の深さに照らしてロープの長さを測っておいていたのだが，ロープが弾力性のあることを忘れたバンジー・ジャンパー。

　毎日，キリストの足跡を辿り，水上を歩こうと企てた，ロサンゼルスの一キリスト教宗派のリーダー。彼は1999年11月24日，湯ぶねの中で練習中，石鹸1個の上で滑って，不慮の死を遂げた。

　朝の祈祷のせいでほかのどこよりもイスラエルでは早く始まる冬季時間に

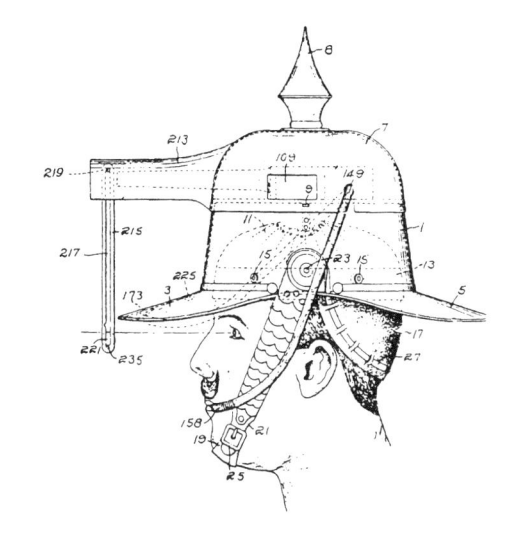

アルバート・B・プラットの狩猟用ヘルメット。1915年ニューヨークで特許を与えられた。

英国特許局
協定日（合衆国），
　1915年7月14日
出願日（連合王国），
　1916年7月11日
　　　　第975916号

　時計を合わせてから，爆発物を持ってイスラエルに出発した3人のパレスチナ・テロリストたち。ところが，時限爆弾は夏季時間に合わされていた。被占領地域のパレスチナ人たちは彼らのいうシオニスト時間で生活するのを拒んでいるからだ。結果，爆弾は意図していたより早く破裂したのであり，テロリストたちは爆風で飛ばされたのだった。

　回転式連発ピストル（リヴォルヴァー）を装備した狩猟用ヘルメットの発明家，リンドン・アルバート・B・プラットは，変わることのない優勝候補である。歯でコードをぐいっと引くことにより，着用者は弾丸に点火できるのである。なぜこの仕掛けに特許が与えられたのかは謎だ。実験材料にされた人の首は，最初の一発が発射されたとき反動で砕けてしまったに違いないのだから。このヘルメットは自殺を助ける特許なのである。

　受賞者各位よ，おめでとう！　これらの実例は，痴愚がわれわれの文明を動かし続けていることを不気味かつ見事に証示しているのである。

第8章　ダーウィン賞　183

文明の基盤としての痴愚

　痴愚は無意識な自滅である。自己の最上の利益に反する行動をする能力なのであって，はなはだしきは死に至る。この才能は人間に独特のものなのだ。手始めに，人間は生まれたときに泣き叫んで，野獣の注意を引きつけるほど愚かな唯一の種(しゅ)なのである。かてて加えて，人間は青黒い紫色で生まれてくるから，潅木の間に姿を消すのに必要な保護色を欠いている。しかも，人間は生まれたときに歩けない少数の哺乳動物の一つなのである。

　なお悪いことに，動物たちは自衛本能を保持しているのに，人間は自己の生存や自己の種の生存を気まぐれに危うくすることもできるのだ。種族・国家・性・宗教に関しての失望のせいで，われわれは自分自身や仲間の人間を犠牲にする覚悟ができている。

　一方では，痴愚は文明にとり日々脅威となっている。他方では，痴愚はわれわれの生存の神秘的な土台を成している。なにしろ人は自分自身の痴愚の犠牲に陥ってはならなかったとすれば，自らの知性を展開せざるを得なかったからだ。われわれの痴愚を制御しようとしたあらゆる方策が結合して，われわれの文明を形成しているのである。文化とは，あらゆる国，あらゆる時代に見いだされる自滅的な狂気と真剣勝負しようとする，多かれ少なかれ失敗した一連の試みの，時間および場所に条件づけられた所産なのである。

一触即発の混合物

　痴愚は人をして知性を展開することを強いるが，知性は自衛を保証するものではない。実際，知性は痴愚を煽りたてることもできるのである。こういう混合物のもつ爆発性がもっとも顕著に現われるのは，敵愾(がい)心においてである。あまり顕著ではないが，痴愚はわれわれが幹線道路でやらかしているもやもやした内紛でも表面化する。これが世界中に広がって，毎年何十万もの死者を惹起しているし，無数の重傷者は言うまでもない。（ちなみに，パラリンピックの競技会出場者の70％は道路事故の犠牲者である。）こういう慢性的な惨事は，飛行機の墜落のような，一度限りの目立つ災厄ほど印象を与えない。

　痴愚と知性との爆発的な混合は，テクノロジーの進歩でも見いだすことができる。

ニコチンの乏しいタバコが，葉巻の消費を倍加した。

　エネルギーを節約する白熱電球が主に用いられているのは，庭園の装飾用照明のためである。

　エアバッグとシートベルトを着用したドライヴァーは，平均20％もスピードを出して運転している。

　縞模様横断歩道は，歩行者を巻き込んだ事故を多発させている。

　猛スピードで車を飛ばす人びとが警察のカメラを破壊するのを妨げるために，スピード違反監視カメラの上にレーダー受像機を備えるためのカメラが取り付けられてきた。

　自動車の車台が頑丈になるほど，内部に閉じ込められた死傷者を解放するのが難しくなっている。

　空調設備はオゾン層に悪影響を及ぼし，温室効果の一因になっている。換言すると，オフィスの冷房は大気を加熱させるのである。

　狂牛(病)は屠殺業者の廃物を再利用した結果である。

　コンピューターの導入以来，オフィスにおける紙の消費は増えた。

　膝を守るのを目的としたクッション付きジョギング・シューズの開発は，ヒップの痛みを増してきた。

　複雑な問題をより早く解決するためのソフトウェアが開発されるにつれて，小さな欠陥が今やより深刻な結果を招いている。

　水道水を浄化するためのフィルターが，バクテリアにとっては理想的な繁

殖の場であることが判明した。

　衛生の向上は細菌にかかりやすくさせている。バクテリア感染をうまく抑圧した結果，エイズ／ヒト免疫不全ウィルス（HIV）のような，新たなウィルス性感染の拡散の一因となっている。

　サンローションは今日では，皮膚癌を引き起こすと言われている。

ほかでも，賢明なる痴愚は現行犯逮捕が可能である。

　システィーナ礼拝堂におけるミケランジェロの修復壁画はあまりに大勢の訪問者たちを惹きつけた結果，湿気が高まり，温度が上昇し，空中にサルファ剤が濃縮して，礼拝堂の中に目に見えぬ酸性雨をもたらした。洗浄が汚染を惹起しているのだ。

　第5号路面電車線路，アムステルダムの通称「快速線」(snellijn) は，通常，混雑している停留所を通過運転している。乗客が不平を言うと，公共運輸局は説明するのだった——市電が各停留所で乗客を乗せると，時刻表を維持できなくなるでしょうが，と。

　致命的な痴愚を根絶するのは，人類を根絶せずには不可能だが，こんなことは痴愚の二乗に等しいであろう。唯一の解決策は，痴愚を処理するための永続的な新方策を考えだすことにある。このように考えてみると，痴愚はわれわれの文明を作動させるエンジンなのである。

悪賢い痴愚

　痴愚と真剣に取り組むためのもっとも大胆な策略の一つ，それは隣人愛の最高の表現として自己犠牲を促進することである。ほとんどの宗教で殉教が重要な役割を演じているのは理由のないことではない。これは痴愚の勝利なのだ。
　過去の飢えた大芸術家たちのことを考えてみられたい。欠乏の時代には，高慢な人も貧困を美徳につくり変えている。飢餓が自己鍛練，倫理的理想として

表わされている。今日では，われわれはエステの理想としての断食に慣れている。そのことは，美しさの典型として細長いステージを気取って歩いて下りる極端にやせたモデル——流行の痴愚——が証明しているとおりである。

　虚偽の立証を科学的真理の規準とすることにより，われわれは自滅を進歩への一歩に変えるのである。科学者はどんな実験によっても自説が反駁する〔それが偽ならば矛盾に陥ることを証明する〕ことができることを細かく述べるよう，求められているのである。

　われわれが築き上げてきた理想的な数々の制度の究極目的は，制度自体を解消することにあるのだ。

　エラスムスによると，痴愚が至福と化すのは，人が神に夢中になるときである。こういう神秘体験は，一時的な狂気と区別がつかない。神がかりの神秘家は，ちょうど狂人みたいにわれを忘れている。恍惚状態の中で彼の霊魂は一時的に身体を離れて，欲求していた至高対象と融合するのだ。人の神への情熱的な憧憬は，男女間の愛に似ている。つまり，恋人たちがエロチックな経験に夢中になり，再び相手のうちに自己を悟るようなものなのだ。霊的な法悦のうちに，キリスト教徒の愛人には，永遠の至福の前触れが授かるのである。エラスムスはこれをエロチックな狂気と呼んでいる。

　エラスムスによると，聖なるエクスタシーは神秘家たちだけに留保されているのではなくて，それは本を読んでいてわれを忘れる人なら誰でも経験しているという。霊にとらわれた，選ばれた聖書釈義学者の生涯は，驚愕，霊的陶酔，法悦で特徴づけられる。「それらに敬虔と尊敬をもって接近するなら，あなたは神により言いようもなく鼓舞され，摑まえられ，捕らえられ，高められたのを感じるでしょう。あなたはあのもっとも金持ちのソロモンの富，永遠の知恵の隠れた宝を見るでしょう」（M. A. Screech（英訳），Erasmus, *Ecstasy and the Praise of Folly*, London, 1988, p. 239）。

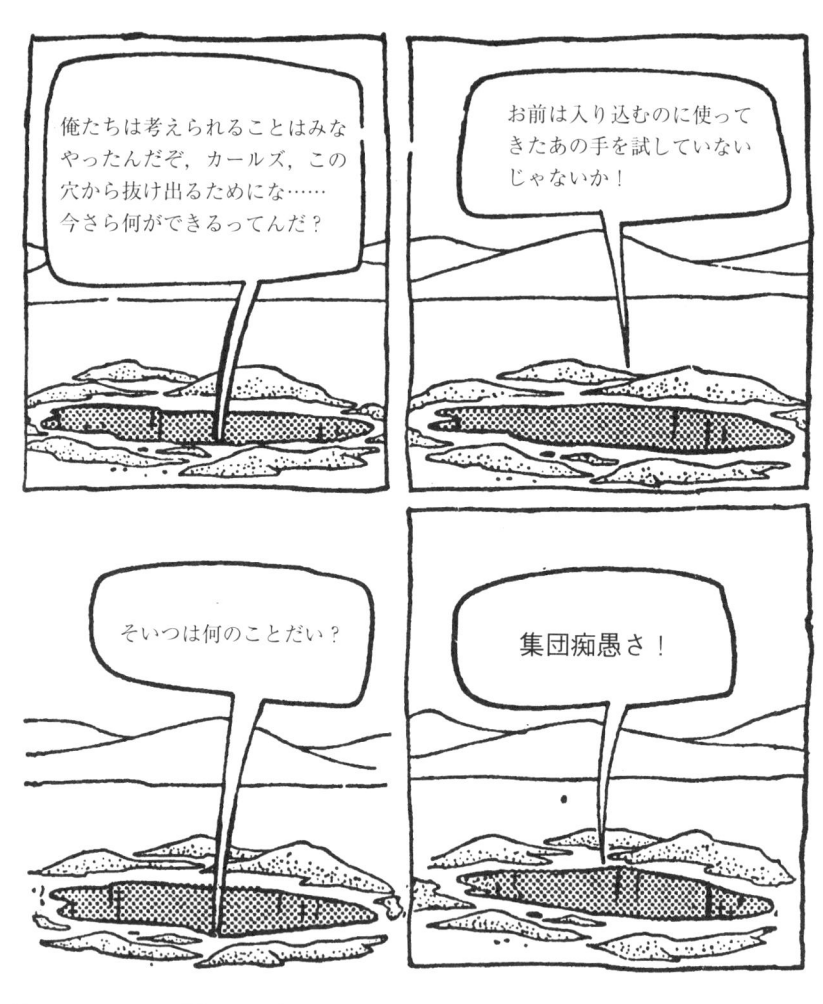

ジョニー・ハート「俺たちは考えられることはみなやったんだぞ」――『ヘイ！ ビー・シー』(*Hey! B. C.*〔1958〕, London, 1971)

第2節　失われた環(ミッシング・リンク)

過　失

　人種の起源に関するどの神話も，人間がもはや一介の動物ではないが，まだ人ではなかった中間段階のようなものの存在をほのめかしている。
　唯物論は，突然変異，自然の過失，奇怪な逸脱が，人間という動物に理性(ロゴス)を発達させるよう強制して，損害を制限するようにした，と仮定している。
　観念論学派によれば，われわれの一切の混乱は，プロメテウスによる火の盗みが証示しているように，ロゴスの導入や，アダムの堕罪とともに始まった。前者の場合には，人間という動物に，グノーシス派がときどき"気息"(プネウマ)として言及してきた魔力的な火花が手渡されたのである。後者の場合には，人は率先して禁断の木の実を食べたのである。いずれの場合とも，自然の（神秘な）法が破られたのだ。自衛本能を目的とする動物の自己中心癖が，自然を怪奇な法則に服従させる自滅的な自己中心癖に変えられたのである。
　ロゴスの獲得とともに，事態は自明であるというわけにはゆかなくなった。人間はその有限で，死すべき，あまりにも人間的な性質に縛られているから，決して完全には理性的になり得ないという，決まり文句とは反対に，理性のほうは，人間が人となるのを妨げているかに見える。本能に盲目的に従っている動物たちとは違い，人は構造的に自分自身から疎外されているのである。
　ロゴスは人という動物の生命維持に必要なリズムを妨害する寄生的な存在なのであって，そのリズムを自律的法則に服従させる。ロゴスは自然発生的な感情や洞察を，われわれの自然な要求とは反対の，既成のパターンに置き換えるし，結果としてストレスをもたらす。人間化は不具化なのだ。論より証拠，アライグマ，インコ，魚，その他の飼いならされた動物の強迫神経症を見られたい。第一番の例は，よく訓練された馬——倒れて死ぬまで，主人を果敢に運ぶ——である。誇り高い馬がその動物性をなくしてしまい，もっとも名誉ある形で自滅的な痴愚を証示しているわけだ。
　人は痴愚によって焼き付けられている。だが，ロゴスは彼の痴愚の原因なのか，それとも，痴愚への反動として現われたのか？

（文体上の理由で，私は特に断らない限り，ロゴス，理性，理解力，知性，知力を同義語として用いている。アリストテレスの理性的動物 (animal rationale) としての人なる定義を用いて，私はこれらの用語を，人と動物とを区別する認識力の多種多様なしるしと見なすことにする。「智者には十分なり〔一言で足りる〕」Sapienti sat est.)

禁断の木の実

まるで痴愚をロゴスと区分する境界が存在するかのように，痴愚が知性に先行するとか，その逆も可だとか考えるのは幻想だ。痴愚と理性とは相互がなしではすませられないのである。人間の原罪を取り上げてみよう。善悪の知識の木から木の実を食べることにより，アダムは洞察力のようなものを獲得して，自らの行為を振り返ったり，それが愚かで邪悪だったことを悟ったりすることができた。笑いの誕生から分かるように，この過失により，人は自らの失敗を自覚した動物となったのである。

ビュリダンのロバ

愚者は生業を変えたがる (Stultus semper incipit vivere)

目の前にはリンゴの入った袋がある。そのうちから1個だけ取り出すことができる。外部の強制なしに賛否両方を考慮してから，自由に選べる。けれども，ある時点で私は結び目を切らざるを得ないか，さもなくば，〔飢え，かつ渇いているロバが干し草と水とのどちらも選べないという寓話にあるように〕同一の二つの干し草の山で選べなくて飢え死にしたビュリダンのロバみたいにやってゆくであろう。

いかなる展開も盲目な選択，軽率な決定（明らかな原因に帰することのできないもの）から発している。不十分な動機の原理——私がそうしたのは，何か特別な原因があってのことではない——が，因果性の鎖を破るのである。

けれども，未分化な全体のうちの多くの局面から一つだけを盲目に選択すれば，混沌から新しい秩序が生じてくるのだ。

より劇的な言い方をすれば，痴愚はいかなる決定にも作動しているのだ。われわれは決心するたびごとに，白痴行為の深淵を開くのである。いかにつまら

ぬ選択でもすべて，暗闇への跳躍なのだ。

空中楼閣

> かつて言われたように，惑星を動かすためにはてこの地点を見つけるだけでよい。だから，私も完全だった心をひっくり返そうとしていて，てこの地点を見つけねばならなかったのであり，その地点は痴愚だったのである。
> スタニスワフ・レム『宇宙創世記ロボットの旅』(*Cyberiada*, 1965)

　ロゴスがロゴスの姿を帯びる前に，われわれはそれの非合理的な根っこを捉えようと試みなければならない。われわれが現実と真剣に取り組もうとするための手段たる論理的概念はいずれも，構造的に愚かなのだ。思慮分別をナンセンスに変えようとする企てはすべて狂気である。秩序の無理強いはどうしても秩序を崩壊せざるを得なくする。痴愚がロゴスに付着するありさまは，何か隠れた原罪が人に自分で証明するように強要し続けるのに似ている。人は考え始めるや否や，堅固な地盤が足下からすり抜けてしまい，何とかして空中に楼閣を建てざるを得なくなるのである。

　そこにこそ，ことの要諦はあるのだ。われわれの思考は痴愚に根ざしているのだ。この非合理な中核は，可能性と不可能性との必要条件（sine qua non）であるし，われわれのエネルギーの源であり，また，われわれの生存にとっての絶えざる脅威でもある。痴愚なくしては，ロゴスは瓦解するであろう。痴愚はわれわれにわずかな自己認識——いかにずたずたにされたものであろうとも——に到達することを可能にしてくれる。要するに，痴愚には肯定的な機能があるのだ。だが，痴愚はいったん優勢になるや否や，有益な衝動からすべてを破壊させる力へと変わるのである。

　このことは，ラモン・リュルの結合法（ars combinatoria）やスコラ学者たちのロバの橋（pons asinorum）の伝統に立って，本書のいたるところで分析されているのをわれわれが見てきた，パラドックス・マシーンの各部分をわれわれに入手させてくれる。別のケースは『ニューヨークへの敬意』において自壊するために建てられた芸術家ジーン・ティングリーによる美術展である。わざわざ生命を縮めることにより，この芸術作品は芸術品を規定する標準の土台を浸食するように企てられていた。展示がなされたのは1960年3月17日，ニューヨーク近代美術館の彫刻庭園においてだった。見事な失敗となった。なにしろ，

「知恵が自分の邸宅を築いたのだ」(Sapientia edificavit sibi domum)——1304年にカタロニアの神秘家ラモン・リュルの書いた論考『知性の上昇と下降について』(*De ascensu et descensu intellectus*, Valencia, 1512) の木版画(題扉)より。三重の知性"階段"が導入されている。二つの同心円の左側の円盤の傍には8個の段から成る階段知性の階梯 (*scala intellectualis*) があり、この上には、存在の偉大な連鎖の諸カテゴリーが階層秩序で割り当てられている。各段に示された主体・客体が右側に証示されている。これらの段は(下から)石、炎、植物、動物(ライオンが例にされている)である。これらの低い段には明白な自然界が含まれている。その次には人がきている。人は自然界に住むのだが、それでも、天賦の理性のおかげでより高い段に到達している。次の段は天国であって、天使と神のための席である。最後の段は知識の城——至高善 (summum bonum)——に通じている。

リュルのコメントによれば、「われわれは不完全から、完全へ登れるようにと出発するのだが、逆に、われわれは完全から不完全へと落下することがありうる。階段の底にいる新修道僧の掲げる標識には、知性の紐帯 (Intellectus conjunctus) が読み取れる。これは、新修道僧の求める"完全な思慮"を示唆している。版画の頂にある旗には、『知恵が自分の邸宅を築いたのだ』とある。

自転車の輪，チェーン，取り壊したピアノから成る巨大な機械仕掛けは，時期尚早につぶれてしまった……からだ。

門番

知識の城が頭が変にならずに空中に漂っていることを証明するためには，なにもその城の外に出るまでもない。知恵の痴愚をさらそうとするいかなる企ても底知れぬ愚行であって，われわれの思考を危険にさらすことになる。知恵の痴愚へは，詭弁，ジョーク，逆説といった，思考経路の数々の不条理な営為を通してのみ接近できるのである。

私は誰か？

> 時間とはなんであるか？　誰も私に問わなければ，私は知っている。しかし，誰か問う者にも説明しようとすると，私は知らないのである。
> 聖アウグスティヌス『告白』〔服部英次郎訳（岩波文庫（下），1976年，114頁）〕

時間に関する聖アウグスティヌスの言明の異形を用いてわれわれはこう言えよう——私が誰かと誰も尋ねなければ，私は答えを知っているのだが，でも私が説明しようとするや否や，私はもう知らないのである，と。「私はそもそも自分のすべてが分からない。心は狭すぎてそれ自身を把握できない。だが，人が自分自身を理解していないとは，どういうことなのか？　自分の外にあるものであって，内部にあるものではないのかも？　私は驚き，深い驚きで満たされる。私は当惑するばかりだ」（『告白』）。私の正体についての質問は一つの障害となり，そのために私はもはや自分自身が分からないのだが，他方，私は誰なのかについての知識は私を変貌させる。自己認識は自分を知るのに邪魔になるのだ。

ボイオティアのスフィンクス

「四本足，二本足，三本足でも進むが，多くの足で進むほど弱くなるのは何か？」テーベのスフィンクスのこの謎に答えられない者は深淵に投げ込まれた。オイディプスは答えた——幼児，大人，老人としての人間だ，と。人類に対するスフィンクスの力は途切れ，スフィンクスはどん底に身を投じた。

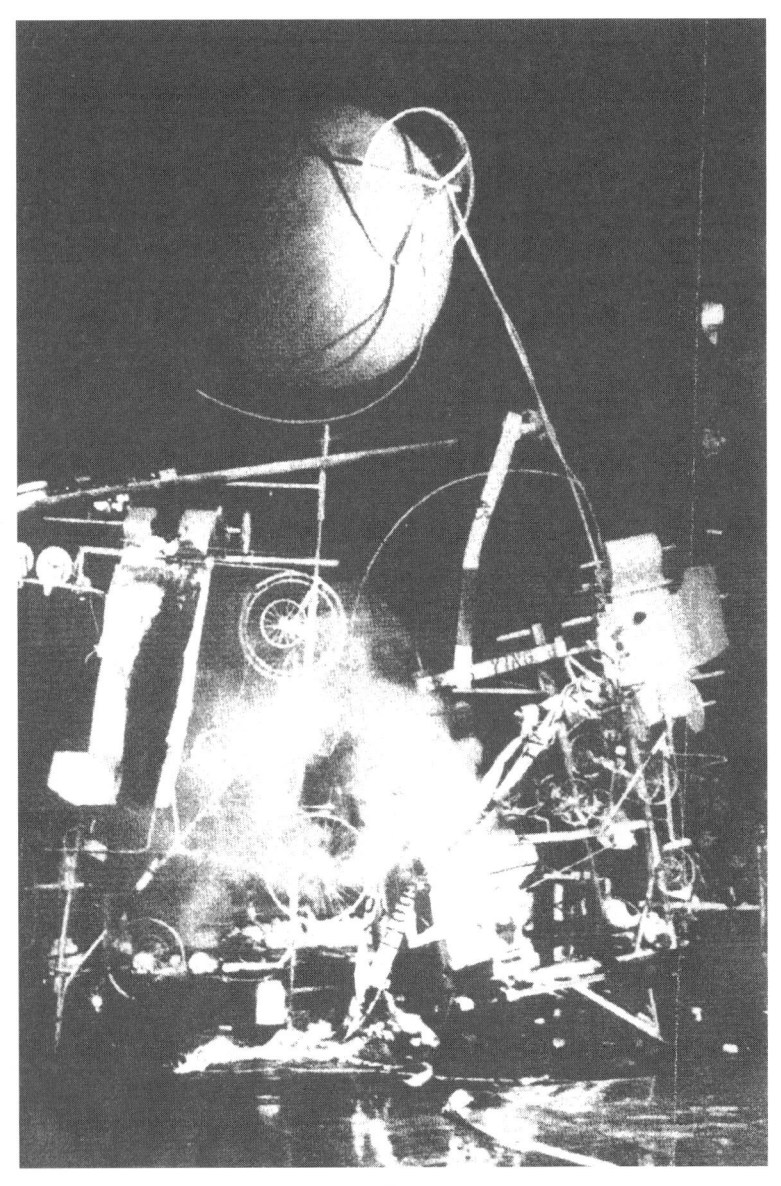

ジーン・ティングリー『ニューヨークへの敬意』
1960年3月17日，ニューヨーク近代美術館の彫刻庭園に展示された，自壊的な芸術品

この話は迷信からの解放の一例としてよく読まれている。人間がひとたび自分自身を発見するや，神話は深淵の中に落ち込むのである。
　だが，オイディプスの答えは正しかったのか？　どんな災厄が続いたのか？　テーベは疫病に取り憑かれた。カドモス家は滅んだ。オイディプスは父親を殺害した。イオカステは息子と結婚したのだということを発見すると自殺した。二人の間の息子たちはお互いに殺し合い，娘アンティゴネーは生きたまま墓の中に閉じ込められ，そこで首吊り自殺をした。一説では，スフィンクスが尋ねていたのは人間自身についてではなくて，自分の存在についてだったらしい。
　避け難い謎の解決は，一つのトリック，ジョーク，言い回しなのであり，そのおかげで質問がそれ自体の答えとなるのだ。つまり，人間とは，怪物たちや，彼らが人間に課す謎に直面したとき途方にくれる何者かなのである。
　ケベスの倫理学書『板に描いた絵』（*Tabula Cebetis*）によれば，スフィンクスは痴愚の擬人化である。

人の存在

　　　汝の人となりになれ！
　　　　　　　　　　　　　　　　　　　　　　　ピンダロス

　痴愚は人の独自性の基盤であるとはいえ，人が理性的になるのを妨げる。賢いヒト（Homo sapiens）として人間を規定しているのは，その痴愚への無条件の茫然自失なのだ。人はその数々の失敗への恥辱，激怒，悔恨で形づくられているのであり，彼はこれらで絶えず自己証明するようにせき立てられているのである。人は自分自身のイメージに応じて生きようとする空しい努力の中で人となる。これに照らして見るなら，人間自身は動物とヒトとの間の失われた環なのだ。だから，われわれは悪循環の部分なのである。人は，人となるのを妨げている痴愚との闘いの中で人となるのだ。
　要するに，思考は性格が忘我的なのだ。つまり，われわれの精神は，人の特徴であると同時に，人には相容れない，狂気への反作用として形づくられているのである。人は定義上，自分自身をはずれている〔気が違っている〕のである。
　他方，真に自分自身である人は，現世のものではない。誰でも自分自身を見

いだす者は，救いがたく途方に暮れる。ちょうどレーシング・サイクリストが限界にぶつかるや否や崩おれるのに似ている。臨死体験を別にすれば，自我接近体験ほど当惑させるものは皆無だ。

過つは人 (Errare humanum est)

> 私の内部には愚か者が居る。この者の失策から学ばねばならない。
> ポール・ヴァレリー『ノート』(*Cahiers*, 1910)

「過つは人」という陳腐なきまり文句が人の弱さへの寛容を反映しているのは明らかだが，実際には人を定義しているのである。つまり，人が動物たちと違うのは，その優れた知恵のせいではなくて，その痴愚，自らつくった幻想に陥るその能力のせいなのだ。ロバとは違い，人は同一の石に繰り返しぶつかってゆく。人は歴史から何も学ばないで，同じ間違いを際限なく繰り返すよう宿命づけられているのである。

他方，人はその過ちやこれにともなう恥辱を，教会の多くの支柱や公衆道徳へ変えてきた。科学は過ちを真理への道として受け入れてきた。もっと激しい言い方をすれば，われわれはあたかもわれわれのへまが選択契機であるかのように，これを楽しむことを学んできた。われわれが不快を楽しむことは，喜劇や悲劇が証明しているとおりである。

どじ

BBCのもっとも人気のあるテレヴィ番組の一つは「おばちゃんのどじ」(*Auntie's Bloomers*) である。この中では，視聴者たちに見せられるテレヴィ・シリーズやニュース放送からの抜粋は捨てられねばならなかったものである。というのも，場面の一部が失敗していたり，ジャーナリストが行を間違えたり，あるいは役者が戸口の上り段でつまずいて転んだりしたからである。

この番組が評判になっているのは明らかにタブーを破っているからである。成功において失敗が演じる隠れた役割を暴露しているのだ。けれどもどじはその破壊力を失ってしまっている。周知のように，いかなる勝利でも浮き沈みからできているのだ。このことが暴露されると，われわれはその結果に見とれるようになる。だからこそ，トミー・クーパーはその手品の秘密を明らかにして

シャルル・ド・ボヴェル『知恵の書』
(*Liber de intellectu*, Paris, 1510) の題扉の木版画。

左側には，目隠しされた運命の女神（フォルトゥーナ）が，落とし穴の上で揺れている球に座っている。彼女が手にした運命の輪には，王，落ちかけた王子，奴隷，王子の席を占めようとする誰かが居る。

右側には，鏡を手にした知恵（サピエンティア）が堅い王座におさまっている。ボヴェルによれば，人は自らの痴愚により自分自身から疎外されているという。人は自分自身であることを止めたのだ。かつては人は神の似姿だったのだが，王座をそれてしまい，畜生道に落とされたのである。「人は人の正反対になってしまった」。愚か者はその日暮らししており，時間を空費している。宇宙秩序における自らの正しい場所を心得ている知恵だけが，人の生涯にバランスと方向を授けてくれるのである。自己認識は $\varphi\iota\lambda\alpha\upsilon\tau\iota\alpha$（自己愛）をもたらす。「自身が人間だと知る者だけが人なのであり，自身と合意しているのである」。

第8章　ダーウィン賞　197

も，その魔法的効果を壊さずにおれたのである。実際，へ̇ま̇そのものが主たる魅力になったのだった。
　ど̇じ̇がわれわれに秘密にしているもの，それは何が成功し何が成功しないかを決める無気味なメカニズムの一端なのである。スクリーンのかげで糸を引く実体のない力について何かが分かるためには，われわれはテレヴィで示されるものを決定している専横な視聴統計のことを考えるだけでよい。もっとも，われわれを代表してテレヴィ番組を観たり判断したりしている実験材料の人びとのことは誰も知らないのだけれども。
　喜劇シリーズからのどじは，特別な一つのカテゴリーを成している。厳密に言えば，われわれの笑いは，しくじったジョークに向けられているのだ。この笑いは，わけもなく笑うよう子供に求められて，父親がこの要求の馬鹿らしさに吹き出すさまをひどく思い出させる。
　この場合には，潜在的な注文が表面化するのだ。われわれが笑うのは，ジョークがおかしいからなのではない。ジョークがおかしく見えるのは，われわれがそのジョークを笑うからなのだ。われわれの生活を支配している規則や法律は，それらの権威を合理性にではなくて，われわれの羊みたいな素直さに負うているのである。
　この命令の邪悪さは，自滅的であるがゆえにひどく愚かな指令——衝動的たれ！　考えるな！　服従を止せ！　といったような——となって現われる。

　隠れた慣習をもてあそぶ名人はトミー・クーパーだった。視聴者たちが彼の弱いジョークの一つにかすかな笑いしかしなかったときには，彼はまるで舞台演出家が見守ってでもいるかのように舞台の袖をしきりに覗き込んで，彼らにもっと大声で笑うように手まねきするのだった。すると視聴者たちはこの笑いへの熱心な勧めに反応して笑ったのである。この陰謀は幕の後ろの男——権威を代表していた——を馬鹿にするのに役立ったのだった。この喜劇俳優が成功したのは，彼のジョークの質のせいではなくて，笑いのせいだったのである。笑いは，ジョークを一つのアリバイとした社会的義務なのだ。
　トミー・クーパーが舞台上で死んだとき，視聴者たちは笑いこけたのだった。

第二の天性〔習性〕

　習慣はわれわれがあらゆることについて考えねばならない必要性から解放してくれる。しっかりした判断基準がなければ，われわれは今おかれている不安定な状況を絶えず再考しなくてはならないであろう。われわれの社会関係を規制している礼儀作法は，われわれから相互の緊張に関する苦労を除去するし，われわれが会話に集中することを可能にしている。しかもわれわれは文法規則を盲目的に守るだけで，自発的に話すことができる。レトリックはわれわれの思想を送るためのきまり文句に富んでいるから，論理の規則が第二の天性になってしまえば，思想は展開できるばかりとなる。

　われわれが自動作用に気づくようになるや否や，われわれの思想は自由に動くのを止める。ピアニストは運指法のことを考えれば，鍵の上でつまずく。歩行者は歩幅のリズムに注意を払えば，バランスをなくする。無言の習慣は自由な展開への障害ではないのだ。啓蒙思想は，日常の仕事に対する闘いにその価値を認めたりはしない。規則というものは，われわれが考えずにそれに従っている限り，解放的な効果をもたらすのである。

　われわれの知的創造性は，概念的制約の中でのみ活躍できるのだ。精神は空文のおかげで繁栄するのだが，それもわれわれがこの事実を知らないという条件つきなのだ。要するに，痴愚は知的成長にとっての前提条件なのだ。

仮説痴愚とトイレットペーパー

　痴愚は効果的となるためには，存在する必要さえない。ベルリンの壁が崩壊する前には，東側ブロックではトイレットペーパーがしばしば不足した。ところが，ある箇所で，みんなが驚いたことに，あり余るトイレットペーパーが店頭に現われた。すぐその後，ペーパーが尽きようとしているとの噂が広がると，みんなはどっと店に殺到し，ペーパーはす早く売り切れてしまった。

　これはロシアの論理学者アレクサンドル・ジノヴィエフの小説『奈落の高み』(1976年) から採った，古典的な自己充足的予言の一例である。

　信頼すべき情報なら，買い手たちのパニック反応をくい止めるのに役立ったであろうか？　否。なにしろ，善良な市民たちはこう主張するからだ——「トイレットペーパーがあり余っていることは分かり切っているけど，噂を信ずる

馬鹿がきっといるから，自分のためにペーパーを蓄えておくだけの価値は十分ある」と。

だから，痴愚が存在しないとしても，それはやはり一つの効果を生じるのだ。市場の影響力のもつ，周知の，目に見えない支配のことも考えられたい。(*Cf.* Rasto Mocnik, *Über die Bedeutung der Chimären für die conditio humana*〔『人間の条件にとっての妄想の意味について』〕, Wien, 1986) 痴愚や幻想がなければ，世界は瓦解するであろう。

問題の難点

制度であれ，王国であれ，登場人物であれ，(いかに普遍的であろうとも) いかなる構造でも何らかの形の白痴性——いかに気が狂ったものであろうとも——にかかっている。この白痴性は，だだっ子が断固として決意したリンゴ〔禁断の木の実〕の形を取ることがありうる。怒りで顔が紫色になりながら，その子は椅子の上で逆さまになって，まるで生命がその禁断の木の実にかかっているかのようにそれを欲しがって弱々しく泣いたり，すすり泣いたりしている。ここにわれわれが目にしている原罪は，その子の残りの人生に対する思いを表わしているのかも知れない。

たった1枚の珍しい切手のために一財産を使い果たして破産したとき，コレクションをなくした切手収集家を取り上げてみよう。あるいは，葉巻1本のせいで助手のワギナを詮索して自分の地位を危うくした学長を取り上げてみよう。あるいは，気候，動物相，植物相，文化，地誌の研究が証明しているようにホメロスの『イリアス』も『オデュッセイア』も一部はオランダが舞台になっていたと信じているイマン・ウィルケンスを取り上げてみよう。デルフトはデルフィー，ドレンテはトラキアであり，ジリクゼには魔女キルケが住んでいる，というわけだ。ウィルケンスは黄泉の国への入口をゼーラントに置いている。こういう幻想をめぐってウィルケンスが築いた知の百科体系の一つは，多くの古典学者が誇れるものだったのである。

ほかには，巡礼地が隕石の場所の周辺に設けられたりしてきた。こういう場所の13カ所では，イエスの包皮が信仰されている (三カ所はカルヴァンが言及していた。それらは，ポワチエ近辺のシャルー大修道院，ローマのサン・ジョヴァンニ・イン・ラテラーノ大聖堂，ザクセンのヒルデスハイム大修道院であ

る)。しかも，王国の正当性がしばしば聖遺物——といっても，おとぎ話の王女が眠った幾重ものマットレスの下のエンドウ豆よりも取るに足りないもの——に帰せられたりすることもありうるのだ。

　白痴性への強迫観念は，人をつくることも破壊することもできるのである。

争いの石

　悪魔が神の全能を試そうとして，持ち上げられないほど重い石を作るよう神に求めた。さて，神は何をするべきだったか？　その岩を持ち上げられなかったなら，神は全能ではなかったことになる。また持ち上げられたとしたら，十分に重い岩を作れなかったことになる。

　神は完璧なために創造の法則を超越しているのか，それとも自らもこの法則に従属しているのか？　このパラドックスはスコラ学の遊び以上のものだと判明したのであり，形而上学の核心そのものに触れていたのである。この問題は2世紀にバシレイデスをして異端的な見解，宇宙は気の狂った創造神(デミウルゴス)による軽薄かつ悪意のある即席の作りものだとの見解に駆り立てた。

　11世紀には，この問題は反弁証法的な運動を台頭させ，神の概念は理性の境界外に位置づけられることになる。テルトゥリアヌスに見習って，神学者たちは逆説「不条理なるが故に我は信ず」(credo quia absurdum est) を繰り返した。神は完璧であるから，不可能なことを為すことができる，というのである。

　キリスト教は完璧というジレンマを逃れるために，無限なる観念を導入した。草食のライオンというイザヤの夢が実現するのは時の終わりにおいてのことであろう。

　英国ルネサンスの注釈書によれば，神は全能をなおも空しく証明し続けており，結果として宇宙は拡大しつつあるという。

呪われた楽園

　痴愚は煉瓦の壁のようにぼんやり現われる。痴愚は自らを超越しようとする人間のあらゆる試みを破滅させる。だが，痴愚のない世を想像したまえ。われわれのもっとも素晴らしい着想でも，努力せずに実現されるであろう。誰でもわれわれの生存のより深い意味を把握できるであろう。合理的なものごとが自明となり，論争の余地を残さなくなるであろう。痴愚のもとでは，存在した人

間の自由や選択の自由は廃棄されるであろう。物事はそれぞれの名称やそれぞれの意義を失うであろう。それらはすべて等価なものとなってしまうか，無価値となってしまうであろうからだ。われわれは永遠に輝く空の下で，何らかの上昇に憧れながら，天使みたいに生きることだろう。窒息させるほどの楽園の中で，堕罪を恋い焦がれている人間〔アダムとイヴ〕みたいに。

第3節　聖なる狂気

ナスレッディン

> ナスレッディン，それは修道托鉢僧たちの指導者，隠されたる宝の持ち主，完璧なる人。世人は言う，「私はここで学ぼうと欲したが，狂気以外に何も見つからなかった」と。だが，彼らがよそのどこかで深い知恵を探しても，きっとそれを見つけそこなったかも知れないのだ。
> アブラヒ・ムトラク「完全な白痴」(『ナスレッディンの教え』, 1617年)

アナトリア出身の高徳の道化師ホジャ・ナスレッディン (1208-1285頃) は，賢明な愚者・愚かな賢者たる $\mu\hat{\omega}\rho o\text{-}\sigma \acute{o}\varphi o\varsigma$ の群れの中のひとりである。彼はいたずらっぽい嘲り人であるとともに，愚かな被害者でもある。このことは，ナスレッディン（およびアブール゠ファス，ジュバ，アブー・サイド，ティル・オイレンシュピーゲルといった同類の人物たち）による数多くの悪ふざけや愚行がなぜわれわれに伝承されてきたかの説明となる。

　ナスレッディンは彼なりに正当な理由のあることも多いのだろうが，自分の強情な見解に自分でも我慢できなくなる破目に至ることもよくあり，そのためわれわれには観念論の潜在力をもつテロリストを彷彿させることもある。

　ほかの機会には，彼は妄想を追いかけることもあろうが，しかし，彼の行動は利己的な考えに基づいてはいなかったから，彼の頑固さが彼に敬意を得させることになったし，こうして彼は痴愚の聖なる局面を示すことにもなっているのである。

　ナスレッディンは愚かさの知恵は言うに及ばず，知恵の愚かさも例証している。愚かさと知恵が交わる地点で，われわれはわれわれの文明の根底につき当たるのだ。

　伝承も指示しているように，ナスレッディンなる話題を切り出す人は誰でも，彼について最低七つの話を告げざるを得なくなる（私の挙げる例はすべて，Jismath Slobex, *Morosofia universalis*, Salée, 1957に依拠している）。

Ⅰ. 百科事典

　学者グループに招かれて，ナスレッディンが茶房に行った。卓にはひとりの地理学者，ひとりの年代記作者，ひとりの天文学者が着席しており，みんな万有百科事典のために熱心に計画を練っていた。「これには何でも含めねばならぬ」。「何でも？」とナスレッディンが尋ねた。「何でもだ」，と仲間は彼に請け合った。

　そこでナスレッディンはしばらく考えた。「それじゃ，"百科事典"という項目も含まねばなるまいて。しかも，この項目は"百科事典"という項目をも含めて百科事典全体を含まねばなるまいし，無限にこれが続くことになるぞ」。学者たちは互いに横目でにらみ合うのだった。

　「あんたらが自分自身の名前をその本の中に探したら，"自分自身の名前を百科事典の中に探すこと"というこの文も含めて，あんたら自身について書かれているすべてのことを読まねばなるまい」。卓を囲んで動揺が湧き起こった。

　「さて，この百科事典の中に自分で書いておいた自分自身の名前を探していると想像したまえ。彼は自分の名前がその中に書いてあることをすでに知っていたのだから，それを探す必要もそれに言及する必要もなかったわけだ」。地理学者は椅子の上でばつが悪そうに体を動かした。

　「そして，儂が自分自身の伝記を見ようとして，この世に生まれた最初の幸せな瞬間から儂についての一切合財を読み始めれば，儂はこの項目の真ん中に達する頃までに死んでいることじゃろう」。年代記作者がとうとうナスレッディンを正す機会を見つけて言った，「その場合，君は真ん中に達してはおれまいぞ」。「じゃ，それは儂のせいか，それとも百科事典のせいか？」とナスレッディンが訊き返した。それで，その歴史家は恥ずかしそうにお茶を一すすりしたのだった。

　卓を囲んで座していた編集者たちはうろたえた。彼らは異口同音に決議した，将来彼らが引く唯一の本は──『コーラン』を除き──自然の本だけになるだろう，と。

Ⅱ. 最大の愚か者

　ホジャ・ナスレッディンは（正しい道をたどっていることを確かめるために）

ロバに後ろ向きに乗りながら，アクセヒルの都に入って行った。茶房の陰に腰掛けている3人の羊飼いたちの傍を通り過ぎたとき，彼は着古したコートから金貨1枚を取り出して，3人の間に投げつけ，一番の大馬鹿者にくれてやると叫んだ。3人は何とかして自分の愚かさを証明するために，お互いに話で打ち勝とうと試みた。一番目の羊飼は額の上のハエを石でつぶしたことを語った。すると第二の羊飼が言うのだった，「そんなのは俺の愚かさとは比べものにならん。俺は畑に塩をまいたんだ」。すると第三の羊飼が言った，「俺は乗ってきたロバが見つからなかったんだ」。こうして，3人は日没まで各自の愚かさを自慢し続けた。3人はどんなによく考えた論証でも各自の愚かさを見事に証明するのに妨げとなることをとうとう悟ったとき，ナスレッディンに金貨を返したのだった。それで彼は3人に楽しい午後を過ごさせてくれたことを感謝したのである。星をちりばめた空の下，彼は益の多い旅を続けたのだった。

けれども痴愚は思考への推進力でもある。なにしろ，われわれの知恵は知恵と真剣勝負しようとする空しい試みの中で成長するのだからである。

Ⅲ．幸福は愚か者たちに味方する

ナスレッディンが草の上に寝転がって空を眺めていると，弟子が近づいてきて尋ねた，「幸福とは何ですか？」と。ナスレッディンは長らく考え込んでから，弟子の両耳をふさいでから，両頬にキスした。当惑して弟子が説明を求めた。すると言うのだった，「お前の質問は僕の幸福に止めをさしたよ。でも，それから僕はお前の質問に頭を悩ますことに幸福を見つけたんだ」。

幸せな生活を送るとはどういうことなのかとこの賢者が思うや否や，アリストテレスによると幸福の邪魔をする問題が賢者にも持ち上がるのだ。いかなることももはやそう見えているものではなくなるからだ。けれども，この哲学者は幸福を熟慮することに幸福を見いだしている。

Ⅳ．18番目のラクダ

ある父親は，自分の死後，財産の半分は長男に，3分の1は次男に，9分の1は三男に渡るようにとの指示を残した。息子たちはラクダを切り刻むことをしないで問題を解決する方法を探したが無駄に終わった。ちょうどそのとき，ナスレッディンがラクダに乗って通りかかった。彼は僕のラクダもそれらに加

えるよう提案した，そうすれば，全部で18頭のラクダになるから，と。「長男は半分，つまり9頭のラクダを手にする。次男は3分の1，つまり6頭を手にする。三男は9分の1，つまり2頭のラクダを手にする。全部で17頭のラクダになり，1頭余るが，そいつは儂の分だ」。そう言ってから，ナスレッディンは行ってしまった。

1911年にドイツの哲学者ハンス・ファイヒンガーが『かのようにの哲学』(Die Philosophie des Als Ob) を刊行した。この中で彼は証明されないか，証明不能な仮説でありながらも，人・社会・科学の領域で明白な効果を及ぼしたため，過剰になっている幾百もの実例に言及している。自我，魂，自由，責任ばかりか，作法，植物系，ゼロの数も，18番目のラクダに劣らず有用な虚構なのである。しかしながら，われわれが望む結果に到達するのは，目的を満たしたものとして臨機の処置を捨てるときだけなのだ。

虚構を既成事実と混同するのは，信者だけである。彼は世界を測るために虚構を用いることをしないで，妄想を確認するために世界を用いる。こうして，馬鹿げた誤解ですらもが，世界的な宗教集団（カルト）の中心となりうるのだ。

V. 聖なるロバ

ナスレッディンが修行期間を終えたとき，師匠から1頭のロバを贈られた。ナスレッディンは或る聖者の墓の周囲に建てられていたモスクを離れて，アナトリア高地に向かった。道中，お布施があまりに少なかったので，ロバにだんだん食べないようにすることを教え込むのが最善だと思った。毎日，麦の糧食を半分に削った結果，とうとうロバは24時間に一握りしかもらえなくなってしまった。その同じ夜，ロバは飢え死にした。ナスレッディンは悲しみで気が狂ってしまった。彼はロバを埋めてから，墓の傍で幾日も嘆き悲しんだ。通行人たちがなぜそんなに悲しんでいるのかい，と尋ねると，ナスレッディンは墓の盛り土を指さして言うのだった，「儂の親友だったんだ」と。その悲しみに深く打たれて，みんなはきっと彼の友人が聖者だったのに違いないと確信するようになった。みんなからの贈物が増えてきて，間もなくナスレッディンはお金が十分にたまったので，素晴らしい墓を建立し，その上には青緑色のタイルを飾りつけた。この聖者に敬意を払うためにいたる所から巡礼者たちが押しかけた。彼らから防備するために，ナスレッディンは墓の周囲にモスクを建立すること

もできるようになった。

　ある日，弟子が敬虔な務めを果たしたと聞いて，師匠がやってきた。泉で一杯の中庭を通り過ぎ，両足を洗ってから，モスクに入った。新人深い師弟の両人は互いに抱擁し合った。「アラー・アクバル」とふたりは一緒に叫んだ。師匠が尋ねた，「このモスクにはどの聖者が葬られているのかい？」「私がお暇^{いとま}したとき，師匠から頂いたロバです。ですがお尋ねしますけど，師匠のモスクにはどちらの聖者が葬られているのですか？」師匠は答えた，「君のロバの母親だよ」。

Ⅵ. 君の頭を離さないように

　ナスレッディンは自然と文化との間の失われた環を体現している。彼の行為は無邪気であると同時に野蛮だし，聖者のようであると同時に悪魔的だし，残酷であると同時に計画的である。聖なる愚か者が，神経過敏を無神経と，血への飢えを冷静さと結びつけている。他方，彼は恐怖，同情，後悔の痕跡を見せてはいない。他方，彼は揺るぎないユーモアのセンスを持ち合わせている。必要とあれば，彼は立証するために死体をも叩きのめすであろう。

　ナスレッディンには，茶房の外に決まった卓があった。毎日ひとりの少年が走り過ぎながら，ナスレッディンの頭からターバンをひったくるのだった。茶房のオーナーがナスレッディンにどうしてこれについて何もしないのかと尋ねた。「万事そのうちに」とナスレッディンは答えた。ある日，ひとりの軍人がナスレッディンの席に座っていると，例の少年が走り過ぎざまに，軍人の頭から毛皮の帽子をひったくった。軍人は剣を抜いて，少年の首を切り落とした。「僕の意味が分かるかい？」ナスレッディンは言うのだった。

Ⅶ. 50回のむち打ちの刑

　ナスレッディンは衝動的な行動を断固とした論理と結びつけていた。彼はあたかも創造行為全体がそれにかかってでもいるかのように，頑固に自己流に固執し，賛否両論に耳を貸さず，分かろうとしなかった。けれども，彼の行為は見かけほど不合理ではなかった〔「彼の狂気には筋道が通っている」（シェイクスピア『ハムレット』より）〕。

　ナスレッディンがサルタンに良いニュースをもたらしたのに，侍従は，ナスレッディンがいつも受け取ることにしていた報酬の半分と引き換えに彼に入る

のを許しただけだった。ナスレッディンは同意して入って行った。サルタンは良いニュースに喜んで，ナスレッディンに報奨を選ばせた。「どうか，50回のむち打ちの刑をお願いします」。

啓蒙的な愚者

ナスレッディンは自然の秘密を測り知るために，自然を苦しめる科学者の無慈悲さをもって，また自分自身の死亡日を占い，その日には自殺する占星家の執拗さをもって，また教義のためには家族や自らの健康をも捧げる聖人の狂信ぶりをもって，さらには，奇妙な物音を聞いて独りで地下室に降りるホラー映画のヒロインの冷静さをもって，仕事に取りかかるのだった。

愚者とは，私的な楽しみのために義務を無視する人なのではなくて，たとえ明らかに自分の最善の利益に反するとしても，己れの道を頑固に突き進む人なのだ。もっとも危険なのは，自分の目的を冷静，沈着，かつ落ち着きはらって追求する，啓蒙的な愚者なのである。

学のある痴愚

ナスレッディンの愚かさは，何らかの類の誤謬ではないし，何らかの規則違反でもないのだが，しかしそれが既成秩序にとって直接脅威となるわけは，それが標準的な思考パターンを内から浸食するからなのだ。彼の狂気は下手な模倣なのである。ナスレッディンは既成秩序の土台たるあらゆる道徳的・実際的カテゴリーをどんな不条理な事態にもいたらせることにより，それらカテゴリーの矛盾性を暴露するのだ。彼は倹約を貪欲に，信心深さを偏狭に，勤勉さを過度の熱心に変えている。彼は自分自身を神学者，政治家，農夫，等の推理法に投影して，容認された知恵を知的なやり方でよりよく理解しようとするのだ。彼の狂気は結局，思考の自殺になるのである。

けれども，この否定的な状況には肯定的な面もある。なにしろ，蛇が自分の尾を飲み込むや，新たな知恵が優勢となるからだ。局外者が既成秩序のエッセンスを露呈するのだ。知恵とは，それの反対のものたる，神聖化された痴愚の形を帯びる愚行にほかならない。いかなる類の論理も，それ自体の戯画であるし，道理と化した痴愚，学のある痴愚なのである。

第4節　傾　斜

破　局

　自然環境の中で，自然のリズム（昼夜，夏冬，盛衰のサイクル）に支配されて安穏な動物たちが人へと退化した結果，よるべない精霊みたいに，その象徴世界の廃墟に出没するようになっているのはなぜなのか？
　ニューエイジの決まり文句によれば，西欧文明の原罪は人が宇宙の中心であり，したがって，他のあらゆる生物を食い物にする権利があるのだという，その傲慢な信念にある。この傲り（ヒュブリス）は宇宙の諸力の不安定な均衡を覆して，自然に遅かれ早かれ調和を回復するよう駆り立てる。われわれの生態的・社会的・精神的な危機は，人の自惚れに対する宇宙からの報復なのである。唯一受諾可能な選択肢，それは全体論的（ホーリズム）な態度をとって，われわれが存在の偉大な連鎖の中の従属的な位置，つまり"古い知恵"への回帰を謙虚に受け入れることである。
　もちろん，人間の生存が直面している混乱は知恵よりも「古い」というのは冗談だ。換言すると，「古い知恵」は痴愚以外の何物でもなかったのである。
　痴愚は，心理学的ないし医学的なカテゴリーではないし，欠陥でもないのであり，それはわれわれを自滅にかりたてる逸脱行為ないし病いなのだ。痴愚は人の生存の存在論的条件なのである。無よりむしろ何かが存在しているのは破局のおかげなのである。人は基本的に気が狂っているのだ。

神　話

　構造上気が狂った人間（聖アウグスティヌスは傷つけられた性質〔natura sauciata〕を話題にしている）という陳腐なきまり文句は，左翼の政治家たちにわれわれを窒息させる規則に挑む破壊的勢力を賛美するように鼓舞しているし，他方，右翼の政治家たちには過度を抑制できる権威主義の指導者を要求するように鼓舞している。
　けれども，人を気の狂った動物と規定する人びとが暗黙に立っている仮定は，自然が情け容赦のない自然法則の決定的領域であるか，さもなくば人の傲慢により均衡を失くした宇宙の諸力の精神的統一体ででもあるかのようだというこ

ウェールズ人科学者ロバート・リコードの天文学書『知識の城』
(*The Castle of Knowledge*, London, 1556) の題扉の木版画。
中央にあるのは知識の城。塔の両側では，天体を観察するために天体観測儀(アストロラーベ)を使う小人物と，四分儀を操る小人物が見られる。前景には運命の女神（Fatum）と幸福の女神（Fortuna）が立っている。（左手の）運命の女神は，神々により定められた人の未来（天命）を具現化している。幸福の女神は，運命の気まぐれ，予言不能な未来を表わしている。運命の女神は片手に計測用コンパス，もう片手にアーミラリ天球儀を持っている。運命の球を支配しているのは知識である。幸福の女神は片手に手綱を，もう片手には無知が支配をする幸運の輪につながったロープを握っている。この輪には「昇る者はすぐに落ちるだろう」と記されている。巻物に収められた詩句が伝えているように，大地は時間と機会に支配されているが，天体は不動かつ安定した進路を辿っているのである。天体や知識・真理の宝を研究すると，人は幸福の気まぐれを回避することができる。天文学者はもろもろの事件を予告して，それらにわれわれを備えさせることができる。唯一の問題，それはわれわれの運命が現われるのはわれわれの計画が完成された後でしかないということである。そのときになって初めて，われわれの痴愚，怠慢，無知がわれわれの周りを回転しており，しかもわれわれの知識はことごとく砂上楼閣にすぎないと判明するのである。

とである。

　彼らはみな，そういうものが自然としては存在しないという事実を無視しているのだ。

無言の運勢

　宇宙という存在は破局の証明である。つまり，均衡を覆すことにより無から何かが現われたということを証明しているのだ。賭博的な唯物論によれば，宇宙は落下する原子の偶然の偏向，傾斜から生じたという（ルクレティウス『物の本質について』*De rerum natura,* II, 217-224）。日食の規則的な生起は，何らかの自然秩序の証左ではなくて，偶発事の証左なのである。一連の現象は混沌を惹き起こす可能性が強いし，規則的な形を帯びている理由はない。秩序は無秩序の特殊なケースなのである。世界を特徴づけているのは，原子の或る結びつきが相対的に安定しているということである。どんな形の生命でも破局を内に秘めている。どんな僅かな変化でも文明の終焉という結果になりうる。いかなる瞬間にも，自然は人間の干渉により，あるいは，自然自体の予告不能な論理の結果として，狂わされる可能性がある。

　傾斜はそれ自体を否認する危なっかしい原理なのだ。なにしろ，偶然は科学的証明の対象とは決してなり得ないからである。

白痴性

　無言の運勢が偏在するということは，白痴の概念とも結びついている（白痴性 idiocy の元のギリシャ語 *ιδιότης* は「特異性」を意味する）。存在するものはすべて，時間・空間において特異なのであり，したがって，思いもよらないものなのだ。白痴性は何らの手がかりも残さない。それはそれ自体で示されうるだけなのだ――これはこれ，あれはあれなのだ。ここに，われわれは解釈の失敗の原因を看取できる。なぜなら，いかなる説明でも何かほかのものを含むし，この何かはまたほかの何かによって保証されねばならない，等々ということになるからだ。要するに，われわれの思考は類語反復と誤謬との間で選択したり，どこかよそと別のより方という迷路への踏み込みと陳腐な考えのやり取りとの間で選択したりしなくてはならないのである。物事を把握すべき諸概念は，それら自体の不自然さを説明しているだけなのだ。ちなみにこういうこと

作者不詳『ロバの橋』(*Pons asinorum*)
1678年のノートの中に貼り付けられた銅版画

ロバの橋　橋はスコラ論理学の三段論法の姿を教育的に表わしている。記憶術により，学生は別の側に渡れるのだが，FからBに移動しようとする者は橋から落ち，プールに入る破目となる。プールの中では，ロバたちが賞として手にしたすべて——トランプ札，さいころ，笛，テニスラケット，楽器，等——を持って泳ぎ回っている。

が，いろいろの理論の重要性を損ないはしない。これら理論は文明も証明しているように，想像上の解決であり，実り多い技巧なのである。

複製物

> 通常，不調和ないろいろの要素が見慣れぬ形で結びついたものは怪物だと言われる。人頭馬身の怪物（ケンタウルス）とかシシの頭・ヤギの胴・竜の尾を持つ怪物（キメラ）は，これらを理解し損ねた人びとのためにそのように定義されてきた。私が怪物というのは，美のもつ独創的かつ無尽蔵な一切の形のことである。
>
> アルフレ・ジャリ

　モンテーニュは自然における正常性の観念をしりぞけている。われわれに標準を定めることを可能にするような規準はないから，存在するすべてのものは等しく怪物的なのだ（怪物とは，自然なる概念の中に占める余地のないもののことである）。世界は白痴的，愚鈍，単純，愚かであり，目的とか原因がなく，不可避，ユニーク，不可解，非論理的でかつ実態がないものなのだ。結果は知的動揺となる。不十分な現実という原理に導かれているから，われわれは超越的な誘惑の餌食になるのである。白痴的な対象はわれわれに何も提供すべきものがないから，われわれの欲望は，存在しないもののほうに向けられることになる。

　形而上学者たちは世界を説明しようとして，観念（イデア），精神とか普遍的な霊魂，といったような精神界の原理を考えついている。世界は何か別世界の不完全な反映と見られることになる。こういう複製物のせいで，存在は無根拠であることを止めて，解釈を快く受け入れるようになるのだ。

　もう一つの現実（それの正確な座標は周到に内密にされているのだが）は，今ここでは欠落していると言われているものを提供してくれる。これはアリオストの『怒れるオルランド』（*Orlando Furioso*）をそっくり思い出させる。この作品では，地上でなくしたものはすべて月の裂け目に貯えられているのだ——浪費された行為や日々のみならず，理性までもが。

　　正気はさらさらとした希薄な液で，
　　　しっかり密封していなければ，すぐにも蒸発するゆえに，

それを収めるために用いる大小いろんな
　　大きさの無数の壜に入れられていた。
　　…………正気，分別
　　ふんだんに持つと思っていた者の多くが，
　　実のところはごく僅かしかそれを持たぬということが
　　はっきりした…………。それというのも
　　その者の正気がその場にたっぷりあったゆえ。
　　　（脇功訳『狂えるオルランド』（下），名古屋大学出版会，2001年，224頁）

　複製物はわれわれに厳しい現実と対面せずにすむための言いわけを供してくれる。世界はそれがあり得たもの，もしくはあったはずのものについてのヴィジョンの背後に消え失せるのだ。芸術や道徳は陳腐さや悪に逆らわずに，不面目かつ当てにならぬものと考えられた存在の白痴性に謀反するのである。

　見える世界は本物ではないし，本物の世界は見えないし，このことは魔法の芸当なのだ。気の狂った形而上学者たちは秘密——守られるべき秘密がないということ——を守るために全力を尽くしているのである。

自然，機会，人為

　形而上学体系の隠れた支柱は，自然の幻影である。太古から，自然は一方では機会，他方では人為と対比されてきた。自然は因果の生物的もしくは精神的な必要に応じる閉じた体系であると考えられている。こうして，当惑させる白痴性は釘づけにされ，そして機会の発生という恐怖は防がれる。秩序と必然が万物の根底に所在すると考えることは，ほっと安堵させてくれる。

　また，自然についてのこの観念には道徳的機能もあるのだ。つまり，自然とは人の干渉によって堕落させられた諸力の，純粋で自発的かつ純真な働きであると見なされるのだ。「自然に還れ」なるモットーの下では，人為的なものはすべて否認されるのである。

　しかし，人為性から逃れようとするすべての試みも，人為的である。注意深く見ると，自然なる観念はあらゆる人為のうちでもっとも人為的であるし，他方，人為は人間のもつもっとも自然な特徴である。われわれの存在を支配しているのは，自然や文化ではなくて，人為性なのだ。だからこそ，古代ギリシャ

のソフィストたちは仮象，影響，契機を賛美しているのである。

運命的な決断の瞬間

　　芸術は長く，人生は短く，機会は逃げる。

ヒポクラテス『警句集』

　ギリシャ語 καιρός は，物事が予期せざる仕方で生起することを指している。いかなる秩序も，もろもろの環境の偶然の同時発生の所産なのだ。ギリシャ人たちは幸運な瞬間に聖なる地位を授けた。カイロスは両足首と両肩に翼が生えており，頭は前部が髪で覆われているが，後部ははげている。われわれは好機が現われるときにそれを摑まねばならないのである。左手に握っているかみそりの上には天秤がのっている。右手の人差し指で，カイロスはその天秤が傾下（ラテン語では momentum）しているかどうかを感知するのだ。その瞬間が熟すると，好機は深く切ることができるのである。カイロスは名誉を恥辱に，損失を利益に，幸運を不運に変えることができるし，その逆も可なのだ。「適所を得ての乱痴気沙汰もまた甘美しきもの」(dulce est desipere in loco, ホラティウス『歌章』〔藤井昇訳，現代思潮社，1973年，209頁（第四巻12, 27行目)〕)。

　ソフィストたちも語っているように，人生は例外的な好機の連続なのであり，これらは生じるときに摑まれなくてはならないのだ。好機はすっかり白痴状態の人生を何でも可能な冒険として抱き締める。好機は生存の気まぐれ，つかの間性，はかなさを好む。人生は，この即興演奏者にとっては一つの大きなびっくりパーティなのだ。

第5節　パタフィジック〔超形而上学〕

想像上の解決の科学

> 私は生命に賭けてもいいが，
> 彼は暗い道を探ることだろうし，
> みんなの目から隠れたから堀に接近して，
> その中にきっと落ち込むに違いない。
> 　(... Je gage mes oreilles
> Qu'il est dans quelque allée à bayer aux corneilles,
> S'approchant pas à pas d'un *ha ha* qui l'attend,
> Et qu'il n'apercevra pas s'y précipitant.)
>
> ピロン

　パタフィジック（'Pataphysique）とはフランスの劇作家アルフレ・ジャリ（1873-1907）の創作による想像上の解法の科学である。それは形而上学の諸概念や，科学的な諸発見や，技術的な諸業績を餌にしている。ジャリはなかんずく，大脳除去機械を構想したり，永久運動の種を発育させたり，神の外観を算定したりした。

　ジャリはただ科学だけに着想を得たのではなくて，いわゆる自惚れ屋たちの勧告にも注意したのだった。ヴィクトル・フルニエは同音がすべての言語で同一の意味をもつと主張した人だが，ジャリに IN-DUS-TRIE はいかなる言語でも1-2-3を意味する，と納得させた。

　パタフィジックは以下の六つの原理に依拠している。

1）パタフィジックは特殊なものの研究である，「科学は普遍的なものについてなされるという観念がどんなに優勢であろうとも」。ジャリが探求するのは現象どうしの相似ではなくて，相違なのだ。正しく考えるなら，いかなる現象も例外的なのだ。規則は例外への例外以外の何ものでもないし，「これら例外のうちでもっとも目新しいものですらない，なにしろあまりにも頻繁に起きているからだ」。パタフィジックなる科学の中には，バケツをあふれさせるしずくや，重荷を積んだラクダをひざまずかせる最後の麦わら1本や，

はげが起きる前に残った1本の髪の毛についての微量分析が含まれる，——これらはいずれも逸脱の法則の探求である。

　パタフィジックによれば，正常や異常といったものは存在しない。生起するものはすべて，同じように白痴的なものだ。

　パタフィジックは付帯現象の研究である。それは奇怪なもの^(モンストロシテイー)の美を識別する。ロンドンを例にしてみよう。ロンドン市のような複雑な現象の記述に着手する科学者は，現実の上に厚い結びつきの網を覆いかぶせるのだが，しかしロンドンの特殊な性格は網目から抜け出てしまう。パタフィジックがかかわるのは，われわれの知識の隙き間に潜む奇怪なものや驚異的なものなのである。

　イマヌエル・カントは痴愚を判断力および機智の欠如と定義した。愚者は理論と実践との隙き間の橋渡しができない。彼は規則への例外に盲目であるし，逸脱への新しい規則を見つけることができない。パタフィジック学徒は反対に，ソフィストやユーモリストと同じように，異質なもろもろの観念を単一の項目の下に束ねることができるのである。

2）パタフィジックは想像上の解法の科学である。ジャリが開発するのは，現実のうちに隠されているもろもろの可能性である。彼は既成の意見に反対し，そしてどの腕時計も横から見れば矩形なのに，われわれが腕時計を丸いと考えるのはなぜなのか，と不思議がっている。

　1950年にパタフィジック学徒レーモン・クノーは『和の空気力学的特性に関する若干の要約的見解』と題する論文を発表した。「$2+2=4$ を証明しようとするいかなる試みにおいても，風の速さは考慮されてこなかった」。問題は，激しい嵐の間は，一つの数が倒れるし，小さな十字形は吹き飛ばされるかも知れないし，結果は $2=4$ となるかも知れない，ということである。実際の推論はこうだ。人が周囲の妨害を恐れるようになる途端，和に空気力学的な形を与えるのが最善なのである。

　パタフィジックは，白痴性を受け入れようとする多かれ少なかれ不首尾な多数の試みと同じように，すべての理論——科学的なそれであれ，ほかのそれであれ——を考察するのである。

3）パタフィジックは真に実在するものと実在しないものに対しての普通の信念を打破する。（いつから空想は非現実的になったのか？）したがって，パタフィジックはわれわれ自身のそれに劣らず現実的な，類似した世界への一瞥を供してくれる。

映画『書物と剣のロマンス』では，競争者たちは100フィートも固定した出発点から空中へ飛び上がり，幾度も跳躍してからサーベルを交差させ，ついには地面に転がり落ちる。闘っている間，彼らは用心深く階段を避けながら，塔の壁に駆け上がる。映画についていたちらしの説明では，重力は禅では従属的役割しか果たさないとのことだった。

パタフィジックは形而上学や物理学をファンタジー・フィクションの部門として扱っているのである。

4）パタフィジックは容認された観点をひっくり返している。すべて物体は中心へ向けて落下するという重力の法則の代わりに，ジャリの仮定では，（非密度と解される）空虚が周辺へと上昇するのである。

われわれは模倣によって学ぶのだが，仮に模倣がモデルに先行し，理想が完全なまがい物だとすると，パロディーこそが精神的発達をおおいに保証するものとなるのである。

5）パタフィジックは同一性原理を疑い，そして反対物の一致を仮定している。パタフィジック的な小説『パタフィジック学徒フォーストロル博士の行動と意見。新科学的小説』（*Gestes et opinions du Docteur Faustroll, pataphysicien. Roman néo-scientifique.* 死後出版，1911年）では，万能の学者フォーストロルには，ボス゠ド゠ナージュという，頭にヒヒの尻肉をくっつけた愚かなベルギー人がお伴をしていて，主人の説明を絶えず類語反復的な単音節"haha"で遮るのである。

　　第一に，綴字ＡＡをつかうのがより賢明です。帯気音 h は世の中の古い言語では書き記されたためしがないからです。〔……〕ＡにＡを並置するのは，明らかに前者は後者に等しいのですから，同一性原理の公式――つまり，ある物はそれ自体である――です。これは同時に，この命題その

ものへのもっとも素晴らしい反論でもあるのです。なぜなら，2個のAは，われわれがそれらを書くとき，空間において，いやむしろ時間においても異なるのですから。ちょうど双生児たちが決して——ボス＝ド＝ナージュの口のみだらな母音接続から出てくるときでさえ——一緒に生まれたりはしないのと同じです。

　早く発音されるなら，Haha は統一観を示すよい例であるが，ゆっくり発音されるなら，それは二元性，こだま，距離，均斉，サイズや持続，そして，善悪の原理，といった諸観念をよく示している。
　ボスの現前はフォーストロルの哲学的見解にとり不可欠なのであり，これから抜かされ得ないのは，ちょうどソクラテスの諸対話の中で対話者たちの一見無意味な返事（「そのとおりだ，ソクラテス」，「もちろんだとも」，「君の言うとおりだ」）が欠かせないのと同じなのだ。こういう埋め草こそ，パタフィジックの本質をなしているのである。

　反対物の一致の原理は次の二つの帰結を伴うことになる。

5 a）パタフィジックは普遍的な類似性に敬意を表わしている。仮にAが，Aであるとともに非Aでもあるとしたら，B，C，あるいはD，等でも十分にありうるかも知れない。愛神は執念深い神だし，ひょっとしたら悪魔の化身かも知れないのである。法は合法化された犯罪であるし，自由は隷属だし，独裁は無政府状態だし，知識は合理化された痴愚である。
　当然のことながら，結果としては，世界観はいずれもすべて同じように正当だということになる——現実主義的なそれであれ，象徴主義的なそれであれ，唯物論的なそれであれ，精神分析的なそれ，等々であれ。ジャリの大脳除去機械は，記憶喪失，老衰，早発性痴呆〔精神分裂症〕に相当しうるが，また拷問道具，医療機器，印刷機，無意味なテクストを生産する機械，あるいは，抑圧的思想をわれわれから取り除くための機器でもありうるのである。

5 b）パタフィジックが支持するのは，同一の原理である。万物は等価であるか，同じように無価値なのである。パタフィジック学徒は味方することをし

ない。彼は世間の混乱を超越しているのではなくて，彼の道を妨げる万物に関心のある目を向けながら世界を旅するのである。いずれの対象でも，夢想のための潜在的な源なのだ。彼は雑多な蒐集をするし，もろもろの対象を整理してもいかなる秩序にも到達しないし，想像上の構築物の列を残す。パタフィジック学徒は総意に反対し，個人の科学を擁護する。

　パタフィジック学徒は懐疑論者ではない。われわれの結論の真理を検証するべき中立点は存在しないと主張する者は，とりわけ知ったかぶり屋なのだ。パタフィジック学徒は，あらゆるアンチテーゼ（反）や範疇下位区分を解消ないし融合する力動的な点に，固定した点を変えてきた。結果として，すべて喜劇的なものは悲しい何かの様相を帯びるし，悲劇的なものは滑稽な何かの様相を帯びることになる。彼が一定の立場を採るときはいつも，それは明らかに不条理である。

6）パタフィジックの反対はパタフィジックである。いかなる観念も意識的にせよ無意識的にせよ，パタフィジック的なのだ。好機は働きかけられ得ないから，哲学はあらゆる実地適用を拒否されなくてはならない。けれども，パタフィジックはいろいろのイデオロギーに対して武装することはしないで，あらゆる理論を存在の白痴性への等価な反応として扱う。パタフィジックは，われわれをより不条理な妄想から救済するという長所をもつ真理を，反対推論により（a contrario）賛美する。これからわれわれが学ぶことは，忘れるということである。すべてのものがそれぞれの紛糾性を回復するのだ。

第6節　各種百科事典の痴愚

リンゴの両面

　教父たちによると，天地創造は魔王から発して，熾天使，ケルビム，大天使，人間，動物たち，植物たち，花々を経て，石や鉱物に至る，存在物の連鎖である。神が混沌から世界を創造したのは，人間の幸福のためなのである。

　人が中心的役割を演じていたこの宇宙秩序に，二つの事件が終止符を打った。最高位の天使たる魔王が全能に達するや，神により地獄に投げ込まれた。道中，魔王はアダムとイヴに禁断の木の実を食べるよう誘惑した。これにより，アダムとイヴは楽園を追放された。（垂直および水平の追放は，キリストのはりつけを予示していると言われる。）天地創造の頂上および中央での転回は，あらゆるレヴェルで変化をもたらした。そのとき以来，誰も全体としての構造の中での，自らの地位や役割を知らなくなってしまった。傲慢の罪は無秩序への扉を開いたのだ。世界は倒錯した世界（mundus perversus）と化したのである。

　善悪の知恵の木の実を食べて，人は自らの無罪ばかりか，自然への支配力も失ってしまった。堕罪〔原罪〕の道徳的・科学的なもろもろの結果を償おうとして，われわれは二つの普遍的手段——風刺と百科事典——を発達させたのである。

絶望の勇気

　風刺はあらゆる倒錯行為を極端にまで押し進めることにより，堕落した世界の中に秩序を回復しようとする。この目的のために，風刺が用いるのはユーモアと逆説である。上下転倒した世界を描いた版画の中で，われわれはブタが屠殺業者を懲らしめたり，盲人が目明きの手引きをしたり，病人が健康な人の看護をしたりしているのを見かける。

　風刺は悪事を誇張することにより，無視されてきた秩序を間接的に暗示するのである。

　百科事典も出発点は，人を中心とした，失われた調和である。自分のヴィジョンが罪でかすませられる前には，アダムは物事の本質を直接的に名づけること

『あべこべの世界』(ミュンヘン，1851年) より
木の幹がきこりをのこぎりで二つにひいている

ができた。万物がそれ自体を立証していたのだ。原初の言葉はバビロンの言語の混乱〔バベルの塔〕で消滅した。(ヘブライ語はア̇ダ̇ム̇語〔lingua adamica〕に酷似しているのかも知れないが，愚かなる智者ヤン・ファン・ゴルプが16世紀に証明したところでは，オランダ語，あるいはむしろ中世オランダ語ディーツ〔Diets〕や，とりわけアントワープ方言が楽園で話された言葉だという。)

近代百科事典の父フランシス・ベーコンは，科学的方法の助けで自然に対する力を人が回復するのを助けることを，自らの宗教的義務と考えた。彼は宇宙を既成の枠組に無理強いしているスコラ体系をすべて拒否した。空想を世界モデルとして呈示している人びとは，神の創造を恥ずかしめている。ベーコンは「劇場のイドラ」を罪深いと同じように間違っているとして，これを観察と実験で置き換えた。自然は，これを先入観なしに読もうとする人びとには，開かれた書物なのである。ベーコンが展開した人知の百科モデルは，あらゆる真理の総和でも，絶対的なものを反映する鏡みたいなものでもなくて，ちょうどアルファベット字母が言語を構築しているのと同じように，自然を構築している諸形式を発見するための（誤りを免れない）手段なのだ。自然という書物を介してのみ，われわれは生死の神秘を関知させられうるようになる。

エドワード・トプセルによると，ベーコンの同時代の自然史は，「神自らによってつくられた」年代記であり，「すべて生きた動物はそれぞれ一つの語であり，すべての種はそれぞれ一つの文であり，これらを一緒にしたものが一つの大きな歴史であって，そこには素晴らしい知識や学問が含まれており，この歴史はかつて存在したし，現に存在しているし，(永久にというわけではないにせよ) 世界の終わりまで続くであろう」(『前足動物および蛇の歴史』*The Historie of Fore-footed Beastes and of Serpents*, 1607-8, *cit.* in David Knight, *Ordering the World*, London, 1981, p. 61)。この失われた年代記を再構築するのが百科事典編集者の仕事なのである。

逆説的には，ベーコンの後継者たちによって導入された知識のアルファベット分割の背後に，偉大な自然史は消失したのである。アルファベットは体系的なアプローチを暗示するが，完全に恣意的なものなのだ。ことの本質上，アルファベットの百科事典が正当化するのは，アルファベットの要素連続だけである。百科事典が個別の事実の総括を超えようとすれば，個々の項目は他の項目との相互参照を含まざるを得ない。こうして，世界は合理的な方針に沿って再

構築が可能となる。編集者が手にしうる情報を明白かつまとまりのある世界描写に組織する際には，時がわれわれの知識に秩序を課すのであり，このことは今度は歴史そのものを形づくるのであろう，と固く確信しているのである。

　風刺と百科事典は包括的で体系的な世界描写を伝える点で目的を等しくしている。百科事典は宇宙の秩序を忠実かつ一定の比率で再現しにかかる。反対に，古典的風刺は逆立ちした世界を描く。

　実際，両方のジャンルとも失敗したのは，まさしくそれらの目標のせいなのだ。風刺作者はすべて被造物は呪われていることに気づいて，いかなる物もいかなる人物も——自分自身やその努力をも含めて——嘲けらないではおれないし，他方，百科事典編集者は彼が地図で表わしにかかった世界を変形させる。

百科事典の亡霊

　痴愚に対する二つの古典的武器，風刺と百科事典は，20世紀初頭以来活力を失ってきた。

　百科事典はそれら自体が解放した知識の洪水の犠牲になってしまっている。もはや増大する一方の情報量や，これを消化する困難さの増加にうまく対処できなくなっているのだ。進歩によりわれわれの知識も秩序づけられ，総合されるかも知れないという信念は完全に見捨てられた。百科事典には，往々混乱している情報を体系化するための調整的方法が欠けていることが分かったのである。知識の蓄積は麻痺に至ったのだ。資料が精神を圧倒し，存在そのものと同じくらい無限かつ込み入ったものとなった。百科事典は結局は出発点に戻ってしまったのだが，大きな違いが一つある。つまり，実現せざる可能性で一杯の鼓舞的な混沌から出発して，瓦礫の無意味な山の上で立ち往生させられているのだ。ここでは選択肢はあり余る障害であることが判明するのである。廃墟の上には痴愚の亡霊が出没している。

　百科事典になおも残されている唯一の目的は通俗化することである。誰かが百科事典を読んで世界観を変えることができた時代は遠い過去の話である。かつては人びとの進歩への信念の象徴だった百科事典が，未発達のシンボル，模造の皮革で製本した18インチの特大巻本のセット，えり抜きのブックエンドとしてロダンの『考える人』(*Le Penseur*) のレプリカのついた，ウォールシステム用の装飾に退化してしまった。知識の神話は葬られてしまい，今やそれは

内部から照らされた地球儀や，典礼用の対象としての万年筆で祝われている。

風刺の亡霊

　こういう展開はまた，道徳にもはね返ってきた。百科事典は未来にその信念を留めているが，これと違い風刺は過去に頼っており，結果として知識と道徳との間の溝がかなり広がった。風刺そのものは闘い始めた相手たる没価値状況(アノミー)を助長してきた。知的混乱の高まりへの反動として，ますます多くの二分法が導入されたのだが，これらは人の道徳的混乱を増す以外に何もしなかったのである。善・悪といった概念もその意味を変え続けてきた。矛盾はもはや〔弁証法のように〕より高い真理へと総合され得なくなった。風刺はその矯正的機能を失った。それが土台としてきた規範自体が相反的なものになったからだ。

　風刺が現実に対して非難攻撃できるような定点がもはや存在しないときに，どうして罵倒にさらすことができようか？　どの軸で，世界は逆さまにできるというのか？　頭がなくなったのに，世界はどうして逆立ちできるのか？　ドリー・パートンやシルヴェスター・スタローンも立証しているように，戯画はもはや理想と区別できなくなっているのである。

　風刺も百科事典も無力になってしまった。両方とも懸命に普及させようと絶望的な試みを行っているが，道徳も方法もそれをやり損ねている。ただ痴愚だけが栄え続けているのだ。それだからこそ，風刺と百科事典は結束しなくてはならないのである——ここから，この『痴愚百科』は出現したのだ。

百科事典(複)の痴愚百科

　風刺としては『痴愚百科』が問題にしているのは有力な規範であるし，したがってそれ自体の根底である。善悪の間の対比を論じる代わりに，決定的役割は一方では道徳を悩ますが，他方ではユーモアの源として仕えるという，両面価値に割かれている。風刺が活用する皮肉な装置としての両面価値の狙いは，不調和なことについて注解しようとする新旧のあらゆる神話に向けられている。

　百科事典としては，『痴愚百科』がかかわるのは，存在を不可解にしようとするわれわれのすべての試みの失敗である。これが扱うのは，われわれの知識の発達における画期的出来事としての，宗教，形而上学，科学ではもはやなく

て，非時間的事象としてのそれらである。歴史記述——久しく，百科事典の宗教だった——でさえ，永久的白痴性と真剣に取り組もうとする数多くの空しい試みの一つとして扱われている。

いろいろの矛盾はこれらについてなされてきた見せ物——したがって，百科事典（複）の痴愚百科——の中でのみ調和させることができるのである。合計が成功するのは，それ自体の失敗についての成功した描写の中においてだけである。こうして，『痴愚百科』はそれの"肯定的な"姉妹たちが達成を夢みることができるだけの首尾一貫性を享受することになる。

活気づいているためには，百科事典はもはや知識の集積に精神集中しないで，われわれが世界を受け入れることができるようになるエッセイストの方法の開発に精神集中しなくてはならない。エッセイストは存在へ生体解剖を行う。彼は現実を分析して，一方では確実性をつまずかせようとするし，他方では代替手段を試そうとする。彼は日常生活に対して，あたかもそれが一つの実験，生体が試験にかけられる一つの実験室ででもあるかのように対峙する。すべて真理はそれぞれありうべき一つの真理なのである。

シロップ

風刺はもはや現実を逆さにしないで，われわれの自明な世界の中に潜む倒錯を触知しうるようにする。風刺が実証するのは，すべて悪しきものには何か善が含まれているし，またその逆でもあるということである。要するに，すべてのことが腐敗させられてしまっているということである。空想は空想として正体を暴露されるし，白痴性は明るみに出される。なにも痴愚を根絶するためなのではない——痴愚は根深く人間的なものなのだ。それを除去するのは非人間的なことになろう。道徳が寛容的となるのは，もちろん痴愚を取り込むことによってなのだ。使い古された方法で，風刺が実証するのは，存在を明瞭にしようとするわれわれの試みの自滅的な反面を把握しようと絶えず試みることにこそ，本質的要素は見つけられうるということなのだ。

『痴愚百科』は矛盾の総和の中に真理を求めているのだが，こういう矛盾にこそ，滑稽なものも根ざしているのである。それがシロップ状の曖昧さを求めて骨折るのも，新しい意味が結晶化するかも知れないと希望してのことである。

知識と道徳の振付け

　百科事典も風刺とともに，かつては教育的目的をもっていた。「百科事典」なる用語はギリシャ語に由来する。12世紀のビザンティンの学者ヨハンネス・ツェツェスは教訓詩『キリアデス』（Chiliades）の中で，ἐγκύκλιος〔一般的な〕は元来，抒情的合唱を指しており，二次的にのみ，閉じた知識の環を指していた，と述べている。ピュタゴラス学派の人びとによれば，詩的な知恵にリズムを付けて音楽の朗読をすると，存在するすべてのものの相関，調和，均衡が理解されるにいたるし，このことは今度は，魂の調和を招く。合唱訓練（ἐγκύκλιος παιδεία〔一般教育〕）は人を可視的なものから不可視なものへと導く。

　風刺も，仮象世界の背後の真の存在を探し求める。死の舞踏では，あらゆる身分の成員たち——君主から農民に至る——が夢中になる。死に直面すると，みんなが平等なのだ。死の舞踏（danse macabre）ではあらゆる人体構造の空しさが暴露されるだけでなく，「ヨハネの黙示録」も天の階層秩序の公開を意味しているのである。

　この二つのジャンルの間には一つの大きな相違もある。百科事典は無知な人びとや迷信深い人びとに知らせることに着手している。百科事典は本来，未来志向的で楽天的なのだ。風刺のほうはと言えば，罪深い人を贖い，彼を過去に根ざした理想的秩序に連れ戻す。過去では誰でも自らの仕事と場所を知っていたからだ。要するに，風刺は悲観的なのである。風刺は人の手に負えぬ罪深さを秘かに信じているのである。

　『痴愚百科』は反対に，幸せでも悲しくもない。それは総じてわれわれの文明を構成している見事な大しくじりをびっくり仰天しながら眺める。それは仮象のうちに本質を探し求める。人の真理への空しい探求を超えては，いかなる真理も存在しない。この理由から，それはそれ自体の影を引きずりながら，控えめな二歩を進むのである。

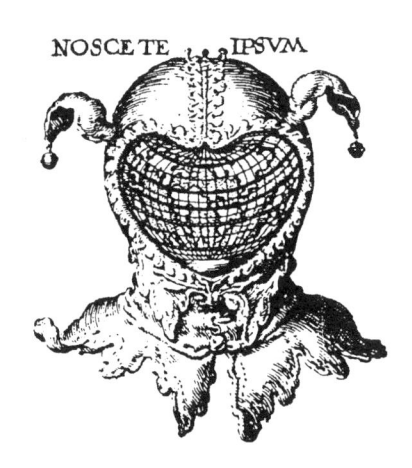

汝自身を知れ

訳者あとがき

　しっかりした哲学がほとんど消滅に瀕している現代にあって，エラスムスの後継者が彼の祖国に出現した。それがファン・ボクセルの本書『愚痴百科』である。ちょうど，ベッテッティーニの『物語　嘘の歴史』をやっていたときに入手したこともあり，同系列の思想書として楽しく仕事をやり終えることができた。英訳のほか，10数カ国で出版予定とのことだが，その理由は，本書の内容からして自明だろう。これほど刺激的な本はそうざらには見られまい。

　本書に携っていて，論文も二つ自然に出来上がったのだから，多いに感謝しなくてはなるまい。

　あとはセレンディピティーや笑いに関するものが残っている。嘘－痴愚－セレンディピティー－笑い。これらはすべて互いに連がりがあるのだ。

　このような楽しい原書を紹介してくださった而立書房の宮永捷氏に感謝申し上げたい。

　　2006年4月16日　行徳にて

谷口　伊兵衛

付　記

　『百科』の性格上，引用は多岐にわたっている。邦訳のあるものは随所で使わせて頂き，大変助かった。深謝したい。序でながら，"知"を"痴愚"に化してしまった『バラの名前』のひどい邦訳が訂正もされずにまかり通っている理由も本書でよく理解できる！（52, 178頁参照）これほどの愚訳はまたとお目にかかれまい。「賢明ナル読者」よ，よく考えられたい。

索 引

固有名索引

ア行

アシモフ, アイザック　142, 144
アダム　87, 190, 221
アテナ　38, 96
アブー・サイド　203
アブール゠ファス　203
アミーチ, アルヴァロ　13
アランベール, ジャン・ル・ロン・ド　67
アリオスト, ロドヴィコ　213
アリストテレス　91, 125, 190
アリストファネス　146
アルベール　154
アロン　135
アンティゴネー　195
アンデルセン, ハンス・クリスチャン　167, 170
イヴ　87, 221
イエス・キリスト　22, 200, 221
イオカステ　195
イクシオン　85
イザヤ　201
ヴァレリー, ポール　58, 196
ヴィリエ・ド・リラダン　177, 180, 181
ウィルケンス, イマン　200
ウィルヘルミナ女王　56
ウィレム1世　154
ウェルギリウス　90-94
ウォルポール, ホレイショー　70, 71, 73
エピメテウス　36, 38, 86
エラスムス, デシデリウス　22, 187
エリオット, T・S　94
エルセフィール　23
エンペドクレス　95
オイディプス　193, 195
オイレンシュピーゲル, ティル　162-164, 169-171, 203

カ行

カイロス　215

カッツ, ヤーコプ　16
カマグルカ　151
カルヴァン, ジャン　200
カルミヘルト, シモン　179
カント, イマヌエル　60, 116, 117, 217
ギャリック, ディヴィッド　74
キャロル, ルイス　64
キリスト　──→イエス
キルケゴール, ゼーレン　36
クーパー, ウィリアム　69
クーパー, トミー　25, 196, 198
クフー, レーモン　217
グラシアン, バルタサル　23, 105
クレオンブロトス　95
グロティウス, フーゴー　141
ケヴェード, フランシスコ・デ　108, 113
ゲパン, J・P　23
ケベス　195
ケント, ウィリアム　73, 76
コッロディ, カルロ　156
コルトーナ, ピエトロ・ダ　96
ゴルプ, ヤン・ファン　223

サ行

サッカリ, ウイリアム・メイクピース　168
ザッパ, フランク　13
サンジュスト（ルイ・アントワーヌ・レオン・ド）　147
サン゠ランベール　66
シェーン, エハルト　117
ジジェック, スラヴォイ　23, 173, 180
シシュフォス　83, 85
ジノヴィエフ, アレクサンドル　199
ジャリ, アルフレ　213, 216-219
ジュバ　203
ジュピター　──→ユピテル
ジュリアナ　154
スタローン, シルヴェスター　225
スティーヴンス, ウォーレス　77

スロータダイク, ペーター　173
聖アウグスティヌス　193, 209
聖トゥンボ　9
聖ポリュカポス　11
聖マタイ　11
ゼウス　86
ソクラテス　219

タ行

ダナイデス　83, 85
ダランベール　──→アランベール
ダルジャンヴィル, A-J・デザリエ　67
タンタロス　83, 85
ダンテ, アリギェーリ　86, 87, 90-93
チェスタトン, G・K　23
チペンデイル　78
チャークストーン卿　74
チャーチル, サー・ウィンストン　140, 156
チャールズ, フィリップ・アーサー・ジョージ　154, 157
チャールズ1世　96
ツェツェス, ヨハンネス　227
ティテュオス　83
ディドロ, ドニ　67
ティングリー, ジーン　191, 194
テーグナー, ハンス　169
テザウロ, エマヌエーレ　71
デッケル, イェレミアス・デ　53
テルトゥリアヌス　41, 90, 201
トプセル, エドワード　223
トマス・アクィナス　90
ドレ, ギュスターヴ　136, 150
ドロークストッペル, バタヴス　19

ナ行

ナージュ, ボス・ド　79, 218, 219
ナスレッディン, ホジャ　203-208
ナポレオン1世　160
ニュス, ユージェーヌ　16
ネイホフ, マルティヌス　113

ハ行

ハイデッガー, マルティン　29
パイル, スティーヴン　30
パーカー, グラハム　13
バーク, エドモンド　74, 76-78
バジョット, ウォルター　134
バシレイデス　201
パスカル, ブレーズ　39, 73
ハート, ジョニー　188
バトラー, サミュエル　24
バートン, ドリー　13, 225
バートン, ロバート　23
パブリオス　86
パンドラ　86
ヒポクラテス　215
ヒューム, デイヴィッド　77
ピロン　216
ピンダロス　195
ファイヒンガー, ハンス　23, 206
ファン・ダイク, ヨハン　158
ファン・ボクセル, ビム　155
フィリップ, ルイ　153
フィリポン, シャルル　152
ブヴァール　19
ブシックタクス, M　56
フムバー　180
プラウトゥス　125
ブラウン, ランスロット　69, 70, 76, 77, 80, 82
プラトン　38, 95, 140
プルデンティウス　104
ブルードム　19
フルニエ, ヴィクトル　216
フレレング, フリッツ　51
フローベール, ギュスターヴ　21, 85
プロメテウス　38, 189
ペイン, トマス　160
ペキュシェ　19
ベーコン, フランシス　223
ヘシオドス　38, 86
ヘッセン伯　162, 163
ヘッセン伯夫人　171
ヘッベル, ヨーハン・ペーター　43
ヘファイストス　38
ヘラクレス　85
ベルクソン, アンリ　47
ヘルメス　38
ボヴェル, シャルル・ド　197

法王ウルバヌス8世　96
ホガース, ウィリアム　78, 79
ポッツオ, アンドレーア　98, 101
ホッブズ, トーマス　125
ポート, H・K　16
ボノメ, トリビュラ　19
ホーフト, P・C　173
ホメロス　200
ホラティウス　215
ボワルテル, アドリアン　174

マ行

マーキュリー　⟶メルクリウス
マタナシウス, クリュソストムス　10, 19
マラー, ノーマン　142-145
マンテーニャ, アンドレーア　108
マンデヴィル, バーナード　121, 125, 126, 128, 130
ミケランジェロ, ブオナッロティ　186
ミッケリーノ, ドメニコ・ディ　92
ミッテラン, フランソワ　156
ミルトン, ジョン　79, 89, 96, 98
ムージル, ロベルト　15, 16, 21, 147
ムトラク, アブラヒ　203
メイソン, ウィリアム　72
メナンドロス　33
メリクリウス　127
モア, ハナー　69
モーセ　135
モヤ, ホワン・ペレス・デ　103, 105, 108
モラレス, ロレンツォ　54, 102
モンテスキュー, Ch・L・ド・スゴンダー　141

モンテーニュ, M・エケム・ド　213

ヤ行

ユピテル　109-112, 115, 127

ラ行

ラファエロ, サンツィオ　173, 176
ラファテール, J・C　18-20
ラ・フォンテーヌ, J・ド　42
ラ・ボエシー, エチェンヌ・ド　45, 165, 166
ラモー, ジャン=フィリップ　152
リコード, ロバート　210
リード, ルー　13
リュル, ラモン　191, 192
ルイ14世　65, 66
ルクレティウス　83, 84, 211
ルゼ=マルネシア, マルキ・ド　65
ルソー, ジャン=ジャック　67, 73, 131, 133, 135, 137-139, 141
ル・ノートル, アンドレ　65
ルフォール, クロード　146
ルフォール, シャルル　147
ルーベンス, ペーター・パウル　96
レオポルト, J・F　124
レーガン, ロナルド　156
レム, スタニスワフ　191
ロイス, ジョシアー　64
ロダン, オーギュスト　87, 88, 224
ロプス, フェリシアン　172
ロベスピエール, マクシミリアン・フランソワ・マリー・イジドール　148

事項索引

ア行

『愛の寓意と描写』 16
悪魔 95
『アフリカ』 98, 101
『あべこべの世界』 222
アムステルダム人 31
『あらさがし屋』 105
『アリストテレスの望遠鏡』 71
『ある無名画家の傑作』 10
『怒れるオルランド』 213
威厳 179
「石臼の運搬」 85
『イソップ寓話』 86
『板に描いた絵』 195
『一般仮装舞踏会』 124
『イリアス』 200
ウィリアム・ケントの庭園 76
『ウェルギリウス』 87
ヴェルサーユの隠れ垣 68
『宇宙創世記ロボットの旅』 191
『内輪ごと』 158
『うつろなる人々』 94
自惚れ 121, 122
運命 108-112
『栄光製造機』 177
英国庭園 69-82
エピクロス学派 84
王 150, 166, 167
『王になりたがった蛙たち』 150
『鸚鵡返し』 12
「王を欲しがった蛙たち」 114
『オデュッセイア』 200
「汚点」 93
「おばちゃんのどじ」 196

カ行

凱旋門 89
『蛙』 146
隠れ垣 67, 68, 71-76
隠れ垣道路 81
『歌章』 215

『かのようにの哲学』 23, 206
『彼らはしていることが分かっていない』 173
『考える人』 87, 224
「完全な白痴」 203
カンペン村 84
官僚制 160
「機会と改悛」 108
偽善 123
『教育学について』 116
恐怖 147
『キリアデス』 227
矜持 122, 123
近代的痴愚 173
「寓話と真実」 120
愚者 171
「愚者の楽園」 95
『愚痴学』 7, 54, 102
グノーシス派 189
グランド・アルシュ 89
『狂えるオルランド』 214
「グレートブリテンのへまクラブ」 30
君主 150-161, 164-171
『警句集』 33, 215
『ケベスの銘板』 9
原動天 95
『高貴さの秘密哲学』 103
皇帝 167-172
「皇帝の新調」 167
国王 154, 155, 159, 160, 165, 169
『告白』 193
「国民」 153
極楽 74
『五章の物語』 118
ゴータム村 28, 84
古典的痴愚 173
『誤謬の解剖』 12
『コーラン』 204
「コリント人の手紙 第一」 22
『混乱した世界の仮面』 174

サ行

さくら 177, 178

「ザ・サン」　157
『皿』　152
自愛　121, 122
『ジェームズ王とスチュアート君主制の勝利』　96
『四季』　66
地獄　83, 84, 90, 91
「地獄の門」　87, 88
「地獄篇」　86, 90, 91
『仕事』　69
『仕事と日々』　86
『詩人』　87
『失楽園』　79, 89, 96
『自発的隷従叙説』　45
『自発的隷従についての説』　166
「詩篇」　95
『市民論』　125
『社会契約論』　131, 133
ジャコバン党員　147-150
『自由オランダ王国』　151
「出エジプト記」　135
『純粋理性における狂気』　12
小乗仏教　32
『ジョゼフ・ブルードムが収集し混乱させた，他国の風変わりな百科』　8
『書物と剣のロマンス』　218
『シルヴィーとブルーノの完結』　64
『シルダの住民たちの愚行の書』　47
『神曲』　91
『「神曲」の詩人としてのダンテ』　92
『神託必携』　23
『神統記』　38
新プラトン学派　76
「真理を発見する哲学」　132
『崇高と美の観念の起源への哲学的探求』　74, 76
スコラ学者たちのロバの橋　191
ストア学派　48, 113
スフィンクス　193, 195
スペイク　54
『聖イグナティウス・ロヨラの勝利』　98, 100
『精神的・肉体的労働』　162
世界　162
『世界と個人』　64
「世間という女性」　129

『ゼロ時限』　113
『詮索好きな人』　134
『造園術における近代趣味の歴史』　71

タ行

『大自然界・道徳界劇場』　16
大乗仏教　32
第四の法　134
ダーウィン賞　182
『高飛び込みするノウサギ』　52
『高飛びする／ウサギ』　51
『誰かがパイナップルの木を寄せ集めている』　77
『知恵が自分の邸宅を築いたのだ』　192
『痴愚について』　15, 21
『知恵の書』　197
『痴愚地誌』　7, 21
『痴愚について。人間の不完全さの領域への展望。付録――過去および未来における人間知性』　12
『痴愚の快楽について』　12
『痴愚の名称論』　12
『知識の城』　210
『知性の上昇と下降について』　192
チペンデイル風家具　78
チャールズ1世の歪像　97
『低能たちの系譜』　108
『テスト氏』　58
投票資格　142
投票者　141
「時はゆっくり流れる」　180
独裁政　147, 149
『特性のない男』　15
『トマス・アクィナスにおける痴愚概念と言語・文化におけるその反映』　12
『鳥案内』　23

ナ行

『ナスレッディンの教え』　203
『奈落の高み』　199
『日誌』　147
『ニューヨークへの敬意』　191, 194
『人間の愚かさの根本法則』　12
『人間の条件にとっての妄想の意味について』

索引　235

200
『人相学について』 18-20
『ノート』 196

ハ行

『裸の皇帝の勝利』 172
パタフィジック 216-220
『パタフィジック学徒フォーストロル博士の行動と意見。新科学的小説』 218
『蜂の寓話——私悪すなわち公益——』 125, 126
パティビウス・ボトム 177, 178
『パンセ』 39, 73
『判断力批判』 60
ハンプトン・コート・パレスの庭園 69
ピノッキオ 156
『美の分析』 78
百科事典 221, 223-227
ピュタゴラス学派 227
『ファラオの前のモーセとアロン』 136
ファロル 58-63
ファロルの秘密兵器 63
『風景』 65
風刺 221, 224-227
『風刺詩』 24
『フォルナリーナ』 173, 176
フランス革命 147
フランス庭園 65, 69, 75-78
『プロタゴラス』 38
「平均的アメリカ人」 145
「ヘイ！ ビー・シー」 188
「ヘッセン家の貴族・伯爵と夫人たち」 162
ボイオティア 45, 84, 85, 87, 94, 139, 193
『冒険的失敗の書』 30
ポストモダン的痴愚 175
『ポリエィコス（政治家）』 140

マ行

『前足動物および蛇の歴史』 223
魔王 221
「間抜けたちの系統について」 103

マーフィーの法則 62
マルチヴァク・マシーン 142-145
「未加工な人びとを仕上げる」 117
民主政 140-155, 157-162, 166, 167, 169
『民主政の発見』 146
『みんなの時限』 113
『みんなの時限と脳をもつ運命』 108
ムードンの庭園 67
名声機械 179
メガラの論理 54, 60
『眩暈（めまい）』 7
『物の本質について』 83, 211

ヤ行

『憂鬱の解剖』 23
『洋梨』 152
「ヨハネの黙示録」 227

ラ行

『ラインの情夫の宝石小箱』 43
楽園 79
ラモン・リュルの結合法 191
『理性の時代』 160
『立憲君主政』 155
立憲君主政 155, 162, 167, 179
立法者 133, 134, 137
流行の痴愚 187
『ルイ14世の戯画』 168
ルートン・フーの隠れ垣 75
『霊魂の戦い』 104
『忘却の川（レテ），すなわち冥府の中のアイソポス』 74
『ロバの橋』 212

ワ行

『私は分からない』 43
『和の空気力学的特性に関する若干の要約的見解』 217
『われらの愚行』 16
『ワンダとダイヤと優しい奴ら』 34

〔訳者紹介〕

谷口　伊兵衛（たにぐち　いへい）
　1936年　福井県生まれ
　1963年　東京大学修士（西洋古典学）課程単位取得
　1970年　京都大学大学院（伊語伊文学専攻）博士課程単位取得
　1975年11月-76年6月　ローマ大学（イタリア政府給費）留学
　1999年4月-2000年3月　ヨーロッパ，北アフリカ，中近東で研修
　1992-2006年　立正大学文学部教授，2006年停年退職，同年4月より非常勤講師
　主著訳書『クローチェ美学から比較記号論まで』
　　　　　『ルネサンスの教育思想（上）』（共著）
　　　　　『エズラ・パウンド研究』（共著）
　　　　　『都市論の現在』（共著）
　　　　　『中世ペルシャ説話集――センデバル――』
　　　　　「教養諸学シリーズ」既刊7冊（第一期完結）
　　　　　「『バラの名前』解明シリーズ」既刊7冊
　　　　　「『フーコーの振り子』解明シリーズ」既刊2冊
　　　　　「アモルとプシュケ叢書」既刊2冊ほか

痴愚百科

2007年7月25日　第1刷発行

定　価　本体3000円+税
著　者　マタイス・ファン・ボクセル
訳　者　谷口伊兵衛
発行者　宮永捷
発行所　有限会社而立書房
　　　　〒101-0064　東京都千代田区猿楽町2丁目4番2号
　　　　振替 00190-7-174567／電話 03(3291)5589
　　　　FAX 03(3292)8782
印　刷　株式会社スキルプリネット
製　本　有限会社岩佐製本

落丁・乱丁本はお取り替えいたします。
©Ihei Taniguchi 2007. Printed in Tokyo
ISBN978-4-88059-334-0　C1010

ヴォルフガング・カイザー／谷口伊兵衛訳

2006.1.25刊
A5判上製
880頁
定価9000円
ISBN978-4-88059-283-1 C3098

文芸学入門—文学作品の分析と解釈—

文芸学の古典。ポルトガル・スペイン語版を底本に、ルーマニア語、韓国語各版の注、解説。「カイザー『文芸学入門』刊行50年記念論集」(2001年)からも論文を収録した国際色豊かな決定版。

ディオニーズ・デュリシン／谷口勇訳

2003.2.25刊
A5判上製
328頁口絵1頁
定価5000円
ISBN978-4-88059-301-2 C1098

理論 比較文学

スロヴァキァの学者による原著の待望の邦訳。《影響》概念の見直し、文学間過程、発生論的接触と類型論的類似性などから、世界文学の唱道へと至る。雄大なスケールをもって、比較文学研究を体系化する野心作。

谷口　勇

2006.3.31刊
A5判上製
736頁
定価15,000円
ISBN978-4-88059-330-2 C3080

クローチェ美学から比較記号論まで
――論文・小論集――

トルバドゥール・ロマンス語文学からクローチェ美学を経て記号論に歩を進め、U・エコからさらに比較記号論や比較フォークロアにまで及ぶ。本論集は、豊富な翻訳体験に基づく著者の40数年間の学的彷徨の集大成である。

アドリアン・マリーノ／谷口伊兵衛訳

近刊

文学観念批判

現在までの文学観念を総浚いし、新しい文芸学の構築を目指す、ルーマニアの逸材が世界に問うた大著。独・仏訳あり。

ダマン・アロンソ／谷口伊兵衛訳

近刊

文体論の方法と限界

スペインが生んだ大学者の遺著『スペインの詩』の本邦初訳。あまりにも大部のため、ドイツ語版を底本に簡約した。伊・蘭訳もある。

A・ナヴァッロ・ペイロ／谷口伊兵衛訳

近刊

セファラード文学史

スペイン系ユダヤ人の輝かしい文学の歴史をリアル・タッチで描述した、簡にして要を得た入門書。図版入り。

L・T・アルカライ／谷口　勇訳	1996.1.25刊 四六判上製 288頁 定価2400円
セファラード ―スペイン・ユダヤ人の500年間の歴史・伝統・音楽―	ISBN978-4-88059-210-7 C0039

流浪の民の隠れた文化を音楽中心に描き尽くしている、絶好の入門書。著者は音楽家。別売りカセットテープ1500円。

谷口　勇	1996.6.25刊 四六判上製 128頁口絵2頁 定価1900円
中世ペルシャ説話集　―センデバル―	ISBN978-4-88059-214-5 C1098

『千夜一夜物語』に代表されるアラビア文学の特徴は"枠物語"にある。その典型である『センデバル』の西方系分枝『女の手練手管の物語』の全訳と、その起源および系譜、ヨーロッパ文学への影響等を追究した本邦初の秀作。

L・ドメニキ／谷口勇訳	1996.2.25刊 四六判上製 144頁 定価1900円
紋章と恋愛談義	ISBN978-4-88059-212-1 C0070

(鼎談者)ひげのポンペーオ／アルノルド・アルリエーノ／ロドヴィーコ・ドメニキ。イコノロジーの知られざる古典の発掘。西洋精神の底流を探る格好の本。イタリア語原文をも収録した。

谷口　勇、G・ピアッザ訳	1991.10.10刊 A5判上製 208頁口絵10頁 定価2400円
イタリア・ルネサンス　愛の風景 〔アモルとプシュケ叢書〕	ISBN978-4-88059-155-1 C0098

ダンテの詩魂を覚醒させたベアトリーチェ、ラファエッロの創作を揺り動かしたフォルナリーナの献身、「ロメオとジュリエット」の原型の物語等、ボッカッチョの手法を擬して、10人の作者が物語る10の恋愛模様。

アプレイウス原作／M・クリンガー画／谷口勇訳	1992.12.25刊 A5判上製 192頁挿絵入り 定価2400円
アモルとプシュケ　〔アモルとプシュケ叢書〕	ISBN978-4-88059-166-7 C0098

ギリシャの美少女プシュケとローマの愛神アモルとの結婚を描いた、西洋では最もポピュラーな物語の一つ。ユング派心理学の源泉であり、ロダンは彫刻にしている。戸澤姑射訳述「愛と心」併録。

ニコス・パパニコラウ／谷口伊兵衛、高野道行、安藤ユウ子・コンダクサキ訳	2006.6.25刊 四六判上製 248頁 定価1500円
ヘタイラが語る　かつてギリシャでは……	ISBN978-4-88059-333-3 C0022

古代ギリシャの都市国家では、女性は結婚すると女部屋にしか生活の場がなかった。それに対して、《ヘタイラ》(高級遊女)は男たちの間で重きをなしていた。産婦人科医である著者はヘタイラの視点を借りて、ギリシャ社会の多面性を活写している。